残虐遊戯

南　英男
Minami Hideo

文芸社文庫

目次

序章　復讐鬼《ふくしゅうき》の影

闇《やみ》が濃い。

人通りは絶えていた。深夜だった。

タクシーが停《と》まった。閑静な住宅街の一画だ。目黒区の平町《たいらまち》である。

車のオートドアが開いた。

二人の女が降り立った。母と娘である。母親は四十三歳、娘は二十歳《はたち》だった。

どちらも薄手のコートを羽織《はお》っている。

三月の上旬だった。夜間の冷え込みは、まだ厳しかった。今夜も大気は凍《い》てついている。

タクシーが走り去った。

母と娘は、あたりをうかがった。二人とも、どこかおどおどしていた。

「新聞社やテレビ局の人たちは、いないみたいね。それから、ご近所の方たちも」

母親が小声で言った。

「母さん、急ごうよ」

「そうね」

女たちは、小走りに走りだした。吐かれた息が白い。二人の靴音が静寂を破った。

少し走ると、行く手に二つの人影が立ち塞《ふさ》がった。二人とも上背《うわぜい》があった。

母と娘は足を止めた。目を凝《こ》らす。どちらも男だった。まだ若い。ともに二十八、九歳だろう。

「秋野敦《あきのあつし》君のご家族の方でしょ？」

男のひとりが、母親のほうに声をかけた。

「違います」

「とぼけても無駄ですよ。われわれは『週刊現代ジャーナル』の者です」

「えっ」

母は娘と顔を見合わせた。

「逃げ回ってないで、何かコメントをくれませんかね」

「何も申し上げることはございません」

「お母さん、そりゃないでしょうが！　あなたの実の息子さんが、とんでもない事件を引き起こしたんですよ」

「いまは、そっとしておいてください」

「世間を騒がせたんだから、詫《わ》びるのが常識だと思いますよ。神経の細い母親だったら、もうとっくに自殺してるんじゃないかな」

「そ、そんな……」

母親は下唇を嚙《か》み、うなだれた。

娘が母の前に進み出て、声を張った。

「あんたたち、いいかげんにしてよ！」

「おたくは敦の姉さんだね？」

「弟を呼び捨てにしないでよ。敦は起訴されたけど、まだ判決が下ったわけじゃないんですっ」

「ほう、言うねえ。それじゃ訊《き》くが、あんたの弟はシロだって言うんですか？」

「そうは言ってないわ。ただ、あなたたちの強引な取材の仕方が腹立たしいのよ」

「われわれ記者には、真実を伝える義務があるんだ。むろん、〝知る権利〟もある」

「ええ、確かにその通りだわ。でもね、少しばかり〝報道の自由〟を乱用してるんじゃないの？　被取材者の人権を無視してもいいわけ？」

「われわれは、咎《とが》められるようなことは何もしていない」

「ふざけたこと言わないでよ。現に、わたしたちの人権を無視してるじゃないのっ」

「それは見解の相違だね」

「報道機関は市民に大きな影響力を与えるんだから、もっと慎重になるべきよ。事件報道が多くの差別や偏見を生んできたことを忘れないでほしいわね」

「差別だって⁉」

記者が顔を強張《こわば》らせた。

「ええ、そうよ。犯罪報道によって、事件関係者たちは社会から差別や迫害を受けてるじゃないの。加害者ばかりじゃなく、その家族もね」

「それは仕方がないんじゃないの？」

「冗談じゃないわ。たとえ親子や兄弟であっても、それぞれ人格は異なるのよ」

「しかし……」

「だいたい、あなたたち報道関係者は尊大だし、狡《ずる》いのよ」

「聞き捨てにできない言葉だな」

「狡いというより、卑怯《ひきょう》よね。たとえば無罪判決が下ったりすると、ジャーナリストたちはすぐに警察の捜査のずさんさを槍玉《やりだま》にあげるけど、自分たちが警察発表を鵜《う》呑《の》みにしたことについて詫びたことがある？」

娘が問いかけた。記者は黙したままだった。

「大新聞やテレビを含めて、どこも冤罪《えんざい》を煽《あお》ったことについては頬被《ほおかぶ》りしてるじゃないの。そんな連中に、事件当事者の家族のことまで書き立てる権利なんかないわ」

「事件の背景まで書かなきゃ、記事が薄っぺらになるんですよ。あんたたちこそ、おかしいんじゃないの？」

「おかしいですって⁉」

「ああ。なんで、こそこそ逃げ回ったりするんです？」

「それは、マスコミの人たちに執拗《しつよう》に追い回されて、神経がまいってしまったからよ。わたしたち家族は、もうさんざん苦しめられたんです。家に厭《いや》がらせの電話が何十本もかかってきたり、剃刀《かみそり》の刃や針の束《たば》が郵送されてきたりね。もうたくさんだわ！」

「そういう話を詳しく知りたいんですよ」

別の記者が口を挟《はさ》んだ。

「もう思い出したくないわ、そういうことは。だから、ほっといて！」

「そういう言い方はないんじゃないの？　被害者の家族がそういうことを言うならともかく、加害者の家族がそんな……」

「とにかく、お引き取りください」

「自宅に舞い戻ったのは、なぜなんです？」

「これ以上しつこくつきまとうと、警察を呼びますよっ」

「呼びたきゃ、呼びなさいよ。われわれは別に法に触れるようなことはしてないんだから、警察なんか怖くもなんともない」

「他人《ひと》の不幸や苦しみを喰《く》いものにして、恥ずかしいと思わないのっ」

「犯罪者の家族が偉そうなことを言うんじゃないよ！　あんたらに、そんなことを言う資格はない」

「帰って、帰ってよっ」

「ここは天下の往来なんだ。あんたにそんなことを言われる筋合はないね」

「なら、一晩中、ここに立ってればいいわ」

娘は相手に言い放って、身を翻《ひるがえ》した。かたわらの母親も体を反転させる。

「おい、逃げるのか」

最初に母親に声をかけた記者が、娘の肩口を摑《つか》んだ。娘は立ち止まるなり、相手の手首に嚙《か》みついた。

男が悲鳴をあげ、幾らかたじろいだ。同僚記者が心配顔で、男の顔を覗《のぞ》き込む。その隙《すき》に、母と娘は走りだした。

住宅街をやみくもに駆ける。五分ほど経《た》ってから、二人は足を止めた。どちらも、肩を大きく弾《はず》ませていた。こわごわ振り返る。男たちの姿はなかった。

二人はわざと遠回りして、さきほどの道に戻った。週刊誌の記者たちは見当たらない。諦《あきら》めて、引き揚げたのだろうか。母と娘は歩度を速《はや》めた。

二人が足を止めたのは、和風家屋の前だった。門灯は瞬《また》いていない。

家の中も暗かった。母と娘はふたたび左右に目を配り、門に近づいた。門は両開きの櫺子《れんじ》板扉《いたとびら》の付いたものだった。

表札には、秋野圭一郎《あきのけいいちろう》という文字が刻まれている。

母親が黒いハンドバッグを探《さぐ》った。

すぐにキーホルダーを抓《つま》み出した。彼女は、潜《くぐ》り戸の錠を解いた。

母と娘は屋敷に吸い込まれた。

玄関に急ぐ。前庭の灌木《かんぼく》は、手入れが行き届いていなかった。枝ぶりが不揃《ふぞろ》いだった。

建物は割に大きい。雨戸が閉まっている。

女たちは玄関に身を滑り込ませた。

母親が電灯を点《つ》けた。玄関が明るんだ。三和土《たたき》には、埃《ほこり》がうっすらと溜《た》まっていた。

「母さん、なるべく明かりは点けないほうがいいんじゃない？」

「ええ、わかってるわ。必要な物だけを掻《か》き集めたら、すぐにホテルに戻りましょう」

「そうね」

娘が短く応じ、すぐに言葉を重ねた。

「ねえ、家の中、煙草《たばこ》の匂《にお》いがしない？」

「ううん、別に匂わないけど」

「やっぱり、煙草の匂いがするわ。誰《だれ》か家の中にいるんじゃないかしら？」

「そんなことはないはずよ。みずほ、早く靴を脱ぎなさい」

「う、うん」

娘がハイヒールを脱ぐ。

女たちは上がり框《がまち》に上がった。母親が左手にある応接間に入り、シャンデリアを灯《とも》した。

そのとき、玄関ホールの台に置かれた固定電話が鳴った。母と娘は、ぎくりとした。

「誰だろう、こんな時間に」

母が不安顔になった。

「さっきの連中かもしれないわね」

「みずほ、どうしよう？」

「放っとこうよ」

娘が答えた。

少し経《た》つと、電話機は沈黙した。母親が胸を撫《な》で下ろす。

数秒後、娘は背後に人の気配を感じた。

振り返ろうとしたとき、後ろから首に腕を回された。太い腕だった。女の腕ではない。

娘は体が竦《すく》んだ。声をあげかけると、頬に冷たい物を押し当てられた。ナイフだった。娘は悲鳴を放った。

「静かにしろ」

侵入者が言った。男の声だった。娘は怯《おび》えに取り憑《つ》かれた。

「あなた、どこから入ったの⁉」

母親が掠《かす》れた声を絞り出した。

「風呂場《ふろば》だよ」

「だ、誰なの？」

「大声を出すんじゃないっ」

「わかりました。ですから、どうかナイフを仕舞《しま》ってください」

「そうはいかない」

男が冷ややかに言った。

女たちの顔が恐怖で引き攣《つ》った。みるみる血の気が引いていく。

男は四十七、八歳だった。髪に白いものが混じっている。知的な風貌《ふうぼう》だ。背も高い。

どういうつもりか、フード付きの青いレインコートを着ていた。土足のままだった。

両手に半透明のゴム手袋を嵌《は》めている。

「応接間の電気を消せ！」

男が低く命じた。

母親は無言でうなずき、すぐさまシャンデリアを消した。娘は身じろぎひとつしない。すっかり怯《おび》えきっているようだ。

「奥の部屋に行こう」

男が促《うなが》した。

母親は少しためらったが、広い廊下を歩きはじめた。娘は動こうとしない。男がナイフで娘の頬を軽く叩《たた》く。

娘も慌《あわ》てて足を踏みだした。男は娘の首に回した片腕をほんの少し緩《ゆる》めただけだった。

母親が立ち止まった。

奥にある洋室の前だった。男が顎《あご》をしゃくった。母親は電灯を点け、先に部屋に入った。

男が娘を刃物で脅しつつ、後《あと》から入室する。

そこは、十畳ほどのスペースだった。机と書棚があった。地球儀も見える。

「ここは旦那《だんな》の書斎らしいな」

男が言った。

「お金なら、差し上げます。それから少しばかりですけど、貴金属もあります」

「わたしは強盗じゃないっ」

「それじゃ、いったい何のために他人の家に押し入ったんです？」

母親が震え声で訊《き》いた。

「それはすぐにわかるさ。あんたが秋野恭子《あきのきようこ》で、こっちの若いのは娘のみずほだな？」

「ええ、そうです。あっ、もしかすると、あなたは……」

「やっとわかったようだな。そうだよ、わたしは京極由美《きようごくゆみ》の父親だ」

男が正体を明かした。

母と娘は、言葉にならない声を洩《も》らした。

男はこの一月半《なか》ばに、女子大生の愛娘《まなむすめ》を殺されていた。

加害者は三人の少年だった。主犯格の少年は十九歳で、共犯の二人は十八歳だ。

少年たちは身柄を拘禁されていた。未決勾留《こうりゆう》である。すでに第一回公判は二月の中旬に終わっていた。今月の半《なか》ばに、第二回公判が東京地裁で開かれることになっている。

「きょう、由美の納骨だったんだよ」

「申し訳ありません。どうかお赦《ゆる》しください」

秋野恭子が土下座して、額を床に擦《こす》りつけた。

「謝ってもらったって、殺された娘が生き還《かえ》るわけじゃない」

「お怒りは、ごもっともです。どのような償《つぐな》いでもします」

「もう遅い！　あんたたちには誠意がなさすぎる。由美に線香一本あげに来なかったじゃないかっ」

「申し訳ございません。弁解するようですけど、あまりにも気持ちが重くて……」

「黙れ！　あんたの倅《せがれ》たちが由美をいたぶり殺したんだぞ」

「うちの敦《あつし》は、息子はほかの二人に引きずり込まれたんです」

「いまさら見苦しいぞ。息子は当然だが、親の責任も重い。家庭教育がしっかりしてないから、野獣のような子供が育つんだ」

「お言葉を返すようですけど、わが子をコントロールできるのは小学生までです。中学生になったら、もう親の力ではどうすることもできません」

「そんな無責任なことがよく言えるな。わが子を成人になるまでまっすぐ導くのは、親の務《つと》めじゃないか！」

「もちろん、夫もわたしもそう考えてました。ですけど、敦ぐらいの年齢になると、何を考えているのか、親にもさっぱりわからないんです。親と顔を合わせることも避けるようになりますし、まともに話をしようともしません。親権を振り翳《かざ》しても、まったく効き目がないんです。体力は、はるかに子供のほうが勝《まさ》ってますからね」

「そんな言い訳は聞きたくないっ」

男が撥《は》ねつけるように、急に声を荒らげた。

母親は気圧《けお》され、口を噤《つぐ》んだ。すぐに彼女は、その場に泣き崩れた。娘のみずほが涙声で、弟の凶行を詫びはじめた。

「まず、あんたから裸になってもらおう」

男が醒《さ》めた口調で恭子に言い、手にしているナイフを娘の喉《のど》に押し当てた。

「わたしたちをどうするつもりなんです⁉」

「早く素っ裸になるんだ。いやなら、娘の喉を掻《か》っ切るぞ」

「やめて！　やめてください。言われた通りにします」

恭子は立ち上がった。涙で化粧が崩れていた。

ほどなく恭子はわななく手で、衣服を脱ぎはじめた。すると、娘のみずほが激しく泣きじゃくりだした。

男は露骨に顔をしかめた。だが、何も言わなかった。下着姿になると、恭子は後ろ向きになった。

「素っ裸になれと言ったはずだっ」

「娘を別の部屋に連れてってください。そうしたら、わたし……」

「あんた、何か勘違いしてるようだな」

男が嘲笑《ちょうしょう》し、みずほの顎《あご》の下にナイフの切っ先を当てた。みずほが泣き熄《や》んだ。

ナイフが横に動いた。

みずほが呻《うめ》いた。ナイフには、うっすらと血が付着していた。男が薄く笑った。

「京極さん、娘には乱暴しないでください」

恭子が振り返って、男に哀願した。

「娘がかわいいんだったら、早いとこ素っ裸になるんだな」

「なります、なります」

恭子は手早くスリップを脱ぎ、ブラジャーとパンティーを取った。年齢の割には、体の線はさほど崩れていない。

「四つん這《ば》いになれ」

男が乾いた声で命令した。

恭子の顔が歪《ゆが》んだ。何かを訴えるような目をした。

男は取り合わなかった。黙って顎をしゃくった。

恭子が絶望的な顔つきになった。彼女はためらいながら、両膝《りょうひざ》を落とした。さらに間《ま》を置き、カーペットに両手をついた。

「今度は、おまえの番だ」

男が娘に声を投げつけた。

みずほは従順だった。泣きじゃくりながら、ワンピースを脱いだ。

男がみずほから離れ、恭子のかたわらに片膝をついた。ナイフの刃先を豊かな尻《しり》に軽く沈めた。恭子が身を硬くした。

「逃げようなんて気を起こすんじゃないぞ」

男は、みずほを威《おど》した。

みずほがしゃくり上げながら、何度もうなずいた。童女めいた仕種《しぐさ》だった。

「あなたは娘の体まで穢《けが》す気なの⁉」

「黙ってろ！」

男は叱《しか》りつけ、ナイフを恭子のはざまに浅く埋めた。恭子の裸が硬直した。

「あんたのくそガキは由美を何度も輪姦《りんかん》し、嬲《なぶ》り殺しにしたんだ。このままナイフを突っ込んでやりたい気持ちだよ」

「うちの敦は仲間に唆《そそのか》されて、いやいや由美さんを……」

「ふざけるなっ」

男が高く叫んで、ナイフを深く埋めた。

恭子は痛みを訴え、腿《もも》をすぼめた。男が乱暴にナイフを抜いた。刃は真紅に染まっている。

男は鮮血を恭子のヒップになすりつけると、ゆっくり立ち上がった。その目は暗く燃えている。憎悪の色が濃い。

みずほがショーツを脱いだ。

胸や股間《こかん》を隠そうともしない。飾り毛は淡かった。みずほは、全身を棒にしていた。

「おまえも四つん這いになるんだっ」

男が喚《わめ》いた。

みずほは母親の横に両膝を落とした。娘のほうが、幾らか色白だった。

四つん這いになった瞬間、みずほが小さく叫んだ。

ほとんど同時に、股《また》の間から尿が迸《ほとばし》りはじめた。恐怖のあまり、失禁してしまったのだ。

みずほは放尿しながら、またもや激しく泣きじゃくりはじめた。黄ばんだ染《し》みが灰色のカーペットに拡《ひろ》がっていく。

「行儀の悪い娘だ。あんたの躾《しつけ》が悪かったんだな」

男は言うなり、恭子の股ぐらを蹴《け》りつけた。

靴の先が深くめり込む。恭子が苦痛の声を放ち、前に大きくのめった。

「ちゃんと四つん這いになれ」

男は恭子に言うと、レインコートのポケットを探った。

掴《つか》み出したのは、真新しい位牌《いはい》だった。死んだ娘の物だ。

みずほの放尿が熄《や》んだ。

男は室内を見回すと、大股で机に歩み寄った。机の上に娘の位牌を起き、ナイフをコートのポケットに収める。

「由美、よく見ておけ」

男は低く呟《つぶや》くと、恭子とみずほのいる場所に戻った。

「おじさん、もう赦《ゆる》して」

みずほが泣き声混じりに言い、男の足首にしがみついた。

男は冷笑し、みずほの顔面を蹴り上げた。まともにヒットした。肉と骨が軋《きし》みをあげる。みずほの体がボールのように跳ねた。

すかさず男は踏み込んで、また娘を蹴りつけた。みずほが呻《うめ》いて、横倒れに転がった。

「みずほ！」

恭子が自分の娘に這い寄った。

男は体の向きを変え、恭子の喉元を蹴り込んだ。スラックスの裾《すそ》がはためく。軟骨の潰《つぶ》れる音もした。

恭子が獣じみた声を轟《とどろ》かせ、斜め後ろに転がった。

男は少しも表情を変えなかった。すでに狂気の世界に足を踏み入れてしまったようだ。男は数回、恭子の脇腹《わきばら》を蹴った。容赦《ようしゃ》のない蹴り方だった。

恭子が野太く唸《うな》りながら、のたうち回りはじめた。

彼女は時折、赤いものを吐いた。血の塊《かたまり》だった。どうやら内臓が破裂したらしい。

みずほも血反吐《ちへど》を撒《ま》き散《ち》らしながら、床を転げ回っていた。血の華《はな》が転々と散っている。

男は目を細めて、それを眺めていた。焦点は定まっていなかった。

やがて、男はタオルで顔面を覆った。

さらにフードを被《かぶ》り、腰の後ろから柄《え》のついた物を引き抜いた。手斧《ておの》だった。

「わたしたちを殺す気なのねっ」

恭子が目を剥《む》いた。すぐに彼女は起き上がり、娘に走り寄ろうとした。

その瞬間、男が手斧を水平に薙《な》いだ。

空気が鳴った。凄《すさ》まじい悲鳴が走った。斧が肉を裂き、骨を断つ音が響いた。

恭子は薙《な》ぎ倒された。

左の肩口が赤い。血糊《ちのり》が盛り上がっている。仰向けになった恭子は右の肘《ひじ》を使って、わずかに上体を起こした。

男が跳躍する。手斧が振り下ろされた。室内に湿った音が駆け、血煙が舞った。

恭子が絶叫し、カーペットの上に倒れた。

顔面が大きく抉《えぐ》れ、夥《おびただ》しい量の血が勢いよく噴《ふ》いていた。みずほが悲鳴を発した。

悲鳴は、じきに嗚咽《おえつ》に変わった。

恭子が四肢を痙攣《けいれん》させはじめた。

男は、じっと恭子を見下ろしていた。ほどなく恭子は動かなくなった。息絶えたらしい。

「いやーっ」

みずほが金切り声を張りあげた。すぐに這って逃げはじめた。

男は追った。みずほの白桃のような尻を蹴りつけた。肉がたわむ。

みずほがつんのめって、腹這いになった。

男は抜け目なく、みずほの腰に跨《また》がった。手斧を振り被《かぶ》る。空気が縺《もつ》れた。

次の瞬間、みずほの右手首は断ち切られていた。傷口から流れ出る血が、灰色の絨《じゅう》毯《たん》をたちまち赤い色に染め変えていく。みずほが全身でもがきはじめた。

だが、男の体は少しも浮かなかった。

何を思ったのか、急にみずほが断ち切られた右手を掻《か》き寄せた。極度の恐怖で、あまり痛みは感じないらしい。

「悪い弟を持ったと諦《あきら》めるんだな」

男はそう言い、血みどろの手斧を高く振り翳《かざ》した。血の雫《しずく》が自分の肩に滴《したた》り落ちる。

「お願い、殺さないで！」

「由美だって、もっと生きたかったんだよ。くたばれっ」

男は吼《ほ》えて、みずほの後頭部に手斧を打ち込んだ。

みずほが動物じみた声をあげた。血がしぶく。脳漿《のうしょう》も飛び散った。

男は、顔一面に返り血を浴びていた。

フードやタオルは真っ赤だった。目のあたりも、赤く染まっている。

みずほは絶命した。血溜まりが拡《ひろ》がっていく。

男が手斧の血糊をみずほの体に塗りたくりはじめた。どこかマニアックな手つきだった。白い裸身が赤くなると、男は満足げにほほえんだ。半《なか》ば狂っているように見えた。

男はおもむろに立ち上がり、机に近づいた。たたずむと、汚れたゴム手袋を片手だけ取った。

「由美、見ててくれたか?」

男は位牌を掴み上げ、静かに問いかけた。実に穏やかな声音《こわね》だった。表情も和《なご》んでいた。

一方通行の会話は際限《さいげん》なくつづく——。

第一章　嬲《なぶ》りの宴《うたげ》

1

信号が変わった。

横断歩道を渡りかけたときだった。車道の車が流れはじめた。

秋野敦《あきのあつし》は舌打ちし、足を止めた。

渋谷の『109』前の交差点だ。円柱形《えんちゅうけい》のビルの前は、若い男女でごった返している。

金曜日の夜だった。一月の中旬である。

どの顔も愉《たの》しげに見えた。敦はわけもなく、腹立たしい気分になった。彼は、横断歩道の向こうにたたずむカップルを睨《ね》めつけた。

しかし、相手の二人は鋭い視線に気づかない。一段と腹が立った。

——どいつもこいつも気に喰《く》わねえな。

敦は胸底で毒づいた。

神経がささくれだっていた。ついいましがた、敦はパチンコ店から出てきたところだった。スロット型パチンコで一万円近くすってしまった。

予備校の帰りに、渋谷駅で途中下車したのだ。自宅は東急東横線の都立大学駅の近くにある。

十八歳の敦は、浪人中の身だった。

といっても、大学受験をめざしているのではない。高検予備校生だ。

高検の試験に合格すれば、大学入試受験資格を得られる。つまり、〝高卒〟と同じ扱いをしてもらえるわけだ。

敦が中堅の私立高校を中退したのは、およそ一年前だった。

二年生の三学期が始まって間もないころである。ある日、敦はこっそり単車で登校した。運悪く、生活指導部の教師に見つかってしまった。バイク通学は禁じられていた。

敦は、さんざん説教された。その上、学業不振や服装の乱れまで咎《とが》められた。通学路には生徒があふれていた。好奇的な視線が痛かった。

敦は校則を破ったことには、それなりに後ろめたさを感じていた。

しかし、教師の無神経さに怒りを覚えた。あまりにも思い遣《や》りがなさすぎる。

「高校は義務教育じゃないんだ、真面目《まじめ》に勉強する気がないんなら、学校なんかやめちまえ」

「ああ、やめてやるよ」

敦は教師に怒鳴り返した。

売り言葉に買い言葉だった。彼はオートバイに跨《また》がり、そのまま帰途についた。

翌日、敦は保護者印を勝手に捺《お》し、速達で退学届を学校に送りつけた。

そのことを最初に知った家族は、大学生の姉だった。姉のみずほは敦の軽はずみな行動を詰《なじ》り、母親に告げ口した。

母の恭子は、ひどく取り乱した。すぐさま学校の担任教師に息子の退学届の撤回を申し出た。家に戻ってくると、学歴の大切さを諄々《じゅんじゅん》と説いた。

それでも、敦の気持ちは変わらなかった。

もともと望んで入った高校ではない。偏差値だけで無理矢理に選ばされた学校だった。なんの未練もなかった。

敦の父親は、大手商社のニューヨーク駐在員だ。数年前から、単身赴任していた。

息子が勝手に高校を中退したとわかると、父の圭一郎《けいいちろう》は激怒した。わざわざ帰国して、敦の意思を変えさせようとした。だが、敦は耳を傾けなかった。

息子の説得に失敗すると、父は母を責めはじめた。母は負けていなかった。家庭教育のいたらなさを妻だけの責任にする夫に憤《いきどお》った。父母は気まずくなった。

離婚話まで持ち上がった。敦は、さすがに慌《あわ》てた。自分のことで家庭が崩壊するのは、いかにも寝覚めが悪い。

高学歴を手に入れたいという気持ちは少しもなかったが、とりあえず両親の仲を裂くわけにはいかなかった。不本意ながらも、妥協することにした。

こうして敦は去年の四月に、代々木にある高検専門予備校に入学したのである。

一クラス二十名で、大半は高校中退者だった。堅苦しい校則は一切なかった。喫煙も服装も自由だった。そういう点は嬉《うれ》しかったが、勉学意欲は少しも湧《わ》いてこなかった。八月に行なわれた高等学校卒業程度認定試験（旧大検）では、わずか数科目しか合格点を採れなかった。

その後も、成績はいっこうに上がっていない。きょうも、クラス担任とOBのチューターに発破《はっぱ》をかけられてしまった。

横断歩道の信号が青になった。敦はショルダーバッグを揺すり上げ、ゆっくりと歩きだした。横断歩道は、たちまち人波で埋まった。カップルが目立つ。

前方から、黒革のショートコートを着た若い男が小走りにやってくる。

濃いサングラスで目許を覆っていた。ほぼ同世代に見えた。

──横断歩道で走るばかがいるかよ。

敦は、突っかかりたい気分になった。

横に動いて、わざと男の行く手を阻《はば》んだ。男がまっすぐに突き進んでくる。

敦は避《よ》けなかった。肩と肩がぶつかった。視線がスパークする。

立ち止まるなり、男が怒声を張り上げた。

「なんだよ、てめえ！」

「そっちがぶつかってきたんだろっ」

「あっ、おまえ……」

気色《けしき》ばんだ相手が、急に表情を和《やわ》らげた。

敦はサングラスの奥を覗《のぞ》き込んだ。だが、相手の目ははっきり見えなかった。

「なんでえ、秋野じゃねえか」

男がサングラスを浮かせ、懐かしげに言った。村上茂樹《むらかみしげき》だった。高校二年のときの同級生である。

「おう、村上！」

敦は笑顔で応じた。

「元気かよ？」

「まあな。学校のみんな、どうしてる？」

「わかんねえよ。おれもさ、二年の三学期いっぱいでやめちまったんだ」

「何か悪さしたのか？」

「そうじゃねえよ。追試の五科目が通らなくて、進級できなかったんだ。もう一回、二年坊やるなんてかったるいじゃねえか」

「まあな。それで自主退学したわけか」

「そういうこと！」

茂樹は屈託なげに笑った。

そのとき、車のクラクションがけたたましく鳴った。いつの間にか、信号が変わっていた。

「やっべえ、こっち来いよ」

茂樹が敦の腕を摑《つか》んだ。敦は、かつての級友とともに歩道まで走った。

向き合うと、茂樹が先に口を開いた。

「秋野、おまえ、どっか学校に行ってんの？」

「去年の春から、ちょっと予備校にな」

「予備校⁉」

「高検専門の予備校だよ」

「高検っつうと、高校中退でも大学受けられるってやつだっけ？」

「うん、そう」

「やっぱ、学歴が欲しいんだ？」

「というより、一種の親孝行だな」

「何だよ、それ？」

「まあ、いいじゃないか。それに何もしないでブラブラしてるのも、なんか退屈だったしな。村上は何してるわけ？」

敦は問いかけた。

「おれは学校やめてから、ずっと家の商売を手伝ってんだ」

「おまえんち、何屋だったっけ？」

「ペットショップと花屋をやってんだ。おれは、ペットショップのほうを手伝ってんだよ」

「ふうん。おまえ、偉いな」

「別に偉かねえよ。勤務時間は守らねえし、勝手に店を休んだりしてんだ」

「気楽そうで、いいな。羨《うらや》ましいよ」

「ま、気楽は気楽だけどさ、なんか冴《さ》えねえよ」

「どうして？」

「毎日、ペットの糞掃除《くそそうじ》ばっかしだぜ。そりゃそうと、秋野、なんか予定あんの？」

「いや、別にない」

「だったら、つき合わねえか。これから、おれ、暴走族《ゾク》やってたときの知り合いと会うことになってんだ」

てんだ」

「ビビるような人じゃねえよ。おれたちより一個上だけど、おれとは友達《ダチ》づき合いし
てんだ」

「ふうん」

「城都大の一年なんだけどさ、ベンツを転がしてんだ」

「すっげえな。セレブの倅《せがれ》だよ。息子《やつ》か何か？」

「一応、社長の倅だよ。泰ちゃんっていうんだけど、ものすごく気前がいいんだ。だ
から、一緒に遊んでても面白《おもしれ》えんだ。紹介するよ」

「どうするかな」

敦は迷った。今夜あたり、父から国際電話がかかってくるかもしれない。できれば
家にはいたくない気もする。

「いいから、つき合えよ」

茂樹が敦の肩に腕を回してきた。

――村上とはそれほど親しかったわけじゃないけど、一緒に憂さ晴らしをするか。

敦はつき合う気になった。

二人は道玄坂《どうげんざか》を登り、百軒店《ひゃっけんだな》の通りに入った。茂樹に案内されたのは、飲食店ビ
ルの三階にあるカウンターバーだった。

客の姿は疎《まば》らだった。レディ・ガガのヒット曲が低く流れていた。ダブルブレストのスーツを着込んでいる。色はベージュだった。イタリア製のようだ。

奥のスツールに、同じ年恰好《かっこう》の若者が腰かけていた。ダブルブレストのスーツを着込んでいる。色はベージュだった。イタリア製のようだ。


――あれが村上の知り合いらしいな。

敦は、そう思った。直感は正しかった。

茂樹が奥に走り、何か男に小声で言った。

スーツの男がスツールから立ち上がった。かなり上背がある。茂樹が手招きした。

敦は店の奥まで歩いた。

「こっちがさっき話した泰ちゃんだよ」

茂樹が敦に声をかけてきた。

敦は会釈して、名乗った。すると、相手がにこやかに言った。

「おれ、高原泰道《たかはらやすみち》ってんだ。シゲの同級生《タメ》だったんだって？」

「ええ」

「よろしくな。まあ、何か飲めよ」

泰道がそう言い、スツールに腰を戻した。彼は、バーボンの水割りを飲んでいた。

茂樹が泰道のすぐ隣に坐《すわ》る。敦は、茂樹の横に腰かけた。

「二人におれと同じやつを作ってやってよ」

泰道が若いバーテンダーに言った。陰気な感じのバーテンダーが、無言でうなずいた。

敦は落ち着かない気分になった。初対面の人間とは、いつも会話が弾まない。敦は人見知りするタイプだ。

ＢＧＭの音楽がテクノポップに変わった。

敦は草色のフライトジャンパーのポケットを探《さぐ》った。煙草《たばこ》と簡易ライターを摑《つか》み出す。

メビウスをくわえると、泰道が身を前に乗り出した。ライターの炎が差し出された。カルティエだった。

「どうも！」

敦は軽く頭を下げ、煙草に火を点《つ》けた。

「ユーはおとなしいんだな」

「そうでもないんだけど」

「まあ、愉《たの》しくやろうや。シゲの友達《ダチ》なら、おれの仲間でもあるんだからさ」

「はい、よろしくお願いします」

「そんなに緊張すんなよ」

泰道は笑って、体を引っ込めた。

敦と茂樹の前に、バーボンの水割りが置かれた。三人はグラスを触れ合わせた。

水割りを二杯空けると、敦は打ち解けた気分になってきた。泰道は遊び人らしく、話題も豊富だった。敦は、よく笑った。

小一時間《こ》が過ぎたころ、泰道が提案した。

「野郎がこんな所でずっと飲んでても、なんか冴えねえな。ちょっと時間が早《はえ》えけど、クラブにでも繰り込むか？」

「賛成！」

茂樹がすぐに同意した。敦は茂樹に耳打ちした。

「踊りは苦手なんだ」

「おれだって、ダンスはうまくねえんだ。でも、ＤＪのいるクラブには女がいっぱいいる。街でナンパする手間が省《はぶ》けるじゃねえか」

「でも、きょうは……」

「秋野、そりゃねえよ。せっかく一年ぶりに会ったんだぜ。もう少しつき合えよ、なっ！」

茂樹が敦の肩を叩《たた》いた。すかさず泰道が言った。

「若いうちだけだぜ、羽目を外せんのはさ。愉しくやろうや、愉しくよ」

「え、ええ」

「ユーもつき合ってくれるよな」

泰道が、まっすぐ見つめてきた。どこか凄《すご》みがあった。

敦は反射的に大きくうなずいてしまった。

「そうこなくっちゃ。よし、出よう」

泰道が顔を明るませ、三人分の勘定を払った。一万数千円だった。

三人は店を出た。

泰道の象牙色《ぞうげいろ》のメルセデス・ベンツは、近くの有料立体駐車場に預けられていた。

三人は、その車に乗り込んだ。茂樹が助手席で、敦は後部座席だった。

ベンツが走りだした。少し走ると、泰道がクイズめいた口調で言った。

「若い男がベンツに乗ってると、あまり検問所で停止命令を受けないのはなぜでしょう？」

「やくざ者と思われるから」

茂樹が即答した。

「ビンゴ！　警官《マッポ》もやくざ者とは関《かか》わりたくねえんだよな」

「最近は準構成員クラスでも拳銃《チャカ》持ってるからね」

「そうだな。触らぬ神に祟《たた》りなしってわけだ」

「お巡りも人の子だもんなあ。けどさ、それじゃ、永久に暴力団はなくならねえんだけどな」

「シゲの言う通りだな」

泰道は相槌《あいづち》を打つと、ウインカーを灯《とも》した。

車は宮益坂を上りきり、青山通りに差しかかっていた。

「西麻布《にしあざぶ》に行こう」

泰道は信号が変わりきらないうちに、ベンツを荒っぽく左折させた。

タイヤが軋《きし》み音をあげた。敦は体が傾くのを感じた。

2

強烈なサウンドに包まれた。

16ビートだった。西麻布のクラブだ。

クラブといっても、ホステスのいる店ではない。若者たちに人気のあるダンスクラブだ。

敦は体でリズムを取りながら、トンネル状の通路を進んだ。

「いい女がいるといいけどな」

茂樹がどちらにともなく言った。泰道が短い返事をした。

三人は奥に進んだ。仄暗《ほのぐら》かった。黒人のＤＪが器用な手つきで、何枚かのＬＰレコードを回したり、停止させたりしていた。レーザービームが目まぐるしく店内を照射している。

敦は気分が浮き立ってきた。ダンスミュージックは嫌いではなかった。

フロアに目をやった。流行のファッションに身を固めた若い男女が、陽気にステップを刻んでいた。外国人客の姿もちらほら見える。

この店は、何度か週刊誌に取り上げられていた。そのことは敦も知っていた。モデルを職業にしている外国人は無料だという話だった。客寄せのためなのだろう。

三人は奥のテーブル席に落ち着いた。

泰道がウェイターを呼び、スコッチの水割りと数種のオードブルを注文した。

「いい女がいるかどうか、ちょっと見てくらあ」

茂樹が革のハーフコートを脱ぎ、いそいそとダンスフロアに向かった。

敦は取り残され、少し緊張した。やはり、泰道と二人だけになると、気が重い。接し方がわからなかった。

「シゲは剽軽《ひょうきん》なとこがあるから、意外にナンパの成功率は高いんだよ」

泰道が言った。

「そうですか」

「先月なんか、ちょっと知られたタレントと意気投合して、その娘《こ》のマンションに泊まっちゃったんだ」

「泊まったってことは、つまり……」

「もちろん、寝たさ」

「村上がねえ、なんか信じられないな」

「ヤリマン女なんかいっぱいいるよ。女たちだって、そのつもりで野郎を漁《あさ》りにきてんだしな」

「へえ」

「ユーは、あんまし遊んでねえな。まさか童貞じゃねえよな？」

「一応、体験はあります。高二の夏に、ソープランドに行ったんです」

「おいおい、しっかりしろよ。ソープなんて、おっさんたちが行くとこだぜ。その気になりゃ、素人の女といくらでも遊べるのに」

「だけど、手続きがいろいろ面倒なんでしょ？」

「なあに、どうってことねえよ。ストレートに口説《くど》きゃいいんだ。ほとんどの女が、あなたって露骨ねえ、とか何とかカッコつけるけど、案外すんなりホテルに入るもんだよ」

「そういう場合、小遣いみたいなものを要求されるんでしょ？」

敦は訊《き》いた。

「小遣いせびるのもいることはいるけど、無視《シカト》しちまえばいいのさ」

「なんだか別世界の話みたいだな」

「なんなら、ユーの相手、おれが見つけてやろうか？」

泰道が言った。

「いや、いいっすよ。簡単に誰とでも寝るような女の子は、おかしな病気持ってるのがいそうだから」

「それは言えてるかもな。だから、おれはナンパした女と寝るときは必ずスキンをつけることにしてるんだ。淋病《りんびょう》ぐらいならどうってことねえけど、エイズなんか貰っちゃったら、最悪だからな」

「そうっすね」

敦は調子を合わせた。

会話が途切れたとき、ウェイターが注文した酒を運んできた。

二人は飲みながら、取りとめのない話を交わしつづけた。

敦がタンブラーを半分ほど空けたころ、茂樹が戻ってきた。

ひとりではなかった。二十歳前後の美しい女と一緒だった。長いストレートヘアが魅力的だ。彫りが深く、ハーフっぽい。肌も抜けるように白かった。

「この子、リサちゃんっていうんだ。モデルだってさ」

茂樹が得意顔で言った。泰道がモデルらしい女に声をかけた。

「おれ、きみのこと、ファッション雑誌か何かで見たことあるよ。それに、テレビでも観《み》たな」

「うまいんだから、もう！　残念ながら、テレビにはまだ出たことがないの。そのうち、出演するかもしれないけどね」

「ここで一緒に飲もうよ」

「それじゃ、あたし、友達を呼んでくるわ」

「連れは何人なんだい？」

「二人。どっちも、すごい美人よ。あたしのモデル仲間なの」

「三対三なら、ちょうどいいな。早く友達を連れて来てよ」

「待ってて。すぐに戻ってくるわね」

リサはにこやかに言い、ダンスフロアに足を向けた。茂樹が誇らしげな顔で、泰道の横に腰かけた。

「泰ちゃん、ちょっとマブい女でしょ？」

「ああ、Aランクだな。シゲ、やるじゃねえか」

「えへへ」

「さっきの女、かなり遊んでそうだから、今夜、落とせそうだな」

「リサって子、泰ちゃんに譲るよ。いつも奢《おご》ってもらってるからさ。後の二人をおれと秋野が……」

「おれは遠慮しとくよ」

敦は茂樹に言った。

「ホテル代のことなら、心配すんなって。おれが回してやらあ」

「そういうことじゃないんだ。おれ、女の子を口説く自信もないし、その気もないんだよ」

「もったいねえこと言うなって。おまえ、罰当《ばちあ》たるぞ」

茂樹が下卑《げび》た笑いを拡《ひろ》げた。

そのときだった。リサが戻ってきた、連れの姿は見当たらない。

「あれっ、友達は？」

「二人とも恥ずかしいんだって」

「またまた、お嬢ぶっちゃって」

「ほんとなのよ。だから、あなたたち、あたしたちのテーブルに来てくれない？」

リサは甘えるような口調で言った。茂樹がやにさがって、泰道に眼差《まなざ》しを向けた。

「オーケー、わかったよ」

泰道は機嫌よく言った。

リサが両手を合わせた。詫《わ》びたつもりらしい。真っ赤なマニキュアが妙になまめかしかった。

茂樹に目で促《うなが》され、敦は腰を上げた。

三人はリサの後に従った。リサはダンスフロアに沿って歩き、カウンターに近づいていった。そのあたりに、テーブル席はなかった。

カウンターの奥は、もう化粧室だった。リサは足を止めようとしない。

どういうつもりなのか。

敦は歩《ほ》を運びながら、首を傾《かし》げた。泰道も怪しみはじめたようだ。周《まわ》りを落ち着かない様子で眺めている。

不意にリサが立ち止まった。化粧室に通じる通路の途中だった。左右は壁だ。

茂樹が不審そうな声をあげた。

「ほんとに友達なんかいるのかよ？」

「いるわよ。ほら、あんたたちの後ろに」

リサが振り向いて、にっと笑った。

敦たち三人は一斉に振り返った。すぐ目の前に、ひと目で筋者《すじもの》とわかる男が立っていた。二十七、八歳だった。細い目が刃《やいば》のように鋭い。

「おめえら、いい根性してんな。そのお嬢さんは、うちの組長の実の娘だぜ」

「先輩、すみません。おれたちは、ただ一緒に飲まないかと誘っただけなんすよ」

泰道が頭に手をやった。

男は薄い唇を歪《ゆが》めただけで、何も言わなかった。上着のボタンを外し、脇腹《わきばら》のあたりに手を進めた。

柄《つか》は薄汚れしている。白鞘《しらさや》が差し込まれていた。

——おれたちは刺されるんだろうか。かなり使い込んでいる匕首《あいくち》らしい。

敦は竦《すく》み上がった。泰道と茂樹も、明らかに怖がっている。

「坊主ども、トイレで話《ナシ》つけようじゃねえか」

男が上着の前を大きく拡げながら、低い声で凄んだ。

いやでも刃物が目に入ってくる。怕《こわ》かった。敦は一歩も動けない気がした。

泰道と茂樹が代わる代わる詫びた。

しかし、男は聞き入れようとしない。リサと名乗った女は、残忍そうな笑みを浮かべていた。

敦たち三人は、男子用手洗いに連れ込まれた。

運の悪いことに誰もいなかった。リサがドアの前に立ち塞《ふさ》がった。見張りだろう。

「横一列に並びな」

男が言って、匕首を抜いた。冷たい光が敦の目を射《い》る。

刃渡りは二十五センチ近い。波の形をした刃文《はもん》が不気味だった。

思わず敦はうつむいた。膝頭《ひざがしら》が小さくわななきはじめ、歯の根も合わない。泰道と茂樹も顔を伏せていた。どちらも、男と視線を合わせようとしない。

「男稼業を張ってるおれが堅気《ネス》のガキどもなんか相手にしたくねえんだけど、けじめだけはきっちりつけねえとな」

男は粘りつくような声で言うと、寝かせた刃を泰道の頬《ほお》に寄り添わせた。

泰道が奇声を洩《も》らし、身をのけ反らせた。

敦は、さらにうなだれた。濡《ぬ》れたタイルに映画館の入場券の切れ端がへばりついていた。意味もなく目で文字を追う。

男が、いきなり膝頭で泰道の急所を蹴《け》り上げた。鈍い音がした。

泰道は野太く唸《うな》って、腰を屈《かが》めた。

男は、次に茂樹の股間《こかん》を蹴った。的《まと》は外さなかった。

茂樹が呻《うめ》いて、前屈みになる。最後に敦が狙《ねら》われた。匕首を頬に押し当てられた瞬間、彼は危《あや》うく小便を漏らしそうになった。

男の膝蹴りは重かった。一瞬、息が詰まった。視界も霞んだ。

「兄ちゃん、いい背広《ビロ》着てんな。アルマーニだろ？」

男が泰道の胸倉を摑んだ。泰道が相手におもねった。

「先輩、もう勘弁してくださいよ」

「気やすく先輩なんて言うんじゃねえっ」

男は言いざま、泰道の眉間《みけん》に頭突きを見舞った。

骨と骨がぶつかって、重い音をたてた。泰道は個室のドアに後頭部を打ちつけ、長く唸《うな》った。

「おめえら、どう決着《オトシマエ》をつけてくれるんだ？」

「おれ、三、四万なら持ってます」

茂樹が弱々しく言った。

敦は急に不安になった。所持金はもう五、六千円しかない。もっと痛めつけられることになるのか。

「そんな端金《はしたがね》で話がつけられると思ってんのか。えっ！」

「でも、それしかないんすよ」

「なめんじゃねえ」

男が怒鳴り、茂樹に頭突きを浴びせた。もろにヒットした。茂樹は大きくよろけた。

「おれ、十万ぐらいあります」

泰道が観念した表情で、革の札入れを差し出した。男は、それを引ったくった。紙幣をそっくり抜き取り、財布を泰道に返した。

「おめえらも出しな」

男が茂樹と敦を等分に見た。

二人は相前後して、ありったけの札を差し出した。男は不満そうだったが、文句は言わなかった。集めた紙幣を無造作に内ポケットに突っ込むと、匕首を鞘に収めた。

「少ねえけど、これで勘弁してやらあ。ほんとは小指貫《エンコ》いてえとこだけどな」

「………」

「てめえら、なんか文句あんのかよっ」

「いいえ、ありません」

泰道が顔の前で手を振った。

「だったら、礼を言いな」

「ありがとうございました」

三人は声を合わせた。

敦は、理不尽だと思った。思っただけだった。口には出せなかった。

「あばよ」

男は肩をそびやかしながら、手洗いを出ていった。

ガラス越しに、リサが男の腕を取るのが見えた。

——おれたちは、一種の美人局《つつもたせ》に引っかかっちゃったんだな。

敦は密《ひそ》かに思った。忌々《いまいま》しかった。

「くそったれが！」

泰道が腹立たしげに叫び、個室のドアを力まかせに蹴った。ドアが破れた。

「泰ちゃん、ここの支払い、どうしよう？」

「そいつは心配ねえよ。裸の札がここに入ってんだ」

泰道はにやりとして、スラックスの左ポケットを軽く叩いた。

茂樹が安堵《あんど》した顔つきになった。

——助かった！　無銭飲食のかどで交番に突き出されたりしたら、みっともないからな。

敦も胸を撫《な》で下ろした。

「このままじゃ、すっきりしねえな。シゲ、またエアガンで狙い撃ちをやるか」

「いいっすね。エアガンはトランクん中？」

「ああ。フロンガスボンベもプラスチック弾もたっぷりあるよ」

「やろう、やろう！　おれ、むしゃくしゃしてんだ」

「ユーもつき合えよな」

泰道が敦に声をかけてきた。

「車の中から、エアガンで通行人か誰かを狙撃《そげき》するの？」

「そうだよ。気分がすっきりするぜ。ストレス解消にはもってこいだな」

「なんかスリルありそうだな」

「スリル満点だよ。シゲとおれ、時々、やってんだ。面白《おもしれ》えぜ。ユーだって、いま、むかついてんだろ？」

「そりゃ、愉しい気分じゃないっすよ」

「よし、話は決まりだ。ここ、出ようや」

泰道が真っ先にドアに向かった。

茂樹の後から、敦も通路に出た。何か説明のつかない怒りと苛立《いらだ》ちが胸底で渦巻いていた。

3

交差点が迫った。

六本木だ。ベンツの速度が落ちた。

敦は後部座席のシートから、エアガンを掴み上げた。

型《タイプ》はヘッケラー&コッホＰ7だった。プラスチック弾は装塡《そうてん》済みだ。

助手席の茂樹が、UZIの銃把《グリップ》を握った。イスラエルで生まれた短機関銃《サブマシンガン》の模型銃だ。真性銃よりも、ひと回り小さいらしい。

「撃ったら、すぐ顔を隠せよ」

ステアリングを操りながら、泰道が小声で言った。敦と茂樹は、ほぼ同時にうなずいた。どちらも無言だった。

車道の信号が赤になった。

交差点の少し手前で、泰道が車を停《と》めた。最前列ではなかった。

「秋野、信号が黄色になったら、素早くぶっ放すんだぞ」

茂樹が言った。

「わかったよ」

「標的《ターゲット》をよく狙えよな」

「うるさいなあ」

敦はうっとうしくなった。緊張しているからか、掌《てのひら》がかすかに汗ばんでいる。

「そろそろ信号が変わるな」

茂樹が呟《つぶや》いて、パワーウインドーのシールドを下げた。敦は茂樹に倣《なら》った。

エアガンの銃身を窓枠に固定し、狙いを定める。

「撃て！」

泰道が命じた。敦と茂樹は、ほぼ同時に引き金《トリガー》を絞った。

茂樹のほうは、全自動《フルオート》になっていた。連射される円《まる》いプラスチック弾が次々に通行中の人々に命中する。敦も引き金を休みなく絞りつづけた。

あちこちで悲鳴があがった。怒声も聞こえた。

若いサラリーマン風の男たちがベンツを指さし、勢いよく走ってくる。一様《いちよう》に表情が険《けわ》しい。

敦は夢中で引き金を手繰《たぐ》った。男たちが腕で顔面を庇《かば》って、立ち竦《すく》む。身を屈めた者もいた。

信号が変わった。ベンツが急発進する。茂樹が上体を屈めた。敦は顔を伏せた。

泰道が巧《たく》みなハンドル捌《さば》きで、強引に前走車を追い越していく。周囲でブレーキ音が轟《とどろ》き、警笛がヒステリックに鳴った。

「逃げるときのスリルがたまんねえんだよな」

茂樹がウインドーシールドを上げて、上機嫌に言った。

「村上、プラスチック弾の威力はどのくらいなんだよ？」

「たいしたことねえよ。五メートル離れりゃ、街灯をぶち抜くのがやっとだな」

「えーっ、そんなに凄いのか。それじゃ、顔や手を撃たれた奴は怪我《けが》するんじゃないの？」

「怪我ったって、ちょっと痣《あざ》ができる程度さ。目ん玉にまともに当たりゃ、失明するかもしれねえけどな。でも、そういう奴は運が悪いんだよ」

「なるべく顔は狙わないほうがいいな」

「おまえ、ばっかだね。面《つら》を狙うから、面白《おもしれ》えんじゃねえか。肩とか背中なんか撃っても、インパクトが弱《よえ》えからな」

「それはそうだけど……」

敦は語尾を呑《の》み込んで、パワーウインドーの開閉ボタンに手を伸ばした。

「次は広尾の地下鉄んとこでやろう」

泰道が車のスピードを上げた。

三人はエアガンで、通行人を狙撃しつづけた。回を重ねるうちに、いつしか敦は罪の意識を感じなくなっていた。逃げ惑《まど》う男女の姿は、サディスティックな快感を与えてくれた。

「ちょっとは気分が晴れたけど、イマイチすっきりしないんだよな」

走るベンツの中で、茂樹が言った。すぐに泰道が応じた。

「おれも同じだよ」

「やっぱね。泰ちゃん、生意気な野郎をぶっ叩いて、銭《ぜに》を巻き上げない？」

「恐喝《カツアゲ》なんて、おれはもう卒業したよ」

「そんじゃ、いちゃついてるカップルでもからかいに行こう」

「そうするか。東京湾岸のプレイスポットを流してみよう」

泰道がそう言い、ベンツを芝浦方向に向けた。

――ウォーターフロント族って、どんな連中なのか。

敦は、ふと興味を覚えた。

東京湾沿いの倉庫街や埋立地は、十五、六年前から若者たちの新しい遊び場になっていた。ライブハウスやレストランクラブなどが次々に生まれ、朽《く》ちかけた倉庫が写真スタジオや演劇集団の稽古場《けいこば》などに使われている。

数十分走ると、ベンツは芝浦の海岸通りに入った。

倉庫ビルの奥に、ところどころ華やかな色彩がちらばっている。ネオンチューブやイルミネーションだった。ライトアップされた東京港連絡橋《レインボーブリッジ》が美しい。

ほどなく車は、ライブハウスやレストランのある通りに出た。泰道が減速する。

敦は、窓の外に視線を投げた。

独特なたたずまいだった。撮影所のオープンセットの中に紛《まぎ》れ込んだような気分だ。けばけばしい感じの娘たちが、そこかしこにいた。髪型や衣服が驚くほど似かよっている。

「若い女どもがいっぱいいいるなあ」

茂樹がはしゃいで、ウインドーシールドを下げた。すぐに彼は指笛を鳴らし、女たちに手を振った。だが、誰ひとりとして相手にしてくれない。黙殺するか、嘲笑《ちょうしょう》するだけだった。

「ちくしょう、無視《シカト》しやがって」

茂樹が喚《わめ》いた。自尊心を傷つけられたらしい。

「シゲ、カッカすんな。あいつらは、どうせ東京近郊に住んでるイモ姐《ねえ》ちゃんたちだよ」

「そうだね。泰ちゃん、岸壁のほうに行ってみない？　晴海埠頭《はるみふとう》や有明《ありあけ》ほどじゃないけど、割にカップルがいるんだ」

「オーケー」

泰道が車を岸壁に向ける。

ひとっ走りで、倉庫の建ち並ぶ場所に達した。敦は闇《やみ》を透かして見た。

岸壁のあちらこちらに、車が駐《と》まっている。かなりの数だった。クーペが多かった。

「カーセックスやってる奴らが、結構いるんだよ」

茂樹が敦に言った。

「この寒いのに、よくやるなあ」

「寒いったって、ヒーターがあるじゃねえか。それに、当人たちは燃えてるだろうしな」

「それにしても、ご苦労さんだな。なんで、ラブホテルに行かないんだろう？」

敦には理解できなかった。

「ホテル代を浮かしてんじゃねえか。それから、車ん中でやるほうがスリリングだろうしな」

「どういう神経してんのかね？」

「おれはなんとなくわかるよ。おまえ、カーセックスを覗いたことないの？」

「うん、ない」

「それじゃ、愉しみだな。みんな、かなり大胆だぜ。たいがい男も女も下だけしきゃ脱がねえんだけど、お台場で見たカップルなんか、両方とも素っ裸だったんだ」

「ふうん」

「そいつら、熱中してて、なかなかおれたちに気づかねえの。あんときゃ、愉快だったなあ」

「相手に気づかれたら、逃げるんだろ？」

「逃げやしねえよ。向こうがビビって、先に逃げ出すさ。野郎は、てめえの女を輪姦《マワ》されると思うんじゃねえの」

茂樹は好色そうな笑みを浮かべて、前方に向き直った。

泰道が徐行運転しながら、左右の暗がりに目をやりはじめた。どの車もカップルばかりだった。おおむね影と影が重なっている。

「シゲ、ぽつんと離れてる車を覗こう」

「了解！」

茂樹が泰道に答え、グローブボックスを開けた。彼はスパナ、革鞘に入ったハンティング・ナイフ、粘着テープを取り出した。

「村上、そんなものをどうするんだ？」

敦は訊《き》いた。

「まずガムテープで車のナンバーを隠すんだよ。スパナやナイフは、いざってときのためにな。トランクの中にゃ、木刀も入ってる」

「ただ覗くだけなんだろ？」

「ああ、そうだよ。けど、野郎がかかってくるかもしれねえじゃねえか」

茂樹がそう言って、グローブボックスの蓋《ふた》を閉めた。

──なんかまずい雰囲気になってきたな。だけど、カーセックスしてるとこを覗いてみたい気もするし……。

敦は胸のうちで呟いた。

ベンツが静かに停止した。岸壁の端だった。

そこには、一台の黒いＢＭＷが駐《と》められている。車内は暗い。ヘッドライトも消されていた。

「あの車を覗き込もう。シゲ、ナンバーを隠してくれ」

「オーケー」

茂樹が粘着テープを手にして、そっと車を降りた。敦は心臓がざわめくのを感じた。すぐに茂樹が戻ってきた。助手席に坐ると、彼は銀色のスパナをベルトの下に挟んだ。ハンティング・ナイフを鞘ごと泰道に渡す。

泰道がヘッドライトを消した。

それから彼は低速でベンツを前進させ、斜めに車を停めた。ＢＭＷの後ろ側だった。ＢＭＷの前は海で、右側は運河だ。泰道がエンジンを切った。

逃げ道を塞《ふさ》いだんだろう。

敦は、そう思った。少しすると、泰道がどちらにともなく言った。

「ここで少し様子をみようや」

「そうだね」

茂樹が答えた。敦は何も言わなかった。

車内に静寂が満ちた。敦は動悸《どうき》が速くなった。煙草が喫《す》いたかった。しかし、カップルに煙草の火を見られるかもしれない。そう考え、思い留《とど》まった。

敦は暗い海に目をやった。

沖合に幾隻かの貨物船が碇泊《ていはく》している。トパーズ色の舷灯《げんとう》が美しかった。

その向こうに、湾岸道路が延びている。道路のあたりが明るい。どこか幻想的な眺めだった。

五分ほど経《た》つと、泰道が目配せした。

三人は相前後して車を降りた。潮風が敦の髪を逆立てた。油臭い風だった。

茂樹があたりを見回した。釣られて、敦も首を巡らせた。はるか遠くにスカイライン・スポーツクーペが見えるだけで、人気《ひとけ》はまったくない。

「行こう」

泰道が腰を屈めて、ＢＭＷに近づいていった。

抜き足だった。ほとんど足音は聞こえない。茂樹、敦の順につづいた。

ＢＭＷの中には、やはり男と女がいた。

暗くて顔や年恰好《かっこう》は判然としない。二人は、ただ話し込んでいるだけだった。

「ちぇっ、がっかりだな」

茂樹が舌を鳴らした。

敦も、肩透かしを喰《く》ったような心持ちになった。その反面、ほっとしたような気分もあった。

――二人とも、しゃがむんだ。

泰道がゼスチュアで命じた。

敦たちは屈み込んだ。ＢＭＷの助手席側だった。

ほどなく急に車内の一点が明るくなった。

ライターの炎だった。運転席の男が、くわえた煙草に火を点けた。

敦は、こころもち背筋を伸ばした。

助手席に坐った女の横顔が見えた。都会的な美人だった。二十歳前後だろう。

男も端整な顔立ちだった。背が高そうだ。二十三、四歳だろうか。黒いタートルネック・セーターの上に、茶色っぽいツイードジャケットを羽織っていた。

ふたたび車内が暗くなった。

男が煙草を喫《す》うときだけ、ほんの少し車の中が明るんだ。火は蛍を連想させた。

この二人がラブシーンを演じてくれなかったら、ばかみたいな話だ。

敦は自嘲した。

そのとき、不意に霧笛が鳴った。敦は跳《と》び上がりそうになった。横にいる茂樹は、平然とＢＭＷの中を覗き込んでいる。

敦は、自分の小心さが何か情けなかった。

4

喉《のど》の奥がむず痒《がゆ》い。

粘膜に糸屑《いとくず》か何かがへばりついているような感じだ。

車内には、吐き出された煙草の煙が澱《よど》んでいる。

京極由美は、ついに堪《こら》えきれなくなった。たてつづけに数度むせた。

「あっ、ごめん、ごめん」

椎名智彦《しいなともひこ》が喫《す》いさしのラークマイルドの火を慌《あわ》てて消し、素早く排気スイッチを入れた。

「もう大丈夫よ。気にしないで」

「なるべく喫わないようにするよ」

椎名が微苦笑し、左手を伸ばしてきた。

由美は右手を握られた。恋人の大きな手は、何やら頼もしかった。由美は左手の人差し指で、椎名の手の甲を撫でさすりはじめた。椎名は幾分、くすぐったそうだった。

由美は東日本女子大学の一年生だ。十九歳である。二十三歳の椎名は、外資系の証券会社に勤めている。為替ディーラーだった。

二人は一年前に信州のスキーロッジで出会い、恋仲になったのだ。

「ねえ、智彦さん。一泊二日ぐらいで、斑尾《まだらお》高原に行かない？」

由美は誘ってみた。

「思い出のスキー場か。行ってみたいが、いろいろ事情があるんだよな」

「事情って、お金のこと？」

「きみは鋭いね」

「智彦さんのことなら、なんだってわかっちゃうの」

「ちょっと怖いな」

「うふふ。お金、そんなにピンチなの？」

「ゆとりがあるとは言えないな」

「無理して、こんなに高い車を買うからよ。前のミニクーパー、わたしは気に入ってたんだけどな」

「由美のために、ちょっと無理をしたかったんだ」

「あら、なんだか責任を感じちゃうな。だからってわけでもないけど、今度のスキーはわたしに奢《おご》らせて。父がね、お年玉を二十五万くれたの。それがそっくり残ってるのよ」

「お年玉が二十五万とは驚きだな。おれの給料以上だよ。親父《おやじ》さんは、由美に甘いからなあ」

椎名は呆《あき》れ顔だった。

「そういう傾向は、確かにあるみたい。わたし、ひとりっ子だから」

「それだけかな。親父さんは、娘のきみのことを恋人みたいに思ってるんじゃないのか。おれを見るときの親父さんの目って、敵愾心《てきがいしん》剝《む》き出しって感じだぜ」

「いやね、智彦さんったら。いくらなんでも、それは考えすぎよ」

「そうかな」

「いやだわ、いいかげんにして。それはそうと、本当に斑尾高原に行かない？」

「来週は、ちょっと忙しいんだ。土曜日に研修があるんだよ。なにしろ、こっちは一年生ディーラーだからね」

「再来週はどう？」

「そのころなら、なんとかなりそうだな。しかし、奢られるのは困るね。おれは、逆玉志願者じゃないんだ」

「智彦さんって、意外に古いのね。でも、そういう男っぽいところがいいんだけど」

「費用は、おれが何とかするよ。家の人たちには、どう言うつもりなんだい？」

「いつものように、沙霧《さぎり》の名前を使わせてもらうつもりよ」

「沙霧ちゃんも悪い親友を持ったもんだな」

「あら、わたしだって、沙霧には協力してるのよ。彼女ね、最近、好きな男性ができたの」

「それじゃ、どっちもどっちだな」

「そうね。わたし、もし嘘《うそ》がバレても平気よ。智彦さんとは、遊びでつき合ってるわけじゃないんだから」

「おれだって、本気できみに惚《ほ》れてるんだ」

椎名が熱っぽく言って、由美の肩に腕を回してきた。

由美は瞼《まぶた》を閉じた。椎名が顔を重ねてくる。唇を塞《ふさ》がれた。椎名はひとしきり唇をついばむと、舌を挿《さ》し入れてきた。由美は情熱的に応《こた》えた。

椎名が舌を閃《ひらめ》かせながら、胸をまさぐりはじめた。

ブラジャーの下で二つの乳首が急激に張りつめるのを、由美は鮮やかに自覚した。

椎名は乳房を愛撫《あいぶ》し終えると、ワンピースの下から手を忍ばせてきた。パンティー・ストッキングが、ざらついた音をたてる。由美は腿《もも》を閉じ合わせた。

舌を絡《から》めたまま、顔を小さく振った。だが、恋人の右手は退《しりぞ》かない。

やがて、腿の間に指が滑り込んできた。由美は強くは拒めなかった。体から力が脱《ぬ》けた。

椎名がパンティーの上から秘めやかな場所を慈《いつく》しみはじめた。

直《じか》に触れられるときよりも、快感がいくらか鈍い。それでも次第に昂《たか》まってくる。由美は体の芯《しん》が火照《ほて》りはじめた。

「欲しいんだ」

椎名が唇を由美の項《うなじ》に移し、喘《あえ》ぐように言った。

「だめよ、こんな所じゃ」

「それなら、いつものホテルに行こう」

「困らせないで。どうしても今夜中に、心理学のレポートを書かなきゃならないの」

「なら、やっぱりここで……」

「いくらなんでも車の中で愛し合うなんて」

「周りに人なんかいないよ。ヒーターをもっと強くする。そうすればシールドが曇って、外からは何も見えないさ」

椎名はそう言うと、尖《とが》らせた舌を由美の耳の中に潜《もぐ》らせた。

熱い舌が蠢《うごめ》く。由美は、くすぐったさと快さの入り混じった感覚にくるまれた。ひとりでに声が洩れてしまう。

「もう待ったが利かないよ」

椎名が由美の頭を抱え込み、素早く助手席のシートを倒した。

由美は、また小さく首を振った。

無駄だった。椎名が腰を浮かせ、由美を軽く押した。由美は横たわった。もはや拒む気持ちは失《う》せていた。体の芯が熱い。そこは潤《うる》みはじめていた。

椎名が覆い被《かぶ》さってきた。

乳房が平たく潰《つぶ》れる。恋人の湿った吐息が顔に降りかかってきた。官能が鮮烈にめざめた。

「少しずり上がってくれないか」

椎名が言って、ヒーターを強めた。

由美は体をくねらせ、後部座席のほうに頭をずらした。胸が弾みはじめていた。

椎名がのしかかってきた。改めて唇を貪《むさぼ》り合う。由美は片手を恋人の髪の中に潜《くぐ》らせ、もう一方の手で肩や背を撫で回した。

いつも通りの愛撫が終わると、由美は俯《うつぶ》せにさせられた。

椎名が、ワンピースの裾《すそ》を大きくはぐった。由美は恥ずかしかった。体が一層、熱くなった。ガードルとパンティーをひとまとめに引き下ろされた。耳朶《みみたぶ》まで熱くなった。

――智彦さんは、後ろから体を繋《つな》ぐ気なんだわ。

由美は、甘やかな疼《うず》きを覚えた。

ラブホテルでは、そうした体位で幾度か交わったことがある。しかし、これほど煽《せん》情的《じょうてき》な気分になったことはない。

椎名が背後でスラックスを下げた。気配で察することができた。

由美は進んで尻《しり》を突き出した。暗さが大胆にさせたのかもしれない。

椎名の手が、はざまに伸びてきた。淫《みだ》らな音がたった。

敏感な部分を指で弄《もてあそ》んでから、椎名が分け入ってきた。いつもより荒っぽかった。

それが刺激的だった。由美は呻いた。

その直後だった。リアウインドーのシールドが鳴った。硬い音だった。間を置かずに、車体を蹴る音が響いてきた。

「誰かに覗かれてたんだ」

椎名が狼狽《ろうばい》して、慌《あわ》てて体を離した。由美は寝たまま、手早くランジェリーを引っ張り上げた。

すぐに椎名が運転席に戻った。身繕《みづくろ》いは済んでいた。

由美は上体を起こし、シートの背凭《せもた》れを立てた。目で、ドアのロックを確かめる。施錠してあった。ひと安心する。

「二人とも出て来な」

運転席側で、若い男の濁った声がした。

ほとんど同時に、助手席側のシールドに亀裂《きれつ》が走った。スパナか、バールで叩かれたらしい。

「きっとおかしな連中よ。智彦さん、逃げましょ」

「シートベルトをしてくれ」

椎名が、せっかちにシフトレバーをＲ《リヴァース》レンジに入れた。アクセルを踏み込む。車が動きだした。

いくらも後退しないうちに、ＢＭＷが何かにぶち当たった。衝撃で、由美は前にのめった。

「後ろを塞がれてたんだ」

椎名が言って、シフトレバーをＤ《ドライブ》レンジに叩き込んだ。その手は震えていた。

ステアリングを左に切り、車を急発進させた。

だが、椎名はすぐにブレーキを踏みつけた。ヘッドライトの光の中に、二人の少年が立っていた。ともに十八、九歳だった。

由美は肌が粟立《あわだ》った。黒革のハーフコートを着た少年は、右手に何か握りしめていた。それはスパナだった。もうひとりは、草色のフライトジャンパーを羽織っている。

その少年は額に小手を翳《かざ》して、眩《まぶ》しそうに目を細めていた。どことなく気弱そうに見えた。色白で、痩《や》せこけているせいだろうか。

「智彦さん、あの子たちを蹴ちらして」

由美は恋人の腕を揺さぶった。

椎名が黙ってうなずき、クラクションを高く鳴らした。すると、スパナを持った少年がＢＭＷのすぐ前まで駆けてきた。

椎名が溜息《ためいき》をついた。短く迷ってから、彼はウインドーシールドを下げた。

「きみたち、どういうつもりなんだ」

「てめえこそ、どういうつもりなんだよっ。おれらの車にぶつかっといて、逃《フ》けようとしやがって」

「きみらが悪いんじゃないか。この車の退路に駐車なんかするから、あんなことに……」

「ざけんじゃねえ！」

スパナの少年は声を荒《すさ》ませ、二つのヘッドライトを叩き割った。前方が暗くなった。

椎名が血相を変えて、ドアを開きかけた。

「智彦さん、出ないで！　早くウインドーを閉めて」

由美は押し留《とど》めた。椎名がパワーウインドーを閉めようとした。

ちょうどそのとき、木刀を握った背広姿の男が駆け寄ってきた。

「おれのベンツをどうしてくれるんだよっ」

「悪いのは、そっちじゃないか」

椎名が窓越しに言い返した。由美は小声で恋人に言った。

「相手にならないで。わたし、怖いわ」

「しかし、このままじゃ……」

「車の中で、じっとしてましょうよ。そうすれば、そのうち彼らも諦《あきら》めると思うの」

「そうだ、クラクションを鳴らしっぱなしにしよう。ひょっとしたら、それで追っ払えるかもしれない」

椎名はすぐにホーンを押した。警笛があたり一帯に鳴り渡る。

三人の少年は少しうろたえた。

しかし、逃げようとはしなかった。木刀とスパナが屋根に振り下ろされた。

「ずっと鳴らしつづけてやるぞ」

椎名が呟いたとき、木刀を持った少年がふっと掻《か》き消えた。

逃げる気になったのだろうか。

由美は、そう思った。暴漢たちが逃げ去ってくれることを祈らずにはいられなかった。

しかし、その祈りは虚《むな》しかった。

背広の少年が予備のガソリンタンクを抱え、駆け戻ってきた。少年はＢＭＷにガソリンをぶっかけると、ポケットからライターを抓《つま》み出した。

椎名が絶望的な顔つきでステアリングから手を浮かせた。

背広の少年が、にんまりした。革のショートコートを着た少年は、ふたたび助手席のドアをスパナで叩きはじめた。

「二人とも早く出て来い！　さもねえと、車ごと焼き殺すぞ」

背広の少年が大声で喚《わめ》いた。強風用のターボライターを手にしていた。

「これ以上逆らったら、危険だよ。おれが話をつけてくる」

「智彦さん、やめて！　このまま、車を出して」

「そのほうが、むしろ危険だよ。下手したら、奴らを轢《ひ》き殺すことになるからね」

「でも、車の外に出たら……」

「心配ないよ。話せば、わかってくれるさ。きみは、ここにいてくれ」

椎名が車を降りた。

その瞬間、木刀が躍《おど》った。椎名は、まともに頭を撲《なぐ》られていた。強烈な一撃だった。

由美は、木刀が大きく弾んだのを見た。

椎名は両手で頭を抱えて、崩れるように両膝をついた。

そのとき、またも木刀が振り下ろされた。今度は肩だった。木刀が生きもののように撥《は》ねた。背広の少年が、せせら笑った。

椎名は短く呻いて、うずくまった。指の間から血が噴いていた。

——智彦さんを救《たす》けなければ……。

由美は強く思った。しかし、舌が強張《こわば》って声が出ない。

「この野郎、なめやがって」

木刀を持った背広の少年が、椎名の胸を蹴り込んだ。

キックは鋭かった。椎名の上体が後方にのけ反った。頭から流れ出た血は、いっこうに止まらない。額に幾条《いくすじ》かの赤い線が這《は》っていた。

「やめて、やめてくださいっ！」

由美は声を振り絞った。

「おまえも降りな」

「もう赦《ゆる》してください」

「早く出てこねえと、彼氏の目玉を抉《えぐ》っちまうぜ」

背広の少年は、いつの間にやらハンティング・ナイフを握っていた。

——もう逃げられないわ。

由美は観念して、車の外に出た。すぐ近くにハーフコートの少年がいた。

「でけえ声を出しやがったら、このスパナで面《つら》をぶっ潰《つぶ》しちまうからな」

「車の修理代は払います。だから、もう何もしないでください」

「うるせえっ。こっちに来な」

少年が左腕を伸ばしてきた。由美はセミロングの髪を鷲摑《わしづか》みにされ、車の反対側に連れていかれた。恋人の椎名は正坐させられていた。頭髪が血で濡《ぬ》れていた。

背広を着た男がリーダーのようだった。よく見ると、ほかの二人よりも顔が大人っぽい。

男は椎名の胸や腹を蹴り込んでは、すぐに坐り直させた。

「お願い、もう彼に乱暴しないで」

由美は、男の腰に武者ぶりついた。だが、すぐに捻《ひね》り倒されてしまった。

男は蹴ることをやめなかった。

足を飛ばすたびに、椎名の骨や肉が痛々しげな音をあげた。歯の折れる音もした。

椎名は無抵抗だった。頭を木刀で殴打された瞬間から、戦意が失《う》せてしまったのかもしれない。

由美は恋人に少しばかり失望したが、軽蔑《けいべつ》する気にはなれなかった。狂気じみた暴力は誰もが怖い。

「シゲ、ちょっとヤキをぶっ込んでやれよ」

背広の男がそう言って、黒革コートの少年に木刀を手渡した。少年はスパナを横にいるフライトジャンパーを着た仲間に渡すと、木刀を大上段に構えた。

「もうやめて！」

由美は、恋人の前に立ちはだかった。

木刀が空気を裂いた。由美は肩を打たれて、片膝をついた。痛みは、それほど鋭くない。どうやら手加減してくれたようだ。

「おまえは引っ込んでろ」

少年が言い放ち、木刀の先で椎名の喉を突いた。

椎名が喉を押さえて、後ろに倒れた。車体にぶつかり、前に撥《は》ね返された。少年は椎名の全身を容赦なく打ちつづけた。

椎名は四肢《しし》を縮めて、転げ回った。やがて、彼は唸るだけになった。

「シゲ、そのくらいにしておけ。それ以上ぶっ叩いたら、死んじまうぜ」

背広の男が制止した。シゲと呼ばれた少年がうなずき、リーダー格の男に問いかけた。

「この女、どうする?」

「いいところで邪魔したみたいだから、おれたちが慰めてやろうや」

背広の男がそう言い、由美の腕を捉《とら》えた。

「わたしをどうするつもりなの!?」

「もう少しつき合ってもらうぜ」

「いや、もう赦《ゆる》して」

由美は全身でもがき、恋人に救いを求めた。しかし、椎名は弱々しく呻いたきりだった。半《なか》ば気を失っているのかもしれなかった。

「立ちな」

男がナイフを脇腹に突きつけてきた。

由美は怯《おび》えに捉《とら》われた。摑み起こされても、逃げる気力も失《う》せていた。

背広の男に刃物で脅されながら、由美はベンツまで歩かされた。ベンツの車体が派手にへこんでいた。

少しすると、黒革コートの少年が駆け込んできた。由美のバッグとコートを抱えていた。

最後に、フライトジャンパーの少年がやってきた。その少年は終始、無言だった。彼だけが私刑《リンチ》に加わらなかった。

「シゲたちは女と後ろに乗ってくれ」

背広の男はナイフを黒革コートの少年に渡すと、ベンツの運転席に乗り込んだ。シゲと呼ばれた少年が後部座席のドアを開け、ナイフを由美の首筋に寄り添わせた。

隙《すき》を見て、なんとか逃げ出そう。

由美は少年に腕を引かれて、リアシートに腰かけさせられた。フライトジャンパーの少年が左隣に乗り込んできた。

ベンツが荒々しくスタートした。

5

女の悲鳴が聞こえた。

くぐもり声だった。ベッドの軋《きし》みも耳に届いた。

思わず秋野敦は振り返った。

オフホワイトのアコーディオン・カーテンは、ぴたりと閉ざされていた。だが、隣室の気配は生々しく伝わってくる。

世田谷区の三軒茶屋にある茂樹のマンションだった。

間取りは1DKだ。敦と茂樹は、ダイニングキッチンにいた。ダイニングテーブルを挟んで、二人は向かい合っていた。茂樹は口に生唾《なまつば》を溜《た》めているようだった。

「おまえ、ここで独り暮らしをしてるの？」

敦は、茂樹に話しかけた。

「ああ、半年前からな。おれんちは、ここから歩いて七、八分の所にあんだよ。けどさ、親と一緒だと、何かと不便じゃねえ？」

「そうだな」

「そんでもって、おふくろにこの部屋を借りさせたんだ。親父は反対だったみてえだけどな」

「ふうん。家賃、高いんだろう？」

「安かねえみたいだな。けど、会社の必要経費で落としてるから、どうってことねえんだ。おれんち、一応、株式会社になってんだよ。笑っちゃうけどな」

茂樹がそう言い、ハンドバッグの中身をテーブルの上にぶちまけた。中身はレッドブラウンの財布、定期券入れ、ビーズの化粧ポーチ、スマートフォンなどだった。

敦は定期券入れを掴み上げた。

ＪＲのターミナル駅と私鉄駅間の三カ月分の定期券だった。定期券入れには、学生証も入っていた。

――東日本女子大学社会学部の一年生か。名前は、京極由美っていうんだな。

敦は定期券入れをダイニングテーブルに戻した。茂樹が赤茶の札入れの中を検《しら》べていた。敦は何か厭《いや》な予感がした。

茂樹が顔を上げ、小声で言った。

「四万五、六千円入ってるよ。二人でこっそり山分けしようぜ」

「おれはいいよ」

「マジ？」

「ああ、ほんとにいらないから」

「欲がねえな」

茂樹が小ばかにしたように言い、財布の中身を自分のポケットに移した。空になった札入れは屑入《くずい》れに投げ込まれた。

――村上は、こういうことに馴《な》れてるみたいだな。

敦は、そう感じた。

ややあって、隣室から泰道の怒声が流れてきた。

女子大生のどこかを殴打する音もした。敦は耳を塞《ふさ》ぎたかった。

「あの女、諦《あきら》めが悪いぜ。もう逃げられやしねえんだから、おとなしく股《また》をおっぴろげりゃいいのによお」

「………」

敦は沈黙したままだった。

「さっき、あいつを裸にするとき、おれ、手首を噛《か》まれたんだ」

「そう」

「口にガムテープを貼ったのは、正解だと思うよ。マラを噛み千切られたら、取り返しがつかねえからな」

茂樹がそう言って、定期券入れの中から学生証を引き抜いた。すぐにそれを戻し、次の住所録を手を取った。

——学生証やスマホまで奪う気なら、何か言わなきゃな。

敦は密かに決意した。

だが、茂樹はどちらにも興味がなさそうだった。中身を次々にハンドバッグの中に戻した。

「あの女、東日本女子大の一年なんだな。あそこはAランクだろ？」

「私立の女子大じゃ、超一流だよ」

「そういう優等生も、カーセックスをやってるわけだ」

茂樹が唇を歪《ゆが》めた。敦の脳裏に、由美が恋人と交わっているときの情景が蘇《よみがえ》った。

「女って、わからねえよな。おとなしそうな面《つら》してても、外じゃ、とんでもねえことやってんだからさ」

「そうだな」

敦はマイルドセブンに火を点けた。

そのとき、急にベッドの軋み方が激しくなった。肉と肉がぶつかり合う音も響いてきた。

「泰ちゃんがフィニッシュに入るんだな」

「そうみたいだな」

「泰ちゃんのセックスは、ワイルドだからなあ。だいぶ前におれたち、同じ部屋でダブルカップルでやったことあんだよ」

「そういうのって、落ち着かないんじゃないの？」

「最初は、ちょっとな。でも、だんだん異常に興奮してきて、かなり刺激的だったよ。秋野も、いつかやってみな」

「おれはノーマルな人間だから、そういう変態じみたことには興味ないんだ」

「よく言うよ、この野郎っ。そんなこと言う奴に限って、下着泥棒かなんかやってんだよな」

茂樹が笑いながら、敦の頭を軽くはたいた。

痛くはなかった。敦は曖昧《あいまい》に笑い返して、短くなった煙草の火をクリスタルの灰皿の中で揉《も》み消した。

アコーディオン・カーテンが開けられたのは、それから間もなくだった。

半裸の泰道が寝室から出てきた。金色のネックレスをしていた。

「泰ちゃん、終わったの？」

茂樹が訊く。

「ああ、一応な。おまえらが使いやすいように濡らしといてやったよ」

「乗り心地はどうだった？」

「悪くなかったよ。シゲ、おまえも早く一発抜いてきな」

「うん」

茂樹は子供っぽい答え方をすると、ベッドのある部屋に駆け込んでいった。

アコーディオン・カーテンが閉ざされた。

また、由美がくぐもった叫びを放った。茂樹が相手を威嚇《いかく》する。

隣室の物音が一瞬、熄《や》んだ。

泰道が酷薄そうな笑みを浮かべ、流し台に歩み寄った。蛇口から直《じか》に水を飲むと、彼は敦の前の椅子《いす》に腰かけた。

「ユーは輪姦《マワシ》初めてかい？」

「え、ええ」

「そうか。最後になって悪いな」

「おれは、いいっすよ」

「それ、やらないって意味か？」

「どうも勇気がなくて」

敦は卑屈に笑った。

「そりゃないぜ。おまえ、ひとりだけいい子になりてえのかよっ」

「そういうことじゃないんだけど、どうも輪姦っていうのは気が進まなくて」

「気取るんじゃねえや！」

泰道が声を張った。その目は鋭かった。

敦はたじろぎ、視線を逸《そ》らした。

「どうせユーだって、共犯なんだぜ。いまさらカッコつけても始まらねえよ」

「だけど……」

「シゲが終わったら、女を抱けよな。抱かなかったら、ユーをちょっと締めることになるぜ」

「そ、そんな！」

「おまえ、おれに借りがあることを忘れたのかよ。え？」

「奢ってもらった分は、後日払いますよ」

「てめえ、なめんじゃねえっ」

泰道が言い放ち、右のストレートパンチを繰り出してきた。

躱《かわ》せなかった。敦は眉間《みけん》を撲られ、椅子ごと引っくり返った。

起き上がると、鼻血が滑り出てきた。

敦はやや顎《あご》を上げ、鼻柱の上部を指先で抓《つま》んだ。少年サッカーをやっていたころに覚えた止血法だった。少し経《た》つと、血は止まった。

「悪かったよ、おれが」

泰道が言った。声は和《なご》んでいた。だが、その目は笑っていなかった。

敦は愛想笑いをした。そんな自分に唾《つば》を吐きかけたかった。

「大丈夫かよ?」

「ええ、へっちゃらです。おれ、鼻血が出やすい体質なんですよ」

「そうか。おれたち三人、なんとか兄弟になって、仲良くやっていこうや」

「そうですね」

敦は倒れた椅子を起こして、浅く腰かけた。

泰道がハンドバッグから、定期券入れを取り出した。短く眺めただけで、すぐハンドバッグに戻した。

敦は気分が落ち着かなかった。泰道が立ち上がって、ワイシャツとスラックスを身にまとった。ネクタイは結ばずに、上着を肩に引っかけた。

ちょうどそのとき、隣室で茂樹が短く呻いた。どうやら果てたらしい。

ややあって、茂樹がベッドを降りる気配が伝わってきた。

——村上、おれはどうすればいいんだよ。

敦は途方に暮れた。

アコーディオン・カーテンが乱暴に横に払われた。トランクス一枚の茂樹が姿を見せた。セーターと起毛《きもう》のチノクロスパンツを抱えていた。

——ついにおれの番がきてしまったな。

敦は泣き出したいような気持ちだった。

「秋野、頑張れよ」

茂樹が敦の肩を叩いて、泰道の横に坐った。

泰道に目顔《めがお》で促され、敦は腰を上げた。一瞬、全身に震えが走った。

——もうどうとでもなれ。

敦は胸の中で投げ遣《や》りに呟き、隣室に足を踏み入れた。アコーディオン・カーテンを閉める。

八畳ほどの部屋には、腥《なまぐさ》い臭《にお》いが充満していた。むせそうになった。

敦はベッドに近づいた。

京極由美が瞼を閉じて、仰向けに横たわっていた。一糸もまとっていない。

由美の両手は、ベッドの支柱に針金で括《くく》りつけられている。手首のあたりが赤い。血だった。

口許《くちもと》の粘着テープは半分ほど剝《は》がれ、詰め物が食《は》み出していた。彼女自身の真珠色のパンティーだ。由美の自由を奪ったのは、泰道と茂樹だった。

——ちょっとやり過ぎだな。

敦は白い裸身を眺め下ろした。

肉感的な肢体だった。肌が瑞々《みずみず》しい。張りもある。どこを押しても、肉が弾みそうだ。

果実を連想させる二つの乳房に、赤い痣《あざ》のようなものが散っている。キスマークだった。

飾り毛は濃いほうかもしれない。

太腿《ふともも》は開かれたままだった。赤い輝きを放つ部分は、電灯の光に晒《さら》されていた。

由美は死んだように動かない。呪《のろ》わしい運命を受け入れる気になったのか。良心が疼《うず》く。

敦は、決心がぐらつきそうになった。

しかし、何もしなかったら、泰道を怒らせることになるだろう。次は殴られるだけでなく、足蹴《あしげ》にされるかもしれない。

——そんなの、ごめんだ。おれなんか、もうどうなってもいい。とことん堕《お》ちてやれ。

敦はフライトジャンパーとジーンズを脱ぎ捨て、ベッドに上がった。女子大生の足許だった。

由美が目を開け、両脚をすぼめる。

目と目が合った。敦はほほえみかけた。相手に恐怖心を与えたくなかったからだ。

由美が頬の肉を引き攣《つ》らせて、幼女のように顔を横に振った。敦は胸が痛んだ。ためらいが生まれた。

――おまえ、半殺しにされてもいいのかよ。

内面の声が囁《ささや》いた。

ためらいが萎《しぼ》んだ。敦は意を決して、由美の足許に坐り込んだ。由美の膝頭の間に両手を滑り込ませ、左右に押し開く。由美が口の中で呻いた。

敦は膝を進めた。由美の腿の力が緩む。彼女は、自分と折り合いをつけたらしい。

陰毛を掻《か》き上げる。合わせ目は少し綻《ほころ》んでいた。花弁は愛らしかった。

敦は右腕を伸ばして、胸の隆起を包んだ。五指がやわらかく埋まった。弾力性に富んでいた。

揉む。いい感触だ。掌《てのひら》に吸いついてくるような感じだった。淡紅色の乳首は濡れていた。ついさっき、茂樹が舌で転がしたのだろう。

敦は、乳首も含んでみたかった。しかし、とても口をつける気にはなれなかった。

乳房をまさぐりつづけると、由美が息を詰まらせた。いつの間にか、乳首が硬く尖《とが》っていた。

敦は下腹部が熱くなった。右手を由美の亀裂《クレバス》に移した。

指で、こわごわ探る。熱い粘液があふれていた。泰道と茂樹が吐き出した精液にちがいない。

敦は、くぼみに溜まった粘液を掻《か》き出した。手を動かしているうちに、欲望が膨《ふく》らみきった。痛いほど反り返っている。

敦は大急ぎでトランクスを腰から剝《は》ぎ取った。せっかちに体を重ねる。由美が身を強張らせた。

双葉に似た肉片を掻き分け、昂まりを潜《くぐ》らせた。滑らかだった。奥は生温かい。

由美が押し潰されたような声を洩らした。

欲望が萎《な》えそうになった。敦は自分を奮《ふる》い立たせて、ゆっくりと動きはじめた。快感の漣《さざなみ》がひたひたと寄せてくる。不意に由美が瞼を開けた。強く光る瞳《ひとみ》で見据えてきた。

敦は怯《ひる》んだ。蔑《さげす》まれているような気がした。目をつぶって、がむしゃらに突きまくる。

何も考えないことだ。自分にそう言い聞かせながら、烈《はげ》しく腰を躍動させつづけた。

いくらも経《た》たないうちに、痺《しび》れに似た快さが背筋を駆け抜けていった。

頭の中で、何かが爆《は》ぜた。ふっと腰が軽くなった。敦は瞼を開けた。

由美の目は閉じられていた。眦《まなじり》から、涙の粒がつーっと滑った。それは耳のくぼみに流れ落ち、そこに蟠《わだかま》った。

敦は由美から離れた。ひどく後味が悪かった。胸の襞《ひだ》がざらついていた。

由美がすぐに脚を閉じた。

――とうとうおれは、レイプ犯になっちまった。なんて奴なんだっ。

敦は自分を痛罵《つうば》しながら、手早く身繕《づくろ》いをした。

由美が忍びやかに泣きはじめた。揺れる乳房と白い腹が哀《かな》しく光った。

敦は無言で寝室を出た。

泰道と茂樹がダイニングテーブルについて、缶ビールを飲んでいた。クアーズだった。

「具合はどうだった？」

泰道が淫靡《いんび》な顔つきで問いかけてきた。

敦は返事をしなかった。精一杯の反抗だった。流し台まで大股で歩き、水道の蛇口を荒っぽく捻《ひね》った。コップで水を受け、敦はひと息に呷《あお》った。

「だいぶお疲れみてえだな」

茂樹が茶化した。

「もう奥の女の子は家に帰してやろうよ。な、村上！」

「もう遅いんだよ」

「遅い？」

「ああ。さっきのテレビニュースで、おれたちのことが流されてたんだ。芝浦の岸壁でおれたちがぶっ飛ばした野郎は、重傷だってさ」

「ええっ」

「岸壁にいたカップルがあの男に気づいて、一一〇番しやがったらしいんだ」

「それじゃ、おれたちも誰かに見られてたんじゃない？」

「そうだとしても、心配ねえよ。車のナンバーはガムテープで隠してあったんだ。身《み》許《もと》なんかわかるはずねえさ」

「でも、車が破損してるしな」

「ベンツは明日、泰ちゃんがこっそり知り合いの修理工場に入れるってさ」

「そうか」

「でも、女をこのまま帰したら、危《ヤバ》いことになるよな。だから、泰ちゃんと相談して、保険をかけることにしたんだ」

「保険って？」

「由美って女が警察に密告《タレコ》めないようにするんだよ」

「どうやって？」

敦は訊いた。茂樹がにやついて、泰道に顔を向けた。

泰道が口を開いた。

「由美にシャワーを浴びさせて、また三人で抱こうぜ」

「マジかよ⁉」

「おれが女とファックしてるとこをシゲにスマホで動画撮影してもらうつもりなんだ。シゲのときは、おれが撮《と》る。ユーはシゲに撮影してもらえよ」

「高原さん、そんなことをしたら、わざわざ自分たちのしたことを証拠だてることになっちゃうでしょ？」

「頭《ペテン》を使えよ。おれたち三人は目出し帽を被って、あの女を抱くのさ。そうすりゃ、どこの誰かなんてわかりゃしねえよ」

「でも、体型なんかはわかっちゃうでしょ？」

「おまえ、気が小《ちい》せえな。そんなにビクつくことねえよ。おかしな映像を撮られりゃ、普通の女は家族にも警察にも何も言えやしねえさ」

泰道が言って、クアーズを口に運んだ。

――こいつらは……。

敦は背筋が寒くなった。しかし、彼《ヤサ》はひと言も反論できなかった。

「泰ちゃんさあ、由美って女をすぐ家に帰すのはもったいない気がしない？」

「すぐに手放すのはもったいねえな。割にマブい女だし、体もいいしな」

「あの女をしばらくペットにしようよ」

「ペットか。ペットショップの倅らしい思いつきだな」

「えへへ。ペットっつうか、女奴隷《おんなどれい》っつうかね。とにかく、おれたち三人がしたい放題するんだよ」

　茂樹が目を輝かせる。

「悪くないアイディアだな。女を好きなだけ嬲《なぶ》れるチャンスなんて、そうめったにあるもんじゃない」

「そうだね。泰ちゃん、やろうよ。おれ、店から犬の首輪とか鎖なんかを持ってくるからさ」

「一丁、派手にやるか。下手して逮捕《パク》られたりしたら、どうせ少年院《ネンショウ》送りだからな」

「そんなことにはならないと思うけど、愉しめるときに愉しもうよ」

「そうだな。じゃあ、まず由美にシャワーを浴びさせよう。ザーメン塗《まみ》れじゃ、気分出ねえからな」

　泰道が勢いよく立ち上がった。茂樹も椅子から腰を上げた。二人は寝室に向かった。

　敦は、その場に立ち尽くしたままだった。自分が破滅の道を走りはじめたことを苦い気分で悟っていた。

6

惨《みじ》めな一夜だった。

いっそ死んでしまいたい。京極由美は何回も、そう思った。

しかし、舌を嚙むことも首を縊《くく》ることもできなかった。それが哀《かな》しかった。二重の屈辱だった。

由美は鎖付きの首輪を嵌《は》められ、ベッドの下に転がされていた。

裸のままだった。自分が犬になったようで、ひどく屈辱的な気分だ。

鎖は、ベッドの支柱にしっかりと繫がれている。

両手も利かない。背の後ろで針金で縛られていた。両方の足首には十数キロの鉄亜《てつあ》鈴《れい》が括《くく》りつけられている。

口の中には、男物の汚れたソックスが突っ込まれていた。その上から、粘着テープを貼られてしまった。身動きも、ままならない。

──なぜ、わたしがこんな目に遭《あ》わなければならないの？

由美は体を丸めたまま、涙ぐんだ。さんざん泣いたからか、それほど涙は込み上げてこない。

昨夜の二度目の凌辱《りようじよく》は凄《すさ》まじかった。

最初の男は由美の口を自由にすると、いきなり猛ったペニスを押しつけてきた。由美は口を引き結んで、頑《かたく》なに拒んだ。

すると、仲間に泰ちゃんと呼ばれている男は逆上した。

拳《こぶし》で顔面を殴りつけてきた。それだけではなかった。男は由美の腹部に幾度も膝落としを浴びせ、さらに両手で首を絞めた。

恐怖には克《か》てなかった。由美は強引に含まされた性器を舌で愛撫させられた。男がダイニングキッチンから、シゲという少年を呼んだ。

シゲはにやにやしながら、スマートフォンで動画撮影をしはじめた。由美は抗議した。

と、目出し帽を被《かぶ》った男は腰を引いた。ラークに火を点け、屈み込んだ。男は煙草の火を素肌に押しつけてきた。

由美はあまりの熱さに、気が遠くなった。肩、脇腹、背中の三カ所を焼かれた。肉の焦げる臭《にお》いが吐き気を誘った。それには、どうにか耐えることができた。しかし、恐ろしさには耐えられなかった。

由美は逆《さか》らえなくなった。

男の体にさんざん奉仕させられた。その動きを撮られた。

男は欲望が昂まりきると、恥ずかしいポーズをとることを要求した。由美はベッドの上で、次々に珍奇な痴態を晒《さら》された。さまざまな角度から、顔や性器を撮られた。その後、男は荒々しく押し入ってきた。由美は何度もアクロバティックな体位をとらされた。スマートフォンは、それを克明に映し撮った。

リーダー格の男がベッドを降りたのは、およそ一時間後だった。

シゲが、男にビデオカメラを渡した。男は裸のまま、スマートフォンを構えた。

シゲは目出し帽を被ると、すぐに衣服をかなぐり捨てた。由美は抵抗しなかった。

シゲは息を弾ませながら、のしかかってきた。

由美は鳥肌が立った。しかし、もはや何も言えなくなっていた。

シゲは執拗《しつよう》に乳房を手と唇でいたぶり、秘めやかな場所を粘っこく弄《もてあそ》んだ。若いくせに、すでに女の性感帯を識《し》り抜いていた。

だが、いくら愛撫されても由美の体は反応しなかった。

長い時間が流れると、シゲは自分がベッドに仰向けになった。由美は猛った欲望をくわえさせられた後、シゲの腰の上に跨《また》がらされた。

「両手でおっぱい揉みながら、激しく腰を動かしな」

スマートフォンを持った男が命じた。さすがに由美は拒絶したが、それも徒労に終わった。

シゲは荒々しく腰を迫《せ》り上げ、由美の下で果てた。

由美はシゲの分身を舌で清めさせられた。うっかり相手の体に歯を当てたりすると、頭やこめかみを殴打された。頭髪を摑まれ、振り回されもした。

シゲはベッドを降りると、ふたたびスマートフォンを手にした。リーダー格の男は寝室から出ていった。

じきに、最後の少年がベッドに近寄ってきた。彼は秋野と呼ばれていた。シゲに急《せ》かされて、秋野がおずおずとベッドに這い上がってきた。裸になっても、彼の欲望は目覚めなかった。

「村上、おれのは撮らないでくれよな」

「そうはいかねえよ。さっさとやれよ、おまえ」

「気が散っちゃって、だめなんだ」

「押しつけて動いてりゃ、だんだん元気になるさ。ほら、早く乗っかれよ」

「う、うん」

秋野は仕方なさそうな表情で、体を重ねてきた。

彼が沈みこんでくるまでは、かなりの時間がかかった。結合時間は呆気《あっけ》ないほど短かった。秋野は手荒なことは何もしなかった。愉しそうでもなかった。それどころか、苦悩しているように映った。

秋野は寝室を出ると、ほどなく自分の家に帰っていった。

残った二人は、ダイニングキッチンで酒盛りをはじめた。

由美は、ほっとした。しかし、それで凌辱が終わったわけではなかった。

一時間半ほど経過したころ、シゲとリーダー格の男がやってきた。どちらも酒臭かった。

由美は二人に体を押さえつけられ、剃刀《かみそり》で陰毛を剃られてしまった。暴《あば》れるたびに、傷をつくった。

二人は代わる代わる由美の体内に異物を挿入し、淫猥《いんわい》な冗談を言い合った。由美は、女に生まれたことを呪わずにはいられなかった。

やがて、リーダー格の男もマンションから出ていった。シゲが部屋の主らしかった。

由美はベッドから蹴落とされ、手足の自由を奪われた。シゲは何度も脅し言葉を吐いてから、ベッドに横たわった。酔っているからか、ものの数分で彼は眠りに溶け込んだ。

由美は、なんとか逃げ出したかった。必死に逃亡を試みた。しかし、二メートルも動けなかった。

まんじりともしないまま、朝を迎えた。

シゲは目を覚ますと、縛ったままの由美を犯した。由美は辱《はずかし》められている間、いまの自分は石なのだと思いつづけた。そうでも思わなければ、あまりに惨めだった。

シゲが離れると、由美は強い尿意を覚えた。

それを訴えた。シゲは迷惑そうな顔をしたが、トイレまで連れていってくれた。だが、両手は後ろ手に縛られたままだった。

シゲは、手洗いのドアを閉めることは許さなかった。

由美は見られながら、用を足さなければならなかった。放尿の音を水で掻き消すことも認めてもらえなかった。ペーパーを使うことも禁じられた。

由美は屈辱感に身を震わせた。シゲに殺意すら抱いた。

トイレを出ると、またベッドのある部屋に連れ戻された。ふたたび鎖で繋がれ、カーペットの上に突き転がされた。

「おれは、これから仕事に行く。おまえ、逃げようなんて考えるんじゃねえぞ。小便したくなったら、こいつを使いな」

シゲはプラスチックの青い洗面器を投げ落とすと、慌《あわ》ただしく部屋から出ていった。

あれから、かなりの時間が経過している。

もう陽《ひ》が高いようだ。しかし、正確な時刻はわからない。

大学の入学祝いに父母から贈られたスイス製の腕時計は、シゲに奪われてしまった。

間仕切りのカーテンも閉まったままで、室内は仄暗《ほのぐら》い。

由美は疲れ果てていた。たとえ数時間でも眠りたかった。

しかし、寒くて眠れない。部屋には、まったく火の気がなかった。

シゲが出かけてから、由美はベッドの寝具を引きずり落とすことに成功した。だが、それで体を包むことはできなかった。

長い時間を虚《うつ》ろに遣《や》り過ごす。

ようやく瞼が重くなりはじめたころ、玄関ドアのロックを解く音がした。

――シゲって子が帰ってきたのかしら？　それとも、リーダー格のあの男だろうか。

由美は戦慄《せんりつ》を覚えた。

部屋の鍵《かぎ》は、ドアの近くに隠してあるのかもしれない。だとしたら、シゲが戻ってきたとは限らないわけだ。

とっさに、由美は狸《たぬき》寝入りすることを思いついた。

ドアを開閉する音が響いてきた。足音が近づいてくる。由美は自分の心臓音が聞こえるような気がした。誰かが、すぐ近くにたたずんだ。

由美は薄く目を開けた。

秋野だった。きょうは紺とアイボリーのスタジアムジャンパーを着ていた。下は、オフホワイトのチノクロスパンツだ。

秋野は掛け蒲団《ぶとん》と毛布を拾い上げ、無言で体に掛けてくれた。それから、彼は胡坐《あぐら》をかいた。

——この子、何しに来たんだろう？　また、わたしの体を穢《けが》しにきたんだろうか。

由美は不安でたまらなかった。

秋野がスーパーの名の入った紙袋から、缶コーヒーと数種の菓子パンを摑み出した。

「昨夜《ゆうべ》から飲まず喰《く》わずなんだろ？」

「ええ」

由美は喉の奥で答えた。詰め物があるから、相手に声は聞こえなかったかもしれない。

秋野が中腰になって、抱き起こしてくれた。口の粘着テープが静かに剝《は》がされ、丸めたソックスが取り除かれる。

由美は息を吐き出した。肺が軽くなった。

「食べろよ」

「あまり食べたくないの」

「喰わなきゃ、体が保《も》たないぞ。でも、これじゃ、喰えないよな」

秋野がそう言って、由美の後ろに回り込んだ。手の縛《いまし》めを解くと、彼は由美の前に坐った。

由美は手首を交互にさすって、改めて横坐りになった。両手首には幾条か、赤い溝が走っていた。

　秋野がプルトップを引き抜き、缶コーヒーを差し出した。

「ほら、飲めよ」

「あ、ありがとう」

　由美は缶コーヒーを受け取り、両手で包み込んだ。冷えきった手に、温かさが伝わってくる。しばらく握りしめていた。

「下の毛、村上たちに剃られちゃったみたいだな」

「ええ。きのうの晩、あなたが帰った後に。ね、あの二人のこと、詳しく教えて」

「それはできないよ」

「あなたは、秋野さんよね？」

「う、うん」

「高校生かしら？」

「いや、高校は一年前に中退しちゃったんだ。いまは浪人だよ。数年がかりで、〝高卒〟の資格を取ろうと思ってんだ。どうなるかわからないけどね」

「そうなの。シゲって子は、あなたのクラスメートか何かだったんでしょ？」

「そういう話はよそう。あいつらを裏切るわけにはいかないからな」

「秋野さんは、あの二人に無理やり仲間に引きずり込まれたんじゃない？」

「ええ」

「そういうことは、どうでもいいじゃないか。それより、コーヒー飲めよ」

由美は缶コーヒーに口をつけた。

温かい液体が、ゆっくりと喉を滑り降りていく。生き返ったような心地だった。

「パンも喰ったほうがいいぞ。多分、村上たちは何も与えてくれないだろうから」

「いただくわ」

由美はクリームパンに齧《かじ》りついた。半分ほど食べたところ、秋野が歌うように言った。

「東日本女子大学社会学部一年、京極由美か」

「学生証を見たのね」

「そうだよ。きみって、優秀なんだな」

「ううん、普通よ」

「よっぽど受験勉強したんだろう？　超一流の女子大だもんな」

「わたし、入試は受けてないの」

「ということは、推薦入学？」

「ええ、一応ね」

「すっげえ。おれ、コンプレックス感じちゃうな。おれなんか、ずっと落ちこぼれだったから」

「でも、あなたは心根まで腐ってるわけじゃなさそうだわ。だって、こうして人間的な一面を示してくれたんだもの」

「別に、そんな大層なことじゃないんだ。これは一種の罪滅《ほろ》ぼしさ。おれは、きみを強姦《レイプ》したわけだからな」

「あなたのことは、あまり恨んでないわ。きっと秋野さんはほかの二人に脅されて、いやいやわたしを……」

「理由はどうあれ、おれもあの二人と同罪さ。捕まりゃ、確実に少年院行きだよ」

「あなたのことは、絶対に警察の人には喋《しゃべ》らないわ。だから、わたしをこっそり逃がして。ね、お願い！」

由美は拝む真似《まね》をした。

秋野が考える顔になった。だが、すぐに彼は首を振った。

「できないよ、そんなこと」

「あの二人が怖いのね。そんなふうにあいつらの言いなりになってたら、あなた、ろくな人間になれないわよ」

「うるさい！　一つ年上だからって、偉そうな口を利くなっ」

秋野が急に声を荒らげた。由美は気圧《けお》されて、口を噤《つぐ》んだ。

「そういう台詞《せりふ》は親父やおふくろから、ずっと言われつづけてきたんだ。もううんざりなんだよっ」

「ごめんなさい」

「あいつらは一流大学を出て、社会的地位の高い職業か大企業の重要なポストに就《つ》くことだけがいい生き方だと思ってやがる。それ以外は、人生の落伍者《らくごしゃ》なんだってさ。冗談じゃないぜ」

「上昇志向は、もう古いんじゃない？」

「おれもそう思うよ。おれの人生は、おれのものだ。親父やおふくろのものじゃない」

「その通りだわ。あなたの人生は、あなただけのものよ」

「おれは、親父たちが望んでるような生き方は好きじゃないんだ。偉くなることと人間の価値は別のものさ。太宰治《だざいおさむ》じゃないけどさ、人の憂《うれ》いに敏感なことが優しいってことで、そういう生き方を貫ける奴が一流の人間だと思ってる」

「やっぱり、あなた、根はいい人なのよ」

「そんな、上からものを言うような言い方はやめてくれ。きみは、いや、おまえは囚《とら》われてるんだぞ」

「何か気に障《さわ》ることを言ったんだったら、わたし、謝るわ。どうか赦《ゆる》して」

「そんなことといいから、早くパンを喰えよ」

「ええ」

由美は、食べかけの菓子パンを貪《むさぼ》った。

「おまえの彼氏は、死んじゃいないよ。どっかの病院に担《かつ》ぎ込まれたらしい」

「智彦さん、ううん、彼の怪我はひどいの？」

「新聞には全治三カ月って出てたよ」

「そんなに重いの。でも、生きてててくれてよかったわ」

「あいつ、なかなか根性あるよ。最後まで逃げなかったもんな」

「彼は、女を置き去りにして逃げるような男性じゃないわ」

「ああ、たいした奴だよ」

「でも、わたし、もう智彦さんとは会えないわ。体を穢《けが》されただけじゃなく、恥ずかしい姿を動画撮影されちゃったんだもの」

「パン、もっと喰えよ。サラダロールやメロンパンもあるぞ」

秋野がとってつけたように言った。

「もう食べられないわ」

「そうか。なら、シャワーを浴びさせてやろう」

「ほんと？　わたし、髪を洗いたかったの」

「洗えよ。でもさ、逃げられると困るから、鉄亜鈴は外さないぞ。風呂場《ふろば》まで連れてってやろう」

秋野は立ち上がって、首輪を外してくれた。

――この子は純情そうだから、もうひと押しすれば、わたしを逃がしてくれるかもしれないわ。

由美は、暗い心に一条の光が射《さ》し込んできた気がした。

秋野が腋《わき》の下《した》に腕を差し入れてきた。由美は彼の肩に縋《すが》って静かに立ち上がった。

7

痛ましかった。

長くは正視できなかった。秋野敦は目を背《そむ》けた。

美しい獲物はベッドに大の字に固定され、しきりにもがいている。全裸だった。

由美が、また恐怖に満ちた唸り声を洩らした。

敦は反射的にベッドに目を向けた。

由美の眼球が大きく盛り上がっていた。パキスタン原産の大蜥蜴《おおとかげ》が、彼女の素肌の上を這いずり回っている。爪《つめ》が鋭かった。

大蜥蜴は細く長い舌を伸ばして、時折、由美の肌をこそぐように舐《な》める。そのつど、由美はくぐもった悲鳴をあげた。

――こんなことまでやることないのに。

敦はそう思いながら、由美の足許に目をやった。

極彩色の太い蛇がとぐろを巻いている。アマゾン流域に棲息《せいそく》する蛇らしい。だが、アナコンダではなかった。どちらも、茂樹が父親の店から無断で持ち出してきた爬《は》虫類《ちゅうるい》だった。

由美が断続的に粘着テープの下で怯《おび》えた声を放つ。そのたびに、茂樹と泰道が歪《いびつ》な笑みを拡《ひろ》げた。

この部屋に由美を監禁してから、すでに三日が経《た》っている。いまは夜だ。

敦は由美の体を眺めた。小さな火傷《やけど》がいくつも見える。煙草の火を押しつけられた痕《あと》だ。新しいものは、水脹《みずぶく》れになっている。

茂樹と泰道の仕業《しわざ》だった。

きのうからきょうにかけて、二人は五度ずつ由美を犯した。それも正常な性行為だけではなかった。後ろの部分をも貫いた。

また茂樹たちは、由美の体の中に生きた熱帯魚や泥鰌《どじょう》などを封じ込めた。バイブレーターで、いたずらもした。画鋲《がびょう》を撒《ま》いたシーツの上に転がして、歪《ゆが》んだ歓《よろこ》びを味わったりもした。由美に自慰行為を強いたこともある。

敦は、ただ見ているだけだった。

た。

茂樹たちに何度かけしかけられたのだが、そのつど適当な嘘をついて切り抜けてきた。

最初の晩以来、彼は由美を犯していない。

そのうち茂樹たちは、何も言わなくなった。ただ、二人とも敦が呼び出しに応じなかったりすると、たちまち機嫌を損ねた。

由美が頭を浮かせて、苦痛の声をあげた。

「喚《わめ》くんじゃねえ。いちいちうるせえんだよっ」

茂樹が眉根《まゆね》を寄せて、バラの束で由美の乳房を力まかせに叩いた。

花びらが飛び散った。棘《とげ》が皮膚を突き破り、血の粒が湧く。いったん飛びすさった大蜥蜴が、由美の血を舐めはじめた。由美は呻きつづけた。

「シゲ、ちょっとひと息入れようや」

泰道が茂樹に声をかけた。

「そうだね、泰ちゃん、飲みに行かない？　この部屋、小便臭くてさあ」

「これだけ嬲りゃ、小便もチビるさ」

「女は尿道が短《みじけ》えからな。ぐっふふ」

「でかいほうを漏《も》らさないだけ、まだましだよ」

「おれのベッドで糞なんか垂らしやがったら、ぶっ殺してやる」

茂樹は大蜥蜴を無造作に摑み上げ、素早く麻袋に入れた。太い蛇も別の麻袋に投げ入れる。

泰道が近づいてきて、敦に言った。

「ちょっと出かけてくるから、しっかり見張っててくれ」

「わかったよ」

「由美って女、好きにしていいぜ。いまの恰好じゃ、あそこの締まりが悪いだろうから、やるときは脚のほうの麻縄はほどくんだな」

「おれ、別にもうやりたくないっすよ」

敦は言った。

「無理すんなって。若い男が女を抱きたくねえわけない。誰も邪魔する奴がいねえんだから、たっぷり抱いてやれや。それじゃ、行ってくらあ」

泰道が言い置き、茂樹と連れだって部屋を出ていった。

敦はベッドに歩み寄った。

息苦しいらしく、由美が胸を大きく波打たせている。まず、敦は口の粘着テープを引き剝がしてやった。

「ありがとう」

由美が、荒い息とともに言葉を吐き出した。

敦は由美の足許に回り、麻縄を解いた。また、由美が小さく礼を言った。裸身には無数のみみず腫《ば》れが生まれていた。大蜥蜴の爪の痕だ。ところどころ血がにじんでいる。

敦は近くのタオルを摑んだ。

それで、そっと血を拭《ぬぐ》ってやる。きのうから、彼は由美に哀れさを感じるようになっていた。

「秋野さん、救《たす》けてちょうだい」

由美が縋《すが》るように言った。

「おれひとりで勝手なことはできないよ」

「わたしを逃がしてくれたら、あなたのものになってもいいわ。どうせわたしは、もう彼の許には戻れない体になっちゃったんだから。ううん、それだけじゃないの。わたし、あなたのことが好きになりはじめてるのよ」

「きみみたいな頭のいい美人が、おれのような取柄のない男を好きになるだなんて。そんな話、信じられないよ」

「ほんとよ、信じて！　あなたとなら、何度、愛し合ってもいいわ。ほかの二人には、指一本触れられたくないけど」

「おれがこんなことを言うのはおかしいかもしれないけど、きみには同情してるんだ」

「それだったら、救けて！」

「救けてあげたい気もするけど、やっぱり、おれ、捕まりたくないんだ」

「あなたのことは、警察や家の者には喋らないって言ったでしょ？」

「きみが約束を守っても、村上たちが捕まれば、芋蔓《いもづる》式におれも捕まっちゃう」

「なら、二人でどこかに逃げましょうよ。わたし、こんなふうになって、家に戻るのは本当はいやなの」

「でも……」

「二人で、どこか知らない土地で暮らしましょうよ。ね！」

「きみとおれが駆け落ちするのか」

敦は、何やらロマンチックな気分になってきた。家族を棄《す》てることには少しもためらいは覚えなかった。

「二人で働けば、暮らしていけるわ。お願い、わたしと逃げて！」

「わかったよ。きみとどこか遠くに行こう」

敦は決断した。由美が歓声をあげた。敦は、由美の両手の縛《いまし》めを解いた。

由美が感謝の言葉を口にして、部屋の隅に走った。ひとまとめにしてある自分の衣服を掴み上げた。パンティーはなかった。茂樹に引き裂かれてしまったのだ。

敦は、ポケットの所持金を確かめた。一万数千円しかない。駆け落ちするには、あまりにも心許ない金額だ。

――今夜はネットカフェか終夜営業の喫茶店あたりで夜を明かして、明日、こっそり家からキャッシュカードを持ち出そう。本格的な駆け落ちは、それからだ。

敦は気持ちが浮き立ちはじめた。

由美が身繕《みづくろ》いを終えた。敦は彼女のコートとハンドバッグを持って、ドアの外をうかがった。廊下に、人の姿はなかった。

「村上たちはいないよ」

敦は由美を手招きした。

由美が緊張した表情で、廊下に出てきた。二人はエレベーターホールに急いだ。ホールの少し手前で、急に由美が立ち止まった。

「いけない、忘れ物だわ。外された腕時計、部屋のどこかにあるんでしょ?」

「そのうち、新しいのを買ってやるよ」

「あの時計は大切な物なの。悪いけど、取ってきてもらえない?」

「確か食器棚のあたりにあったな。取ってくるよ」

敦は身を翻《ひるがえ》した。

十数メートル走ると、後ろで由美が床タイルを蹴る気配がした。敦は体ごと振り返った。

由美が駆け去ろうとしている。逃げる気なのだろう。

敦は、自分が騙《だま》されたことに気づいた。にわかに頭に血が昇った。すぐに敦は由美を追った。

「救けてえ。だ、誰か救けて！」

由美が懸命に走りながら、大声で救いを求めた。

敦は全力で疾駆《しっく》した。

由美との距離が縮まった。彼女はいまにも泣き出しそうな顔で、エレベーターのボタンを押しつづけている。

だが、函《ケージ》はやってこない。

由美は階段の降り口に向かった。敦はひた走りに走った。じきに追いついた。由美は階段を数段下《くだ》りかけたところだった。

敦は組みついた。片手で由美の口を塞《ふさ》ぎ、茂樹の部屋まで引きずり戻す。

誰かに見られた様子はない。敦は、ひとまず安堵した。由美が玄関ホールで暴れた。

「よくも騙しやがったな」

敦は由美を突き飛ばした。

由美がダイニングテーブルの椅子を抱き込みながら、派手にフロアに転がった。思いのほか大きな音がたった。

敦は由美の腰のあたりをワークブーツで蹴りつけてから、壁際のCDミニコンポに駆け寄った。ラジオのスイッチを入れる。音声で、由美の悲鳴を掻き消すことを思いついたのだ。

チューナーをFMヨコハマに合わせると、ひと昔も前に流行《はや》ったハードロックがかかっていた。シャウト唱法が基調になった曲だった。音消しには、もってこいだ。

敦は、ほくそ笑んだ。

そのとき、由美が這って逃げようとした。敦は走り寄って、張りのある尻を蹴り込んだ。由美が呻き、前にのめる。弾みで、スカートの裾《すそ》が乱れた。

敦は踏み込んで、蹴りまくった。

場所は選ばなかった。加減もしなかった。ひたすら蹴りつづけた。

頭の芯が熱い。何も考えられなかった。凶暴な感情だけが胸の底で揺れている。

「もう蹴らないで。わたし、騙すつもりはなかったんだけど……」

由美が切れぎれに弁解した。

敦は取り合わなかった。由美を口汚く罵《ののし》りながら、交互に足を飛ばした。由美の肉と骨が不快な音をたてる。次第に悲鳴が小さくなり、彼女は呻くだけになった。

それでもなお、敦はキックしつづけた。

由美は口から血の糸を吐きながら、毬《まり》のように転がった。

「くそっ、ちくしょう！」

敦は吼《ほ》えたてながら、蹴りまくった。

どれほどしてからか、急に由美がぐったりとなった。顔は血みどろだった。胸が激しく上下している。それでいながら、呼吸音がやけに細い。

敦は、やっと冷静さを少し取り戻した。大それたことをしたと思った。しかし、後悔の念は湧いてこない。

「おい、しっかりしろ。もう赦《ゆる》してやるよ」

敦は、由美の体を揺り動かした。

返事はなかった。由美は弱々しく喘《あえ》いだだけだった。顔にコップの水を垂らしてみたが、反応は変わらなかった。

――このまま、この女は死んじゃうんだろうか。

敦は由美の近くに坐り込んで、ぼんやりと思った。

煙草を喫いながら、ひっきりなしに呼びかけつづけた。しかし、由美の息遣いは小さくなるばかりだった。

敦は、どうすればいいのかわからなかった。頭がおかしくなりそうだった。泣きたい気持ちだったが、涙は湧いてこなかった。

そうこうしているうちに、茂樹と泰道が部屋に戻ってきた。

どちらも、かなり酔っていた。だが、虫の息の由美を見たとたん、二人はしゃんとした。みるみる顔が蒼《あお》ざめていった。

「秋野、いったいどうしたんだよ？」

茂樹が訊いた。

敦は口ごもりながら、経過を話した。話し終えると、泰道が乾いた口調で茂樹に言った。

「この女はもう救《たす》からねえよ。殺《や》るほかねえな」

「それ、マジなの⁉」

「ああ。どうせいつかは殺《や》らなきゃならなかったんだ。いっそのこと、いま、殺《や》っちまおう」

「けどさ、殺人となったら……」

「もし逮捕《パク》られても、おれたちは未成年なんだ。死刑になんかなりゃしねえよ」

「それはそうかもしれないけど……」

「シゲ、オタつくな。放っといても、この女はどうせ死んじまうんだ。こいつを三人で、代わり番こに押しつけよう」

泰道は床の黒いジャンボクッションを掴み上げると、由美の腹の上に跨った。それから彼は由美の顔面にクッションを被せ、両手で強く押さえつけた。ゆっくりと十まで数え、立ち上がった。

「次はシゲの番だ」

「えーっ、おれ⁉　先に秋野にやらせてよ」

「後も先もねえんだ。三人で代わり番こに十まで押さえるんだから。そうすりゃ、誰が直接、由美を窒息させたかわからねえだろうが」

「なるほど、さすが泰ちゃんだな」

茂樹が幾らか救われたような表情になり、由美の腹の上に尻を据えた。彼が十まで数え、敦に替わった。

三人は輪番で、ジャンボクッションを五回ずつ押さえつけた。

いつの間にか、由美は息絶えていた。

泰道の提案で、死体をバラバラに切断することになった。敦は反対する気力もなかった。

三人は変わり果てた由美を浴室に運び入れ、衣服を剝ぎ取った。茂樹が自宅から持ち出してきた鋸《のこぎり》や出刃庖丁《でばぼうちょう》などを使って、遺体を五つに切り分けた。

洗い場は、瞬《また》く間に血の海になった。濃い血臭が浴室に籠《こも》った。

敦は何度も手洗いに駆け込んで、胃の中のものを吐いた。茂樹と泰道は吐かなかった。

三人とも、ほとんど言葉は交わさなかった。

切断した五つの肉片は、黒いごみ袋に別々に入れた。

「泰ちゃん、これをどこに棄《す》てるわけ？」

茂樹が訊いた。

「八王子あたりの山ん中に埋めようと思ったんだが、それだと野犬に掘り起こされる虞《おそ》れがあるよな」

「そうだね。どこかで焼いても、臭いが出ちゃうな」

「コンクリート詰めにして、真夜中に大井埠頭かどこかから海に投げ込もう」

「そいつはいいや。コンクリートで固めりゃ、死体は浮かばないもんね」

「ああ。体に付いた血をよく洗い流して、セメントと砂を買いに行こう」

泰道が真っ先に流し台に走り寄った。

三人は血を洗い流すと、茂樹の衣装ロッカーから適当な衣類を選んだ。身仕舞いが済むまで、少しばかり手間どった。

やがて、三人は部屋を出た。

ドアをロックすることを忘れなかった。敦たちはエレベーターで地下駐車場まで下り、茂樹のパジェロに乗り込んだ。中古の四輪駆動車だった。

時刻は十一時近かった。

付近の建材店は、どこも閉まっていた。ハンドルを握った茂樹が、二十四時間営業の日曜大工の専門店が同じ世田谷区内の砧《きぬた》にあることを思い出した。三人は車で、その店に向かった。

店は営業中だった。

三人は袋詰めのセメント、砂、スコップ、鉄板などをレジに運んだ。泰道が勘定を払った。

そのとき、初老の店員が泰道の右耳のあたりをしきりに気にしていた。

敦は、泰道のそこを見た。

次の瞬間、声をあげそうになった。なんと耳のくぼみに血の飛沫《ひまつ》が点々と付着しているではないか。

敦は、自分の両耳に指を突っ込んだ。

左手の指先に、赤いものがくっついている。紛《まぎ》れもなく血だった。手をよく見ると、爪の間にも血がこびりついている。敦は全身の血が引いた。

「お客さん、砂利はいらないんですか？　砂だけだと、ひび割れしやすいですよ」

店員が三人の顔を覗き込んだ。

——この男は、おれたちを疑ってるな。たとえ切断した死体をコンクリート詰めにしても、いつかきっと犯行がバレてしまうだろう。もう逃げられない。

敦は自問自答した。

「砂利は、この次に買うよ」

泰道が言った。

「そうですか」

「きょうは、ちょっと急いでるんだ。早く釣り銭をくれよ」

「申し訳ありません。ただいますぐに」

店員がレジから、釣り銭を掴み出した。それを泰道が受け取ったとき、敦は店員に声をかけた。

「悪いけど、警察に連絡してくれませんか。おれたち、女子大生を殺しちゃったんです」

「なんだって⁉」

店員が驚きの声をあげた。

その瞬間、茂樹と泰道が走りだした。二人は一目散に逃げ去った。敦は動かなかった。

「いまの話、ほんとなのかね？」

「ええ、嘘じゃありません」

「そりゃ、大変だ」

店員は体ごと電話機にしがみついた。

敦は、その場に立ち尽くしていた。脳裏に鉄格子の嵌《は》まった牢獄《ろうごく》がちらついた。そのとたん、全身が震えだした。

震えは大きくなる一方だった。

第二章　報復の跫音《あしおと》

1

先方の受話器は外れない。

呼び出し音が虚《むな》しく鳴っている。姉の静江《しずえ》は出かけているらしい。

徳永肇《とくながはじめ》は受話器を置いた。

朝からもう十回近く、姉の嫁ぎ先である京極家に電話をかけている。だが、誰も電話口に出なかった。姪《めい》の納骨を終えた翌日だった。

徳永はセブンスターに火を点《つ》けた。

自分のデザイン事務所だった。徳永はパッケージ・デザイナーである。主に包装紙や化粧箱のデザインを手がけていた。つい先日、三十五歳になったばかりだ。

徳永は、五人の社員を使っていた。経営は順調だ。事務所は赤坂のオフィスビルの七階にある。

——きのうの姉貴夫婦は、どこか普通じゃなかった。由美の納骨に立ち会った縁者に、とんちんかんな受け答えばかりしてた。二人とも、神経がまいってるんだな。やっぱり、気分転換に海外旅行に出ることを勧めよう。

徳永は煙草の火を消して、またプッシュフォンの受話器を摑《つか》み上げた。

電話をかけたのは、義兄の京極和貴の勤務先だった。大手のアパレルメーカーである。

ダイヤルインだった。

ややあって、若い男の声が耳に届いた。

「はい、企画室です」

「京極をお願いします。身内の者です」

「室長だった京極は、もうこの会社を辞《や》めましたが……」

「それ、いつのことです？」

「三、四日前です」

「義兄《あに》は、いや京極はなぜ退職したんでしょう？　社内で何かまずいことでもあったんですか？」

「退職理由は個人的なことのようですよ。お嬢さんが亡くなられたんで、働く意欲をなくしたとかおっしゃっていましたから」

「どこか旅に出るようなことは言ってませんでした？」

「いいえ、特にそういうことは。心の整理がつくまで、しばらく家にいるつもりだとしか……」

「そうですか。姪《めい》の事件のことで、義兄は社内で何か洩《も》らしてませんでした？」

「いいえ、社内では何も。ただ、室長は何かを調べてたようですけどね」

「どういうことなんです？」

「お嬢さんの初公判があった前後に、室長のところに二度ほど調査会社から電話がかかってきたんですよ。たまたま二度とも、わたしが電話に出たんです」

「調査会社名は？」

「えーと、なんだったっけな。すみません、ちょっと思い出せません」

　相手が申し訳なさそうに言った。

「調査会社の調査員は、そちらに出向いたんでしょうか？」

「いいえ。京極さんは、外で会う約束をしてました」

「そのとき、義兄はどんな様子でした？」

「ちょっと暗い顔つきをしてましたね。暗いというよりも、怖い表情だったと言ったほうが正確かもしれません。少しの間、わたしたちは話しかけられなかったぐらいですから」

「そうですか。お忙しいのに、いろいろありがとうございました」

徳永は丁寧に礼を言って、静かに電話を切った。

――きのう、姉貴も義兄《にい》さんも退職したことなんかひと言も口にしなかったな。なんで黙ってたんだろう？　いったい、義兄は調査会社に何を調べさせてたんだろうか。

徳永は何か禍々《まがまが》しい予感を覚えた。

――まさか姉貴夫婦は、由美を嬲《なぶ》り殺しにした三人の少年に復讐《ふくしゅう》する気になったんじゃないだろうな。いや、そんなことをするはずない。どっちも理性的な人間だ。

しかし、待てよ。最愛の娘を惨殺されたら、理性なんか吹っ飛ぶかもしれないな。

独身の徳永には、子を持つ夫婦の気持ちはわからなかった。

多分、姉夫婦は旅にでも出たのだろう。徳永は自分を納得させて、スタッフのラフデザインに目を通しはじめた。

事務所には、三人の若いデザイナーがいた。男が二人で、女がひとりだった。ほかの二人の女子社員には、それぞれ経理と庶務の仕事を任せていた。

ラフデザインの寸評をメモし終えたころ、事務所に仕出し弁当屋がやってきた。六人分の昼食を届けにきたのである。

もうそんな時間か。

徳永は机から離れた。

衝立《ついたて》の向こうに、社員たちのデスクが並んでいる。出入口に近い場所には、応接セットが置いてある。昼食はいつも社員が揃《そろ》って、そこで摂《と》ることになっていた。

徳永はテレビのスイッチを入れ、ソファに腰を下ろした。女子社員たちが日替わり弁当を配り、六人分の茶を用意する。

やがて、徳永たちは箸《はし》を使いはじめた。

徳永は食べながら、画面に目を向けた。正午のニュースが報じられていた。

「……次のニュースです。今朝《けさ》十時半ごろ、東京・目黒区平町《たいらまち》で母親と娘の惨殺死体が発見されました」

中年の男性アナウンサーはいったん言葉を切り、すぐにつづけた。

「殺されたのは会社員秋野圭一郎《あきのけいいちろう》さんの妻恭子《きょうこ》さん、四十三歳と、長女の双葉女子短大二年生のみずほさん、二十歳です。二人は裸にされ、手斧《ておの》でそれぞれ顔面や頭部などを割られていました」

アナウンサーは、また間《ま》を取った。

「死体を発見したのは、近くの不動産業者です。その業者は、秋野さん宅の土地建物の売却を依頼されていました。秋野さん母娘《おやこ》は奥の洋間で殺されていました。圭一郎さんは現在、ニューヨーク勤務で自宅にはいませんでした。亡くなった二人は事情があって、ひと月半ほど前からホテル暮らしをしていましたが、昨夜か、今朝未明に自宅に立ち寄り、凶行に遭《あ》った模様です。詳しいことは、まだわかっていません」

画面が変わった。

「残酷な殺し方ねえ。よっぽど犯人に恨まれてたのね」

「多分ね。わたし、なんだか食欲が急になくなっちゃった」

二人の女子社員が顔をしかめて、小声で言い交わした。

「チャンネル、変えてもいいぞ」

徳永は声をかけた。すると、経理担当の社員がリモート・コントローラーを掴み上げた。画像が変わり、トーク番組が映し出された。

――秋野って姓には聞き覚えがあるな。そうだ、由美を殺した犯人たちのひとりが秋野敦《あつし》って名だったんだ！

徳永は思い出した。

未成年者の犯罪は、少年法によって実名報道は許されていない。現に、全国紙も放送局も由美を殺した三少年のことは匿名で報じていた。だが、一部の週刊誌が被害者及び加害者の実名報道に踏み切ったのである。

少年法の生温《なまぬる》さと加害者の少年たちを処断したかったらしい。

しかし、徳永はその週刊誌を読んで目を剝《む》いた。

あろうことか、切り刻まれた由美の遺体の状況や凌辱《りょうじょく》場面の詳細まで書きたてていたのである。凄絶《せいぜつ》な性的私刑《セックス・リンチ》の全容は、公判記録に基づいたものだった。むろん、虚構は加えられていない。

事実は、事実だろう。だが、あまりにも節度がない。由美が陰毛を剃《そ》られたことはともかく、性器に異物を挿入されたことまで克明に公表する必要があったのだろうか。

記事には、娘を嬲り殺しにされた姉夫婦への配慮が欠けていた。何か割りきれないものを感じたことを、徳永ははっきりと記憶している。それは、義憤に近い感情だった。

――殺された二人は、秋野敦の母親と姉に間違いなさそうだ。ひょっとしたら、義兄さんの犯行かもしれないな。いや、そんなふうに疑うもんじゃない。

徳永は密かに自分を窘《たしな》めた。だが、その疑いは容易に頭から去らなかった。

「社長、どうしたんです？」

左隣に坐《すわ》った男性社員が問いかけてきた。

「えっ？」

「ぼんやり考え込んじゃって、箸がちっとも進んでないじゃないですか。依頼主《クライアント》から、何かクレームでもつけられたんですか？」

「いや、そうじゃないんだ。ちょっとほかのことで、気がかりなことがあってね」

「そうでしたか」

「すまないが、ちょっと出かけてくる」

徳永は社員たちに言い、ソファから立ち上がった。

ネクタイを締め直しながら、急ぎ足で事務所を出る。姉夫婦の家に行ってみる気になったのだ。

エレベーターで地下駐車場まで下降する。

徳永はメタリックグレイのボルボに乗り込み、すぐに発進させた。義兄の家は、新宿区の西落合にある。哲学堂公園の近くだった。

数十分で、京極家に着いた。冠木門《かぶきもん》の前に車を駐《と》め、徳永はすぐさま外に出た。門は固く閉ざされていた。数寄屋造りの屋敷はひっそりとしている。

徳永は塀をよじ登った。

玄関のガラス戸にも錠が掛かっていた。

「静江姉さん、おれだよ」

徳永は玄関戸を拳《こぶし》で叩《たた》きながら、大声で告げた。

応答はない。徳永は枝折戸《しおりど》を押して、内庭に足を踏み入れた。雨戸が閉まっている。

──義兄さんと旅行に出たようだな。

徳永は、何気なく寒椿《かんつばき》の赤い花を仰《あお》ぎ見た。

すると、枝で二羽の桜文鳥が羽を休めていた。京極家で飼っていた小鳥だった。

旅に出るのに、わざわざ飼っている小鳥を放つだろうか。

徳永は妙な胸騒ぎを覚えた。庭の中ほどにある池に視線を向けた。

池の面は麩《ふ》で真っ白だった。いっぺんにこれだけの量の餌《えさ》を与えるのは妙だ。不吉な予感が胸を掠《かす》める。徳永は建物の裏手に回った。

浴室の窓には、頑丈そうな格子が嵌《は》まっている。引いても、びくともしない。

台所のドア・ノブを壊して、家の中に入ろう。

徳永は屈んで、石塊《いしくれ》を拾い上げた。

それで、ノブを打ち砕く。徳永はドアを開け、大急ぎで靴を脱いだ。家の中は薄暗かった。

「姉さん、義兄さん！」

徳永は呼びかけながら、ひと部屋ずつ照明を灯《とも》していった。

奥の八畳間を覗《のぞ》き込むと、一組の夜具が延べてあった。人の形に掛け蒲団《ぶとん》が盛り上がっている。

徳永は部屋に走り入り、蛍光灯のスイッチを入れた。

室内が明るくなる。徳永は口の中で呻《うめ》いた。寝具に横たわっているのは、姉の静江だった。

細面の顔が異様に白い。まるで紙のようだ。

徳永は枕元《まくらもと》に膝《ひざ》を落として、姉の額に右手を当てた。ぞくりとするほど冷たかった。

すでに絶命していることは疑いようもない。

――なんだって、こんなことを……。

徳永は、掛け蒲団をそっと捲《めく》った。

姉は白装束だった。両手を腹の上で組み、足首は帯止めで縛ってあった。裾《すそ》が乱れることを懸念《けねん》したのだろう。

胸許から電線が伸びている。

それには、タイマーが接続されていた。心臓のあたりだけ、布地が焦げている。死顔に苦悶《くもん》の色は浮かんでいない。それが唯一の慰めだった。

覚悟の自殺にちがいない。睡眠薬か精神安定剤を大量に服《の》んで、感電自殺したのだろう。

徳永は掛け蒲団を元に戻し、枕元に目を向けた。

そこには、紫色の風呂敷包《ふろしきづつ》みがあった。徳永はそれを摑み上げ、結び目をほどいた。

自宅の権利証、銀行通帳、実印などがひとまとめにしてあり、遺書もあった。宛名《あてな》のない遺書だった。

それには由美を失った悲しみが連綿と綴《つづ》られ、三人の加害者に対する恨みも吐露《とろ》されていた。さらに事件の一部始終を実名でセンセーショナルに取り上げた『週刊トピックス』を呪《のろ》う文章も記されていた。

後は、遺産の分配についての事務的な記述だけだった。

奇妙なことに、夫については一行も触れていない。姉夫婦は他人が羨《うらや》むほど仲睦《なかむつ》まじかった。心中をしなかったのは、義兄にはやることがあったからだろう。義兄が秋野敦の母親と姉を殺したにちがいない。

徳永は合掌しながら、確信を深めていた。

姉の静江とは、八つ違いの姉弟《きょうだい》だった。姉は思い遣りが深く、世話好きなところがあった。徳永は何かと面倒をかけていた。

——姉さんたちの無念さは、よくわかるよ。しかし、私的な復讐は許されることじゃないんだ。義兄さんは犯人の家族たちに報復するつもりなんだろうが、そんなことをしても由美は決して喜ばないと思うな。おれは何とか義兄さんを捜し出して、説得してみるよ。

徳永は死んだ姉の顔を見つめながら、心の中で呟《つぶや》いた。胸は悲しみで領されていた。涙を堪《こら》えて、徳永は立ち上がった。警察に通報しなければならなかった。

——遺書はなかったことにしよう。あれを読まれたら、義兄が復讐する気でいることを覚《さと》られてしまうからな。逮捕される前に、なんとか義兄さんを自首させよう。そうすれば、少しは罪が軽くなるはずだ。

徳永は静かに部屋を出た。

2

書いた文字が涙で霞《かす》んだ。

京極和貴は写経の手を休めた。ちょうど半分、書き写したところだった。『般若心経《はんにゃしんぎょう》』である。二百六十二字の短い経典だった。般若経のエッセンスを簡潔に説いたものだ。

別段、信仰心があるわけではなかった。供養の真似事《まねごと》だった。

京極は、朝から無心に写経をつづけていた。

上野駅の近くにあるビジネスホテルの一室だった。

京極は地方から上京したセールスマンを装って、昨夜から投宿していた。宿泊者カードに記した姓名は、むろん偽名だった。

京極は目頭を拭《ぬぐ》って、ベッドの下に視線を投げた。そこには、茶色の大型ボストンバッグがある。中身は、手斧、ナイフ、粘着テープ、手袋、フード付きのコートなどだった。

——静江、もう少し待っててくれ。わたしも必ずおまえたちのそばに行くよ。

京極は昨晩、妻と電話で交わした遣《や》り取りを思い起こしていた。

――わたしだ。ほんの少し前に、秋野敦の母親と姉を葬《ほうむ》ってやったよ。

――とうとうやってしまったんですね。

――ああ。父親はニューヨークにいるから、後回しにすることにしたんだ。先に村上茂樹と高原泰道の家族を皆殺しにしてやる。

――あなた、もう一度よく考えて！

――よくよく考えての結論だ。由美が味わわされた恐怖と屈辱《くつじょく》をみんなに与えてやる。わたしは娘の無念さを晴らすためには、鬼にも獣《けだもの》にもなるつもりだ。

――あなたの悔《くや》しさは痛いほどわかるわ。わたしだって、同じ気持ちですもの。できれば、あの三人を八つ裂きにしてやりたいわ。でもね、彼らの家族は事件に関与したわけじゃないんですよ。

――静江が言うように、確かに事件そのものには無関係だ。だが、親兄弟にも責任はある。

――どうして？

――親の躾《しつけ》や家庭教育がきちんとしていないから、ああいった餓鬼《がき》どもが育つんだ。学校教育もなっちゃいない。教師はティーチング・マシーンに成り下がり、教え子を成績だけでしか評価しようとしない。多くの教育者が肝心の人間教育を怠《おこた》ってる。

――ええ、その通りね。子供たちの個性とか持ち味なんかを引き立てようともせずに、校則でがんじがらめに管理してますものねえ。

――ああ。画一的な管理教育が子供たちをスポイルしてしまったんだよ。ある意味では、どの子も競争社会の犠牲者だな。

――ええ、いまの若い子たちはかわいそうよね。

――そんな時代だからこそ、親たちがしっかり子供の教育をしなければならないんだ。それを生きるだけで精一杯とか何とか言って、責任逃れをしてる親が多すぎる。

――その考えは間違ってないと思うけれど、お願いだから、もう復讐なんてやめてください。法が、あの三人を裁いてくれるわ。

――日本は一応、法治国家だから、法が奴らを裁いてくれるだろう。しかし、奴ら三人は未成年なんだ。二十歳未満の少年犯罪には、すべて少年法が適用されるんだよ。

――ええ、わかってます。でも、以前に愛知県で起こったカップル殺害事件では、主犯格の十九歳の加害者に名古屋地裁が死刑の判決を下してるわ。

――あのケースの場合、加害者たちは男女とも殺害してるんだ。だから、ああいう判決になったのさ。由美のケースとは違うんだよ。椎名《しいな》君は大怪我《おおけが》を負わされたが、殺されたわけじゃないからね。

――それはそうですけど。

――極悪非道の限りを尽くしても、いまの少年法では犯行者が十八歳以下なら、死刑にはできないんだ。高原はともかく、村上と秋野に極刑が与えられることはないんだよ。法律で納得のできる裁きを得られないんだったら、親が奴らを裁くほかないじゃないか。

――そんなことをしても、死んだ由美が喜ぶでしょうか？

――由美がどうとかというよりも、親のわたしの気持ちが許さないんだ。

――あなた、わたしと一緒に由美のところに行ってください。あなたのことが気がかりで、わたしひとりでは旅発《だ》てません。

――静江の気持ちもわからないでもないが、わたしはどうしても奴らとその家族をこの手で裁きたいんだ。きみはひと足先に、由美のそばに行ってやってくれ。頼むよ。静江！

――どうしても思い直してはいただけないんですね？

――すまん、赦《ゆる》してくれ。きみと過ごした二十年間は、とても輝いてたよ。

――あなた……。

――静江、泣かないでくれ。きみに泣かれると、気持ちがぐらつきそうだ。

――ごめんなさい。もう泣きません。あなたと暮らした日々は、とっても充実してたわ。ありがとうございました。

――わたしも礼を言うよ。きみは、本当によくやってくれた。来世というものがあるとしたら、また一緒になろうじゃないか。

――あ、あなた！

――もう何も言わないでくれ。

――は、はい。それじゃ、わたしは先に由美のそばに行ってやります。

――そうしてくれ。追っつけ、わたしも行くよ。だから、さよならは言わないぞ。

――ええ。

しばしの間を置いてから、妻は静かに電話を切った。

京極は、ふたたび筆ペンを走らせはじめた。

すでに六回、『般若心経』を書き写している。あと半分で、七度目の写経が終わる。

――どうせなら、もう少し昔に生まれたかったな。

京極は写経をつづけながら、しみじみと思った。明治十三年に旧刑法が公布されるまでは、仇討《かたきう》ちによる殺人は無罪だったのだ。

午後の陽射《ひざ》しが窓ガラス越しに射《さ》し込み、室内は明るい。卓上に置いた由美の位牌《いはい》とガラスの小壜《こびん》に入れた遺骨が光り輝いている。

数日前に、京極は骨壷《こつつぼ》から娘の小さな骨をこっそり抜き取ったのだ。そのことは妻も知らない。京極は由美を大切に育《はぐく》んできた。それだけに、愛娘《まなむすめ》の死はショックが大きかった。発狂しそうになった。もちろん、妻も嘆き悲しんだ。

しかし、静江は気丈だった。打ちひしがれる京極を力づけ、娘の弔《とむら》いの儀式を滞《とどこお》りなく済ませてくれた。

――静江がいてくれなかったら、おれはとうに狂ってたにちがいない。実際、申し分のない女房だったな。

京極は妻の顔を頭に思い描きながら、せっせと写経にいそしんだ。

数十分後、七回目の写経が終わった。

京極は経典と半紙を片づけ、上着の内ポケットを探った。手帳を抓《つま》み出し、中ほどのページを開く。

そこには、村上茂樹と高原泰道の家族の居所が記してあった。調査会社の調査員が突きとめてくれたのである。凶悪な事件が実名で報道されると、両家族は世間体を憚《はばか》って身を隠していた。

村上一家は、恵比寿《えびす》にあるウィークリーマンションにいるとの報告だった。そこは家具付きで、週単位で借りられるらしい。

高原泰道の両親は、箱根の別荘に引き籠っているはずだった。

泰道の父親はプリント合板の製造と販売を手がけている。本社ビルは代々木にあった。工場は静岡県内に数カ所あるらしい。事件発覚後は、本社ビルにも工場にも顔を出していないという。泰道は、ひとりっ子だった。

――きょうは、村上一家の隠れ家の下見に出かけよう。

京極は手帳をポケットに戻し、椅子《いす》から立ち上がった。そのまま、洗面室に直行した。

鏡の前に立った。

四十七歳の自分の顔を眺める。だいぶ頬《ほお》がこけていた。目の周りには、隈《くま》ができている。半白の髪は乱れていた。起きてから、まだ一度も櫛《くし》を入れていなかった。

京極は棚から、白髪染めの箱を抓《つま》み上げた。箱の中から、小振りのブラシとチューブを取り出す。

京極はブラシにクリーム状の白髪染め液を塗りつけた。インスタント白髪染めだ。シャンプー液で洗髪すれば、色は落ちてしまう。しかし、汗や少々の雨では脱色しない。

京極はブラシで髪全体を撫《な》でつけた。

たちまち白いものが隠れた。五歳は若く見えるだろう。液が乾けば、それで完了だ。少し経ってから、変装用の黒縁眼鏡をかけた。だいぶ印象が違う。

――学生時代に演劇部に入ってたことが、こんなときに役立つなんて皮肉だな。

京極は苦く笑って、洗面室を出た。

コートを羽織り、部屋を出る。部屋のドアは、カードロック式になっていた。鍵《かぎ》をいちいちフロントに預ける必要はなかった。

京極はフロントの前を素通りして、ビジネスホテルを出た。上野駅までは、歩いて五、六分の距離だった。

山手線で恵比寿に向かう。日中のせいか、電車内は空席が目立った。

京極は目的駅までシートに腰かけた。村上一家が身を潜《ひそ》めているウィークリーマンションは、アメリカ橋の近くにあった。恵比寿ガーデンプレイスは目と鼻の先だった。

目的のウィークリーマンションを訪ねたが、ひと足遅かった。村上一家は、今朝《けさ》早く部屋を引き払っていた。秋野敦の家族が殺されたことを知り、慌てて塒《ねぐら》を替える気になったのだろう。

京極はタクシーを拾った。

三軒茶屋の村上の家に向かう。二十分そこそこで、目的地に着いた。三階建ての鉄骨造りの店舗兼住居は、シャッターが降りていた。一階はペットショップと花屋になっている。二階と三階は住居だった。

シャッターに「土地付き売り店舗」の貼《は》り紙があった。不動産屋の電話番号と所在地も記されている。

近くだった。京極は、その不動産屋を訪ねた。小さな店だった。店内に入ると、六十年配の赤ら顔の男が愛想よく言った。

「いらっしゃいませ。どんな物件をお探しでしょう？」

「申し訳ない、客じゃないんですよ。お宅さん、村上さんの家の売却を任されてますよね？」

「ええ、専任で仲介を頼まれたわけじゃありませんけどね。あなたは？」

「村上茂樹の中学時代のクラス担任です」

　京極は言い繕《つくろ》った。

「学校の先生でしたか。それで、ご用件は？」

「村上君のご家族の居所を教えてもらいたいんです。ご一家は世間から白眼視されて、辛《つら》い思いをされてるでしょうから、力づけてあげたいんですよ」

「弱ったなあ。連絡先はわかってるんだけど、誰にも教えないでくれって口止めされてるんですよ」

「決してご迷惑はかけません。実はさっき、恵比寿のウィークリーマンションに行ってみたんです。しかし、あいにくひと足違いで、ご一家は部屋を引き払ってたんですよ」

「茂樹ちゃんの仲間の家族が妙な死に方をしたんで、村上さんは警戒されて……」

「どこに移ったんです?」

「世田谷区深沢の賃貸マンションにいます。わたしが、そこをお世話したんですよ」

男はそう言って、正確なマンション名と部屋番号を教えてくれた。京極は、それらを手帳に書き留《と》めた。

「村上さんのとこも気の毒ですよね。長いこと三軒茶屋に住んでたのに、今度の事件で地元に住めなくなっちゃったんだから」

「ご一家は家を売り払ったら、どこか他県に引っ越すつもりなんですかね?」

「奥さんの郷里の山形に移るようですよ」

「そうですか」

「わたしゃ、茂樹ちゃんのことは赤ん坊のころから知ってますけど、根は悪い子じゃないんですよね。まさか、あんな惨《むご》い事件を起こすなんて、いまでも信じられない気持ちです」

「村上君には、確か結婚した姉さんと高一の弟さんがいましたよね?」

「ええ、います。ご両親も気の毒だけど、二人の姉弟《きょうだい》もかわいそうですよ。姉さんのほうは姓が変わっているからいいけど、弟のほうは村上姓ですからね。事件以来、ずっと学校を休んでるそうです」

「一部の週刊誌が実名を報道してしまいましたからね」

「ええ。何も実名で書きたてなくてもいいのにねえ、まだ茂樹ちゃんたちは未成年なんだから。家族まで巻き添えを喰《く》うなんて、なんだか遣《や》りきれない話ですな」

「ほんとに、そうですね。村上君の家族をせいぜい励ましてやりましょう。どうもありがとうございました」

京極は深く頭《こうべ》を垂れ、表に出た。相手は、まだ話し足りなそうな顔つきだった。

――深沢のマンションを下見したら、椎名君を見舞ってやろう。

京極は広い通りまで歩いた。少し待つと、空車が通りかかった。京極は右手を高く掲《かか》げた。

タクシーが滑り込んできた。

3

捜査会議がはじまった。

部屋に緊張感が漲《みなぎ》る。碑文谷署《ひもんやしょ》の会議室だ。

室内には、二十二人の捜査員がいた。そのうちの十四人は、警視庁捜査一課の刑事だった。残りは所轄署の捜査係員だ。

碑文谷署に『平町母娘惨殺事件』捜査本部が設けられたのは、数時間前だった。

須貝雅史《すがいまさふみ》警部は紫煙をくゆらせながら、同僚の捜査員の報告に耳を傾けていた。須貝は、警視庁から出張《でば》ってきたのである。

型通りに、死体発見状況、現場検証、鑑識結果、解剖所見などが述べられる。

——全捜査員が臨場済みなんだから、こういう報告は時間の無駄だな。

須貝は密かに思った。

きょうは、息子の五度目の誕生日だった。今夜、ささやかな祝いをすることになっていた。だが、それどころではなくなってしまった。

そのことを電話でさきほど妻に告げた。妻は、警察って無駄が多いんじゃないの、と皮肉っぽく言った。実際、その通りだった。似たようなことが過去に何度もあった。

三十三歳の須貝が結婚したのは六年前だ。

それ以来、ほとんど家庭サービスはしていない。妻に厭味《いやみ》を言われるのは当然だろう。

当分、家には帰れないかもしれない。また、女房にぼやかれそうだ。

須貝は小さく苦笑した。

捜査本部事件となると、第一期の約一カ月間は全捜査員が休みなく働かされる。朝八時半から夜半まで駆けずり回り、所轄署に泊まり込むことが多い。ひどい場合は、署内の道場で仮眠をとるだけの夜もある。

因果な商売だ。

須貝は煙を吐き出した。

そのとき、捜査の指揮を執《と》っている石黒《いしぐろ》警視が立ち上がった。本庁の担当管理官だ。

「被害者《ガイシャ》たちは裸にされてるが、性的な暴行《ヤマ》は受けていない。そして、室内が物色された形跡もない。したがって、この事件は流しの物盗《ものと》りでないことは明らかだ」

「ええ、明らかに怨恨《えんこん》による犯行ですね」

所轄署の刑事課長が追従《ついしょう》するように言った。

――こんな遣り取りをしてるようじゃ、女房に皮肉られても仕方ないな。

須貝は口を歪《ゆが》めて、短くなったハイライトの火を揉《も》み消した。

火を揉み消すとき、つい力が入ってしまった。アルミニウムの灰皿が半回転し、思いがけない音がたった。何人かが咎《とが》めるような視線を向けてきた。須貝は曖昧《あいまい》に笑った。

「犯人《ホシ》は庭、家屋内に足跡を幾つか残してるが、後は数本の頭髪を落としてるだけだ。侵入口の浴室をはじめ、屋内からも指紋や掌紋は検出されなかった。犯人の靴が二十七センチで、血液型がA型であることしかわかっていない。ＤＮＡ型鑑定は出てるが、加害者に前科歴はなかった。これは地取り捜査をしっかりやらないと、厄介《やっかい》なことになるな」

管理官がもったいぶった調子で言い、捜査員たちを眺め回した。

――民間会社なら、こんな無能な上司はとっくに左遷されてるだろう。警察ってとこは、能力よりも階級だからな。そういう考えを改めなきゃ、民主警察なんて言えやしない。

須貝は肚《はら》の中で毒づいた。

地取り捜査というのは、現場を中心に聞き込みを行ない、犯人の足取りや遺留品を集めることだ。いわば、捜査の基本である。それをもっともらしくぶった担当管理官の神経が理解できない。これでは、税金泥棒と言われるわけだ。

「管理官、うちの係官がちょっとした情報《ネタ》を入手したんですがね」

所轄署の刑事課長が卑屈な顔で言った。管理官が刑事課長に顔を向けた。

「どんな情報かね？」

「秋野みずほはなかなかのプレイガールだったらしく、男関係が派手だったようなんですよ」

「それで？」

「男友達のひとりが、最近、みずほにしつこくつきまとってたらしいんです」

「ほう。詳しく聞かせてほしいな」

「わかりました。それでは、うちの木島《きじま》君に報告させましょう」

刑事課長はそう言い、若い部下を目で促した。木島が気負った感じで口を切った。

「その男は藤倉良治《ふじくらりょうじ》といいまして、写真専門学校の学生です。秋野みずほとは、ほぼ一年前から交際してたようです」

「二人は深い関係だったのかね？」

本部長が質問した。

「はい、二人はラブホテルやモーテルなどに行く間柄でした。裏付《ウラ》けは取ってあります」

「それで？」

「その藤倉は二カ月ほど前に、みずほから一方的に別れ話を持ち出されたようです。しかし、藤倉は諦《あきら》めきれずに被害者につきまとうようになりました。要するに、ストーカーですね。大学や自宅付近でしばしば待ち伏せ、みずほにまた交際してくれとか何とか言って、しつこく追い回してたんです」

「証言は固いんだね？」

「複数の者から同じような証言を得てますので、間違いありません。その藤倉が昨夜十時から十二時にかけて、現場付近をうろついてたんですよ」

「ほう」

「目撃者の話によりますと、藤倉は大きなカメラケースを肩に担《かつ》いでたらしいんです。

おそらく、その中に凶器の手斧が……」

木島は語尾をぼかした。

「藤倉のことは、どこから浮かび上がってきたのかね？」

「みずほの女友達から、うちの署に密告《タレコミ》の電話があったんです」

「どんな内容だったのかな？」

「みずほは半月ほど前から、藤倉に何かされるかもしれないと怯《おび》えてたというんですよ。現に藤倉は秋野一家の仮住まいのホテルを突きとめて、厭がらせの電話をかけてました」

「秋野一家の仮住まい？」

「ええ、そうです。管理官は憶《おぼ》えてらっしゃいませんか？　秋野家の長男の敦が二カ月近く前に仲間二人とともに、成城署に緊急逮捕されてるんですよ。女子大生を殺害した事件で、検挙《アゲ》られたんです」

「その事件のことなら、よく憶えてる」

「藤倉のアリバイを調べてみるべきではないでしょうか？」

「そうだな」

管理官が考える顔になった。

須貝は口を挟んだ。

「わたしは、その藤倉って男は無実《シロ》のような気がします」

「須貝君、またいつもの勘ってやつかな？」

「勘といえば、勘ですね。秋野みずほは手斧で手首をぶっ千切《ちぎ》られてます。いくら冷たくされたからって、若い男がそこまでやるもんでしょうか？」

「うむ」

「それに、若い男が女を裸にした場合は、まず性的暴行を加えるでしょう」

「ああ、おそらく劣情を催すだろうな。犯人は、なぜ被害者たちをわざわざ裸にしたのかね？」

「多分、犯人は母娘に屈辱感を与えたかったんでしょう。だから、素っ裸にして凶行に及んだんではないでしょうか」

「なるほど」

「管理官、藤倉は無罪ですよ」

須貝は言い切った。すると、すぐに木島刑事が力んだ声で言った。

「勘で捜査を進めるのは、ちょっと危険なんじゃないですか？」

「きみがそこまで言うんだったら、こっちも言わせてもらおう。きみのやり方だって、あまり科学的とは言えないぞ」

「具体的に言ってください」

「きみは藤倉を犯人《ホシ》にしたがってるようだが、慎重さが足りないな。状況が不利だというだけで、まだなんの決め手もないんだ」

「ですから、ぼくは藤倉を洗いたいと本部長に申し出たんじゃないですかっ」

「木島君、感情的になっちゃいかんよ」

刑事課長が部下をやんわりと叱《しか》った。木島刑事は少し不服そうだったが、それきり反論しなかった。

負けん気の強そうな男だ。そのうち、いい刑事になるだろう。

須貝は木島を見ながら、胸のうちで呟いた。

所轄署の捜査員が本庁の捜査一課の者に接する場合、反応はおおむね二通りに分かれる。本庁の人間にへつらうか、逆に競争心を剝き出しにするかだ。どうやら木島刑事は後者のタイプらしかった。

「須貝君、きみには誰か見当をつけてる被疑者がいるようだね？」

本部長が探るような目つきになった。

「ええ、まあ。わたしは、惨殺された東日本女子大生の身内の者を洗うべきだと思います。なぜか、父親は四日前に勤務先を辞めてるんですよ」

「きみは、もうそこまで調べてたのか!?」

「わたしは、せっかちな性質《たち》なもんですから」

「殺された女子大生は、なんて名だったかな。どうも近ごろ、もの忘れがひどくてね」

「京極由美です。父親の名が和貴、母親が静江です。由美はひとりっ子でした」

「そう、確かそうだったな。須貝君、きみは父親が娘の復讐を企《たくら》んでるんではないかと考えてるんだね？」

「少なくとも、その可能性はあると思います」

「犯人が、その京極和貴って男だとしたら、当然、秋野敦の仲間たちの家族も狙《ねら》われることになるな」

「それは充分に考えられますね」

「惨劇は未然に防がなければな。それが警察の仕事だ」

「ええ。女子大生殺しの犯人は、秋野敦、村上茂樹、高原泰道の三人です。村上、高原の両家族の身辺を警護すべきでしょうね」

「そうだな。捜査員の手が足りないようだったら、所轄署に応援を頼もう」

「ええ。わたしは、さっそく京極和貴の動きを探ってみます」

「そうしてくれ」

石黒管理官がそう言うと、所轄署の刑事課長がおずおずと発言した。

「うちの木島の線も洗ってみる価値はあると思うんですが……」

「もちろん、藤倉も洗う。そっちは、きみのほうに任せよう」

「ありがとうございます」

「しっかり頼みます。これで、第一回捜査会議を終わる。ご苦労さんでした」

石黒管理官は椅子に腰かけ、ネクタイの結び目を緩《ゆる》めた。捜査員たちが立ち上がる。

須貝も腰を上げた。

そのとき、斜め前の木島刑事と視線が交わった。木島は挑むような一瞥《いちべつ》をくれると、荒々しい足取りで会議室を出ていった。

「須貝ちゃんよ、あんまり若いのを刺激しないほうがいいぜ」

耳許で、大岡《おおおか》警部補の声がした。四十七歳の同僚だ。須貝は、大岡と組むことが多かった。

「木島って男は見込みがあるよ。だから、ちょっとね」

「確かに奴は、ただの点数稼ぎじゃなさそうだ。角がとれりゃ、いい刑事《デカ》になるよ」

「大岡さんも若いころは、あんな感じじゃなかったの？」

須貝はからかった。

「おれはいまだって、若いつもりだぜ」

「気持ちだけでしょ？　最近、聞き込みが辛《つら》そうだよ」

「この野郎、他人《ひと》を年寄り扱いしやがって。でも、須貝ちゃんに文句なんか言っちゃいけねえんだよな」

「どうして？」

「おれより、職階が上のお方だもんな」

「厭味な言い方だなあ。おれはいまだって、大岡さんを尊敬してますよ。一課の仕事を手取り足取り教えてくれたのは、大岡さんでしたからね」

「その割にゃ、おれを大事にしてねえんじゃないのか？」

「こりゃ、まいったな」

「はっはっは。それはそうと、おれもさっき、バラバラにされた女子大生の親父《おやじ》さんのことがちらりと頭を掠《かす》めたんだ」

「さすがは大岡さんだな」

「よせやい、おれたちはまだ何も摑んじゃいねえんだぜ」

「そうだったね。それじゃ、これから京極和貴にぴったり貼りついてやろう」

「そうだな。行くか」

二人は肩を並べて出入口に足を向けた。

4

風が冷たい。

夕陽《ゆうひ》は沈みかけていた。

眼下のオフィスビルやマンションは黄昏《たそがれ》に染まりかけている。午後五時過ぎだった。

加瀬《かせ》淳也《じゅんや》は、帝都出版の本社ビルの屋上にいた。

勤め先の大手出版社だ。本社は千代田区内にある。

加瀬は、『週刊トピックス』の若手編集部員だった。目黒区平町で発生した母娘惨殺事件のニュースを知ってから、ずっと気分が重かった。時折、胸の奥が疼《うず》いた。

四本目のキャビンをくわえようとしたとき、背後で足音が響いた。

加瀬は振り返った。高杉《たかすぎ》勉《つとむ》編集長が大股《おおまた》で歩み寄ってくる。加瀬は煙草をパッケージに戻し、それを上着の内ポケットに入れた。

向き合うと、高杉が先に言った。

「おれをこんな場所に呼び出すぐらいだから、よっぽど深刻な相談のようだな」

「ええ、まあ」

「ここは寒いな。会議室で話を聞くよ」

「いいえ、ここで話したいんです」

加瀬は強く言った。

「なら、手短に頼むぜ。グラビアの色校正が出てるんだ」

「わかりました。編集長、秋野敦の母親と姉さんが殺されましたね」

「そういえば、そんなニュースが流れてたな」

　高杉が興味なさそうな顔で応じた。

「編集長、犯人は京極由美の父親のような気がするんです」

「そうかもしれんな」

「たったそれだけですか。うちで実名報道したから、秋野敦の家族は殺されたのかもしれないいんですよ。いいえ、きっとそうにちがいない」

「おまえは、加害者の三少年の名前を公表することには反対だったな？」

「ええ、反対でした。三人の犯行は赦《ゆる》されないことです。しかし、何も加害者たちの氏名を明かす必要はなかったと思います」

「奴らがやったことは、人間の道を大きく外れてるんだぞ」

「ええ、おっしゃる通りです。しかしですね、三人とも未成年なんです。罪を悔い、立ち直るチャンスを与えるべきだったと思います。現に少年法の趣旨は、そういうことでしょう？」

「いまの少年法がおかしいんだよ。未成年の犯罪者どもの中には甘い法律を悪用して、非道の限りを尽くしてる奴もいるんだ」

「そういう者がいることは、ぼくも否定はしません。しかし、そういった連中はあくまで一部の人間だと思います」

「加瀬、おまえ、幾つになった？」

「二十八です」

「いい年齢《とし》して、あんまり青臭いこと言うなよ。おまえみたいな大人がいるから、悪餓鬼どもがつけ上がるんだ」

「もちろん、罪を犯す少年たちにも問題はあります。ですが、彼らだって、抑圧されてるんですよ。それだから、捌け口を求めて……」

「管理社会なんだから、大人だって抑圧されてるよ。どいつもこいつもストレスの塊《かたまり》さ。だからって、大人の多くが犯罪者になってるか。え？　なってやしない。犯罪者に成り下がる奴は、それこそごくごく一部だ」

「未成年だって、犯罪に走る人間の数はそれほど多くありませんよ」

加瀬は言い返した。すると、高杉が声を尖《とが》らせた。

「屁理屈《へりくつ》を言うな！　とにかく、少年たちの凶悪事件が増加してることは事実なんだ。そういう事件を引き起こす連中は、どうしようもない人間なんだよ。救いようがないね」

「そうでしょうか？」

「いってみれば、連中は社会の病葉《わくらば》みたいなものだな。病葉は摘《つ》みとるべきなんだ。そうしなけりゃ、しまいには全部の葉っぱが枯れることになるからな」

「彼らを病葉なんて決めつけるのは傲慢《ごうまん》ですよ。未成年犯罪者は一般の若者よりも、ほんの少し堪《こら》え性がないだけです。ある意味では、彼らは正直な人間なんじゃないかな。ぼくは、そう思いますね」

「おまえがどう思おうと、残虐非道な事件を起こすような未成年者は野獣と同じさ。いや、獣以下だな」

「高杉さん！」

加瀬は呆《あき》れて、二の句がつげなかった。

「そんな奴らにゃ、人権なんかないんだ。だから、おれは敢《あ》えて少年法六一条を無視して、秋野敦たち三人の実名を公表したんだよ。もっと言えば、おれは少年法の生温さに一石を投じたかったんだ」

「しかし、実名報道したことによって、多くの人間が傷ついたんですよ。たとえば、加害者の家族とか……」

「ま、仕方ないな」

「そんな！　加害者たちの家族は世間の冷たい目に晒《さら》され、場合によっては厭がらせも受けたでしょう。もしかしたら、加害者一家だけではなく、親類まで社会的な制裁を受けたかもしれません」

「加瀬、ちょっと待て。おれにも言わせろ。おまえは加害者側の気持ちばかり考えてるようだが、それじゃ、被害者側の感情はどうなるんだっ。京極由美のケースで言えば、犯人がA、B、Cなんて匿名で親御さんや身内の人たちが納得するか？」

「それは人によって、受けとめ方が違うでしょうね」

「争点をはぐらかすなっ。最愛の娘が惨《むご》い殺され方をして、その上、死体をバラバラに切断されたんだぞ。もちろん、被害者にはなんの非もなかった。少なくとも親なら、加害者の三少年を八つ裂きにしてやりたいと思うだろう」

「そのことはよくわかります。しかし……」

「少し黙ってろ！　親たちは犯人たちに極刑を与えてほしいと願うにちがいない。だが、現在の少年法では死刑は望めない。だとしたら、何か社会的な制裁を加えてやりたいと思うはずだ。多分、京極由美の両親は、わが『週刊トピックス』が敢えて実名報道に踏みきったことに感謝してくれてるだろうな」

「そうでしょうか？　ぼくは逆だと思います」

「逆だって⁉」

高杉編集長が声を裏返らせ、ダンヒルに火を点けた。愛煙している英国煙草だ。

「ええ、逆に恨んでるでしょうね」

「なんでだ？」

「被害者の実名だけじゃなく、殺されるまでの経過を詳しく書かれてしまったんです。

しかも、凌辱場面は公判内容をそっくり伝えてるから、ひどくリアルで生々しい」

「それは仕方ないさ」

「そんな特集を四週もやられたんじゃ、親としては堪《たま》らない気持ちになるでしょう。ひょっとしたら、自分の娘が誌面でもう一度凌辱されたと感じたかもしれません」

加瀬は言った。

「そんな心理になるわけないっ」

「どうしてそう言い切れるんです？　あれだけ克明に事件内容を書かれたら、両親はわが子が晒《さら》し者にされたと思ったはずです。ぼくが由美の父親だったら、そう感じますね。だいたい、あんなに凌辱場面や死体切断場面を書く必要があったんでしょうか？」

「必要はあったさ。そういう部分をさらりと書いてしまったら、加害者たちの残忍さや狂気が読者に伝わらないじゃないか。あの事件は、病《や》んだ現代社会を象徴してるんだ。おれは、そのことを浮き彫りにしたかったんだよ」

「編集長の意図《いと》もわからないでもないですが、やっぱり被害者名も伏せるべきだったと思いますね」

「新聞のような匿名報道じゃ、事件の異常さを浮き彫りにはできないんだ。良識だけじゃ、真実は伝わらないんだよ。それに新聞やテレビみたいに上品ぶってたら、読者にインパクトを与えられないからな」

高杉が苛立《いらだ》たしげに言って、短くなった煙草を指で弾き飛ばした。火の点いたままだった。

「それにしても、筆に慎《つつし》みがありませんでしたよ。凌辱場面だけを見たら、いかがわしいスキャンダル雑誌とちっとも変わりませんからね」

「加瀬！　おまえこそ、少し言葉を慎め。わが帝都出版は百年の伝統を誇る老舗《しにせ》なんだぞ。その会社の看板週刊誌の編集長のおれが、そんな志《こころざし》の低い記事を特集すると思うのかっ」

「そこまでは言ってませんよ。ただ、ぼくは少年犯罪の実名報道には、もっと慎重であるべきだったのではないかと言いたかったんです。いいえ、プライバシーの点で言えば、成人犯罪の場合も同じですね。もっと加害者や被害者の家族の人権を尊重すべきですよ。双方とも、家族構成や職業なんかは伏せるべきだったんじゃありませんか？」

「双方の家族環境や地域のことを書かなかったら、事件の背景を描くことなんかできやしないじゃないか！」

「もちろん、まったく書くなと言ってるわけではありません。プライバシーを侵すような書き方は避けるべきだと言ってるんです。警察発表を鵜呑《うの》みにしたような記事には、ぼくは賛成できません」

加瀬は言った。

「今度の実名報道に多少の問題があったことは自覚してるさ。しかしな、おれは雑誌ジャーナリストとして、少年保護という美名に隠された甘やかしを糾弾《きゅうだん》したかったんだよ」

「編集長が主張を持つことは当然です。しかし、それが感情論になってしまったら、雑誌を私物化したことになります。あくまで公正な視点で……」

「加瀬、おれの話も聞け。おれはな、週刊誌は新聞みたいに必ずしも中立公正な立場をとる必要はないと考えてるんだ。極論すれば、編集長の独断と偏見で編集してもいいとさえ思ってる」

「それは、少し危険な考え方なんじゃないですか？」

「穏健派の某重役にも、そう言われたよ。その人は実名報道に強く反対した。しかし、おれをバックアップしてくれた役員もかなりいたんだ。それで、実名報道にゴーサインが出たんだよ。結果は成功だったと思ってる。実名報道を支持してくれた読者の手紙が連日のように届いたからな」

「しかし、それとほぼ同数の読者から、実名報道を非難する声も届きました」

「おまえ、厭《いや》な性格だね」

高杉が眉根を寄せた。加瀬は苦笑した。

「実名報道の是非はともかく、これだけ波紋が拡《ひろ》がったんだから、狙いは悪くなかったはずだ。現に、部数も飛躍的に伸びたしな」

「編集長、そういうことを洩らしたりすると、いままでの話が嘘《うそ》になっちゃうんじゃないですか。まさか部数を伸ばすために、実名報道に踏み切ったんじゃないでしょうね？」

「なんて失敬な奴なんだ。おまえは、おれが実名報道を売り物にして部数を伸ばしたとでも言うのかっ」

「そんなふうに誤解されるような発言は、しないほうがいいんではないかと申し上げたかったんですよ。部数のことなんか持ち出されると、何か不純なものを感じてしまいますからね」

「無礼なことを言うなっ。おれは、そこまで腐っちゃいない！」

「すみません。少し言い過ぎました。ただ、これだけは忘れないでください。秋野敦の母と姉が京極由美の身内の者に殺されたんだとしたら、『週刊トピックス』にも責任はあると思うんです。ですから、この事件の実名報道はもうやめてほしいんですよ」

「おれは自分の信念に基づいて、あの事件を実名で報道してきたんだ。いま方針を変えたら、それこそ無責任じゃないか」

「しかし……」

「加瀬、おれと足並を揃えられないっていうなら、スタッフから脱《ぬ》けてもいいんだぞ。

ちょうど学芸図書で若い奴を欲しがってたからな。人事部長に言っとこうか？」

「それはパワハラですか？」

「だったら、どうだって言うんだっ。組合の執行部の奴らに泣きつくか？」

「これは明らかに脅しだな。しかし、ぼくは屈《くっ》しませんからねっ」

「勝手にしろ！」

高杉編集長は言い捨て、駆け足で遠ざかっていった。

——ここで屈したら、おれの負けだ。編集部で孤立無援になっても、実名報道に疑問を投げかけつづけよう。

加瀬は両手で手摺《てすり》を強く握りしめた。

5

線香の煙が澱《よど》みはじめた。

庭に面した広い和室だった。京極家である。

徳永肇は姉の亡骸《なきがら》のそばに坐っていた。部屋には彼のほかは誰もいなかった。数人の地元署員と検視官が辞去したのは、もう一時間以上も前だった。

隣室から、低い話し声が洩れてくる。京極和貴の叔母《おば》が葬儀社の社員たちと打ち合わせをしているらしい。

京極の両親は、すでに他界している。

都内に住む身寄りは、叔母の瀬戸綾子《せとあやこ》だけだった。徳永は警察に電話をした後、当主の叔母に連絡したのである。綾子は杉並区内に住んでいた。すぐさま駆けつけてくれた。心強かった。

徳永は静江のほかに兄弟はいなかった。

郷里の九州には年老いた父母がいるが、まだ彼は姉の死を伝えていない。両親はわずか五十日ほど前にたったひとりの孫を失い、いままたわが子を亡くしたことになる。

徳永は辛すぎて、生家に電話をかけることができなかった。しかし、いつまでも黙っているわけにはいかない。もう少し気持ちが落ち着いたら、電話をするつもりだ。

――姉さん、親不孝だぞ。

徳永は白布の掛かった姉の顔を見つめながら、胸中で呟いた。

ちょうどそのとき、葬儀社の社員たちの帰る気配がした。

徳永は立ち上がった。隣室に顔を出す。短い挨拶《あいさつ》をして、二人の社員を玄関まで見送った。綾子も一緒だった。

遺体の安置されている和室に戻った。

ちょうど瀬戸綾子が新しい線香を立てていた。徳永は、綾子の近くに坐った。

「いろいろご迷惑をおかけします」

「いいえ。肇さんこそ、大変なことになってしまって」

「ええ、驚きました」

「静江さんは、なぜ自殺なんかしてしまったんでしょう？」

「実は警察の人たちにはわざと見せなかったんですが、姉はこれを遺《のこ》してたんです」

徳永は上着のポケットから遺書を取り出して、綾子に手渡した。

綾子がすぐに読みはじめる。徳永はセブンスターに火を点けた。

喫《す》い終えたころ、京極の叔母が顔を上げた。

「やっぱり由美ちゃんのことで、静江さんは自分を支えきれなくなってしまったのね」

「そのようです」

「由美ちゃんを殺害した少年たちも憎いけど、『週刊トピックス』もひどいわよねえ」

「ええ」

「何も実名で事件をこと細かに書かなくてもいいのに。あれじゃ、事件当事者たちはいい晒し者よ」

「折を見て、帝都出版に抗議するつもりです」

「当然だわ。それはそうと、和貴はどうしちゃったのかしら？　子供のときから、責任感の強い子だったのに」

「義兄さんは、旅行に出たんじゃないでしょうか？」

「そうかしらねえ。こんなことをあなたに言うのもどうかと思うけど、由美ちゃんがあんなことになってから、和貴と静江さんの仲がしっくりいかなくなってたんじゃないのかしら？」

「なぜ、そう思われるんです？」

「だって、遺書に和貴のことが一行も書かれてなかったでしょ？　それで、そんなふうに思ったのよ」

「そういえば、姉は義兄さんのことにはまったく触れてませんね」

徳永は相槌《あいづち》を打った。一瞬、彼は推測していることを口走りそうになった。だが、辛《かろ》うじて思い留《とど》まった。確たる証拠もないのに、軽はずみなことは言えない。

「和貴は夫婦喧嘩《げんか》でもして、ぷいと家を飛び出しちゃったのかな？」

「そうかもしれませんね」

「こんなときに夫がいないなんて、困った家ねえ」

綾子は長嘆息《ちょうたんそく》した。

「すみません」

「あら、肇さんが謝ることはありませんよ。心配ないわ、わたしたちがきちんと弔《とむら》いをしますから。主人や息子たちが、もうじきこちらに来ることになってるの」

「本当にご迷惑をかけてしまって、申し訳ありません」

「いいのよ。それより、福岡のご両親に静江さんのことはもう連絡したんでしょ？　いつ上京されるの？」

「実は、まだ連絡してないんです。なんだか辛くて、電話をかけられないんですよ」

「そうだったの。無理もないわ。でも、連絡しないわけにはいかないわね。代わりに、わたしがお電話しましょうか？」

「いいえ、ぼくが直接かけます」

徳永は腰を上げ、部屋を出た。

広い廊下の曲がり角に電話機が置かれている。電話台は、籐製《とうせい》の趣《おもむき》のあるものだった。

徳永は実家に電話をした。

受話器を取ったのは母だった。母は懐かしげに声を弾ませ、しきりに近況を知りたがった。

「驚かないでほしいんだ」

徳永はそう前置きして、姉が自殺したことを告げた。

母が絶句した。すぐに泣きだした。嗚咽《おえつ》が鎮《しず》まるのを待つ。

「親父には黙ってたほうがいいかもしれないな」

「そげんわけにはいかんとよ」

「そうだな。それじゃ、なるべく遠回しな言い方をしたほうがいいな」

徳永は言った。

母は涙で答えられない。父は十年近く前に脳血栓《のうけっせん》で倒れ、いまも車椅子を離せなかった。言葉も少し不自由だった。

徳永は告別式の日時を告げ、静かに電話を切った。そのすぐ後、玄関に来客があった。

徳永は玄関口に降りた。ガラス戸を開けると、二人の男が立っていた。

ひとりは三十二、三歳で、もうひとりは四十年配だった。若いほうには見覚えがあった。だが、誰だったか思い出せなかった。

「失礼ですが、徳永さんじゃありませんか?」

若いほうの男が言った。

「ええ、そうです。あなたは?」

「須貝です。須貝雅史ですよ。ほら、西北大学の探険部でご一緒だった……」

「ああ、あの須貝君か」

「そうです。どうもお久しぶりです」

「こっちこそ。きみは、おれより二年後輩だったよな?」

徳永は確かめた。

「ええ、そうです。二年の夏休みに、先輩たちとシルクロードを踏破することになってたんですが、あいにくその前にぼくはオートバイごと転倒してしまって、参加できなかったんですよ。あのときは、とっても残念でした」

「そういえば、きみの姿はなかったな」

「先輩、このお宅とはどういう……？」

「姉がこの家に嫁いできたんだよ。ここは、義兄の家なんだ」

「京極和貴氏が徳永先輩のお義兄さんだったんですか」

須貝が呻くように言って、かすかに表情を翳《かげ》らせた。

「きみは、いま、どんな仕事をしてるんだい？」

「申し遅れました。わたし、警視庁の捜査一課にいるんです。こちらは、所轄署の大岡警部補です」

須貝は連れを紹介し、名刺を差し出した。徳永は名刺を受け取った。

「きみが警察官になってたとは、ちょっと意外だな」

「第一志望の広告代理店に入れなかったんで、仕方なく刑事になったんですよ。先輩は、どんな仕事をなさってるんです？」

「赤坂で、ちっぽけなデザイン事務所をやってるんだ。パッケージング関係の仕事があったら、こっちに回してくれよ」

徳永は軽口をたたいて、自分の名刺を須貝に渡した。

「先輩、ご家族は？」

「未《いま》だに独身なんだ。きみのほうは？」

「女房と五つの坊主がいます。こっちは、もうお父ちゃんですよ」

「そうか。で、この家には？」

「京極氏にちょっとお目にかかりたいと思いましてね」

「義兄は旅行に出てるんだ、数日前から」

「どちらにお出かけなんです？」

「それがわからないんだよ。義兄は行き先も告げずに、よくふらりと旅に出ることがあるんだ」

「そうなんですか」

「話なら、おれが聞いといてもいいが……」

「いやあ、たいしたことじゃないんですよ。ちょっとした聞き込みなんです」

須貝が言葉を濁した。

——この男は、平町の母娘惨殺事件の捜査に関わってるんだろうか。

徳永は妙に気になった。

「姪の由美さんはお気の毒でしたね」

急に大岡刑事が口を開いた。色が浅黒く、どことなく貧相な印象を与える。

「はあ、どうも」

「われわれはいま、目黒の碑文谷署に設置された捜査本部にいるんですよ。由美さんを殺害した犯人グループのひとりの母親と姉が何者かに殺された事件は、ご存じですよね？」

「昼ごろ、テレビのニュースで知りました。義兄の京極が、その事件に絡《から》んでる疑いでもあるんですか？」

「いやいや、そういうわけじゃないんです。京極氏の奥さんはご在宅ですか？」

「姉の静江は昨夜、命を絶ちました」

「なんですって⁉」

大岡刑事が須貝と顔を見合わせた。ややあって、須貝が口を開いた。

「徳永先輩、所轄署の者は？」

「さっき検視官と引き揚げていったよ」

「自殺の原因は何だったんです？　遺書はあったんでしょ？」

「いや、そういうものはなかったんだ。姉は発作的に由美の後を追ったんだと思うよ。きのう、姪の納骨だったんだ」

「そうですか。ガスですか？　それとも？」

「そういうことは、地元署に問い合わせてくれないか」

「失礼しました。無神経な質問でしたね。こういう仕事をしてると、どうしても神経が雑駁《ざっぱく》になってしまって」

「悪いが、取り込み中なんだ。できれば、そろそろお引き取り願いたいな」

「わかりました。徳永さん、京極氏が家に戻られたら、碑文谷署のほうにご一報いただけますか？」

「ああ、そうするよ」

徳永はそう答えたが、須貝に連絡をする気はなかった。

ほどなく、二人の捜査員は帰っていった。

——義兄を警察に売る気はないね。

徳永は胸の奥でうそぶいた。

もともと警察にはいい感情は抱いていなかった。十年近く前に誤認逮捕されたことがあったからだ。思い出すだに腹立たしい。

知り合いの偽証によって、徳永は殺人容疑をかけられ、丸二日間も留置されたのである。どんなに犯行を否認しても、取調官は信じてくれなかった。

徳永は、ことごとく人権を無視された。

抗議すると、巧妙なやり方で脅された。気の弱い者だったら、やってもいない犯罪を自白してしまうにちがいない。そうして数多くの冤罪《えんざい》事件が生まれているのだろう。

ある週刊誌が、徳永のことを重要参考人のように書きたてた。

むろん、氏名は伏せられていた。だが、職業や家族のことまで暴《あば》かれてしまった。周囲の者には覚《さと》られることになった。そのせいで、郷里の父は病《やまい》に倒れてしまった。

徳永自身も職場に居づらくなって、転職せざるを得なくなった。アパートも引っ越した。交際中の女性とも気まずくなって、別れることになった。そんな経緯《いきさつ》があって、徳永はいまも独身だった。

疑いが晴れると、署長みずからが謝罪に訪れた。

しかし、警察への不信感は消えなかった。異常なまでに身内を庇う体質に徳永は身震いした。あれでは権力犯罪がいっこうになくならないはずだ。

——あのとき、自暴自棄になりかけてたおれを温かく包み込んでくれたのは姉貴夫婦だったんだな。

徳永は苦い追想を断ち切って、姉の亡骸のある部屋に足を向けた。

少し歩くと、電話が鳴りはじめた。徳永は電話台に歩み寄って、受話器を取った。

「はい、京極です」

「その声は肇君だね？」

京極和貴だった。

「義兄さん、どこにいるんです？　姉貴が大変なことになったんですよ。自殺したんです」

「そのことは知ってる。きのうの晩、静江と電話で話したんだ。わたしが静江を先に由美のそばに行かせたんだよ」

「それじゃ、義兄さんはもしかすると……」

「きみが思ってることは、多分、当たってるだろう。わたしは、どうしても奴らが赦《ゆる》せないんだ。いや、奴ら三人だけじゃない。奴らの家族も赦せない気持ちなんだ」

「義兄さん、居場所を教えてください。とにかく会って、話し合いましょう」

徳永は叫ぶように言った。

「肇君、わたしの気持ちは変わらないよ。気持ちを変えてしまったら、静江は犬死にしたことになるからね」

「義兄さん、そこはどこなんです？」

「肇君、家のことをよろしく頼む。静江の葬儀費用は、うちの預金を充《あ》ててくれ」

「綾子叔母さんが見えてるんです。電話、替わりましょう」

「いや、その必要はない。勝手なお願いだが、肇君、後のことをよろしく頼む」

「電話を切らないでください。義兄さん、警察が動きはじめてます。たったいま、目黒の事件の捜査本部の者が二人やってきたんですよ」

徳永は無意識に喋《しゃべ》っていた。

義兄の復讐に力を貸す気になったわけではなかった。ただ、京極が公衆の面前で手錠を打たれることを避けたかったのだ。できれば何とか義兄を説得して、自首させたい。

「肇君、ありがとう。行動に気をつけるよ」

「義兄さん、ぼくと一緒に警察に行きましょう。自首すれば、少しは罪が軽くなるはずです」

「肇君、元気でな！」

京極の声が途切れた。

——何としてでも、義兄さんを捜し出さなければ。後で、椎名君の入院先に行ってみよう。ひょっとしたら、何か手がかりを得られるかもしれないからな。

徳永は受話器を置いた。

部屋に戻ると、綾子が問いかけてきた。

「お客さんはどなただったの？」

「車のセールスでした」

「電話は？」

「わたしの会社の者です」

徳永はごまかして、腰を落とした。別段、京極の叔母は怪しまなかった。

数分後、玄関に複数の足音が響いた。綾子の家族たちが通夜の手伝いに来てくれたのだろう。挨拶をしなければならない。

徳永は立ち上がった。

6

面会人名簿に記帳を済ませた。

徳永は急ぎ足で歩きだした。四谷にある大学病院の外科病棟だ。

あと二十五分ほどで、面会終了の時刻になる。

通夜の途中で、徳永は京極家を抜け出してきたのだ。椎名智彦の病室は、最も奥の左側にあった。個室だった。

ドアをノックすると、五十年配の品のいい女性が姿を見せた。

徳永は名乗った。相手は、椎名の母親だった。

「智彦君と少しばかりお話しさせてください。これは、お見舞いです」

徳永は、提《さ》げていた果物籠《くだものかご》を相手に渡した。

椎名の母親に導かれて、病室に入る。

割に広い。ベッドに椎名らしい青年が横たわっていた。頭は包帯で、ほとんど見えなかった。片脚と片腕もギプスで覆われている。椎名とは初対面だった。

「由美さんの叔父さまが見舞いにいらしてくださったのよ」

母親がベッドの息子に告げた。

椎名が感じのいい挨拶をした。徳永は自己紹介し、勧められたパイプ椅子に腰かけた。

「由美さんのことでは、本当に申し訳ないと思ってます。ぼくにもう少し意気地があったら、連れ去られるようなことにはならなかったと思うと……」

椎名の語尾がくぐもった。その目は、うっすらと潤《うる》んでいた。

「死んだ由美だって、きみを恨んでやしないさ。それより、具合はどう？」

「おかげさまで、だいぶよくなりました。先生の話ですと、奇跡的な回復ぶりだとか」

「それは、よかった。寝たきりの生活じゃ辛いだろうが、もう少しの辛抱だよ」

「はい、頑張ります」

椎名が言葉に力を込めた。

前歯が二本なかった。何やら痛々しい感じだ。椎名の母親が会釈して、病室から出ていった。彼女はポットを抱えていた。給湯室に行くのだろう。

「由美の父親が、最近きみを訪ねてこなかった?」

徳永は訊《き》いた。

「きょうの夕方、来てくれました」

「そう。そのとき、義兄は何か言ってなかったかな? 実は数日前から、家を空けてるんだよ」

「ほんとですか⁉ 由美の親父さんは、そんなことはひと言も言いませんでしたから、まったく知りませんでした」

「いつもと様子は変わらなかったわけか」

「ええ、特に変わった様子はなかったですね。いつものように本を二、三冊持ってきてくれて、十五分ぐらい雑談をして帰られました」

「そうか」

「ただですね、帰りがけに、しばらく来られないかもしれないとおっしゃってました。ようやく仕事に熱を入れる気になってくれたみたいですね」

「そうなんだろうな」

徳永は、義兄がすでに退職していることは明かさなかった。

沈黙が落ちた。

——ここに来れば義兄の居所がわかるかもしれないと思ったんだが、無駄だったな。

徳永は、何気なく近くの屑入《くずい》れに視線を向けた。

平たいブックマッチが捨てられていた。ビジネスホテル名が刷り込まれているマッチは、すべて使い切ってあった。

「これ、誰が捨てたんだい？」

徳永はブックマッチを抓《つま》み上げた。

「それは、由美の親父さんが捨ててったんです。あっ、もしかしたら、親父さんはそのホテルに泊まってるんじゃありませんか？」

「わたしも、そう思ったんだ。後で調べてみるよ。これ、貰《もら》ってもいいね？」

徳永は、ブックマッチを上着のポケットに滑り込ませた。

「親父さん、なんだって家を空けてるんでしょう？」

「娘のことを忘れたくて、環境を変えてみたくなったんじゃないかな？　来られたら、また来るよ。お大事に」

「わざわざありがとうございました。由美のお母さんによろしくお伝えください」

「う、うん」

徳永は生返事をして、椎名の病室を出た。

ナースステーションの方に歩きだすと、前方から椎名の母がやってきた。ポットを胸に抱え、缶ジュースを何本か手にしている。

「もうお帰りですの？　いま、お茶を差し上げるところでしたのに」

　立ち止まるなり、椎名の母親が言った。

「どうかお構いなく。息子さん、お元気そうなんで、安心しました」

「はい、おかげさまで。あのう、妙なことをうかがいますが、刑事さんが京極さんのお宅に行かれましたでしょうか？」

「この病院に、刑事が来たんですね？」

「ええ。夕方、警視庁の須貝という方と大岡という刑事さんがね。刑事さんたちは、由美さんのお父さまのことをいろいろと訊いたんです。智彦には、そのことは話してませんの」

「そうですか」

「京極さんは、何かで疑われてるんでしょうか？」

「きょう、秋野敦の母親と姉の死体が発見されましたよね？」

「はい」

「おそらく、警察はその事件に義兄が関わってるかどうかを探ってるんでしょう」

「それで、どうなんでしょう？」

「あの義兄が殺人事件など引き起こすはずありませんよ」

　徳永は、ことさら明るく言った。

「そうですわよね。警察もピント外れな聞き込みをしてるわねえ」

「ええ、まったく」

「それはそうと、京極さんは長期の出張をされるんでしょうか？」

「えっ？」

「夕方、来てくださったんですけど、帰りしな智彦に『しばらく来られないかもしれないな』とおっしゃったそうなんですよ」

「その話は、息子さんからも聞きました。よくわかりませんが、多分、出張の予定でもあるんでしょう」

「そうなのかもしれませんね。それから、これは後から気づいたことなんですけど、京極さんはサイドテーブルの花瓶の陰に、そっと小切手入りの封筒を置いていかれたんです」

　椎名の母が告げた。

「どういうことなんだろう？」

「添え文には、これで智彦の入院費用を払ってほしいといった内容のことが書かれていました。小切手の額面は三百万円でした」

「そうですか」

「京極さんのお気持ちはありがたいのですが、受け取るわけにはまいりません。徳永さん、ご面倒でしょうが、その小切手をお義兄さまにお返しいただけないでしょうか？」

「義兄はそのうち、またひょっこり顔を出すと思います。そのときにでも直接、義兄とお話しになってください。それでは、これで失礼します」

徳永は目礼して、大股で歩きだした。

病棟を出ると、すぐボルボに乗り込んだ。車を上野に向ける。

ブックマッチのビジネスホテルは不忍池《しのばずのいけ》のそばにあった。小ぢんまりしたホテルだった。

徳永はホテルの前に車を駐め、フロントに急いだ。

「数日前から、京極和貴という者がこちらに泊まってると思うんです。部屋を教えてください。わたしは身内の者です。ちょっと急用ができたもんですから、すぐに会いたいんですよ」

「そういうお名前の方はお泊まりになっていないと思いますが、ちょっと調べてみましょう」

中年のフロントマンはそう言い、宿泊者名簿を繰《く》りはじめた。

――義兄は偽名でチェックインしたのかもしれないな。

徳永は、京極和貴の特徴を口にした。すると、相手が言った。

「ああ、その方なら、田代《たしろ》さまです。田代さまは夕方、急にチェックアウトされました。なんでも急ぐ商談があるとおっしゃられて、慌《あわ》ただしく出ていかれましたよ」

「行き先は？」

「それは、ちょっとわかりかねます」

「そうですか。どうもお邪魔しました」

徳永はフロントを離れた。義兄は警察の手が伸びてくることを予感して、塒《ねぐら》を替える気になったにちがいない。

姉貴の葬儀が終わったら、心当たりを訪ね歩いてみよう。

徳永はビジネスホテルを出た。

7

ひどく歩きにくい。

人が多いせいだ。京極和貴は六本木の踏沓《ざっとう》を縫《ぬ》いながら、先を急いでいた。

午後十時過ぎだった。今夜も大勢の若い男女がひしめいている。外国人の姿も目立つ。

——警察が動きだしたらしいから、短期決戦に出よう。それには手斧やナイフだけじゃ、いささか心許ない。

京極は歩きながら、胸底で呟いた。

彼は上野のビジネスホテルを引き払い、平河町にあるシティホテルに移っていた。もちろん、本名でチェックインしたわけではない。

京極は交差点を渡って、芋洗坂《いもあらいざか》を下《くだ》りはじめた。

馴染《なじ》みの小さな酒場は、坂の途中にある。ほどなく、『カサブランカ』の軒灯が見えてきた。にわかに、心に温かいものが満ちた。安らぎに似た気分だった。

店の手前で、京極は立ち止まった。コートの襟を立て、あたりをうかがう。刑事らしい人影は見当たらない。ゆっくりとカウンターバーに歩《ほ》を進めた。

京極は扉の前で、もう一度周囲を見回した。近寄ってくる者はいなかった。気になる人影もない。

京極は店内に入った。

マスターの庄司忠義《しょうじただよし》が、若い男の客と話し込んでいた。ほかに客はいなかった。

京極はマスターに笑いかけた。だが、すぐには反応がなかった。

マスターの庄司は一瞬、京極がわからなかったようだ。京極は髪を黒く染め、黒縁の眼鏡をかけていた。

「やあ、どうも!」

スウェードの黒いヴェストを着込んだ庄司がほほえみ、軽く頭を下げた。京極は片手を挙げ、店の奥まで歩いた。カウンターの端に腰をおろす。

「しばらくです」

庄司がダスターで、京極の前のカウンターを拭《ふ》いた。灰皿を置く。

京極は、マスターの右手の小指に視線を当てた。

指の先がない。庄司は十代のころにプレス機で切り落としたと言っていた。だが、京極はその話を信じていなかった。

「京極さんのボトル、まだあったかな」

「もうないかもしれない。新しいスコッチを入れといてくれよ」

「毎度、どうも！　ロックですね？」

「いや、今夜は水割りにしておこう。自家製の鮭《さけ》の燻製《くんせい》あるかな？」

「ええ、ありますよ」

庄司はてきぱきとスコッチの水割りをこしらえ、オードブルを用意した。

京極はグラスを傾けはじめた。飲みながら、とりとめのない話を交わす。

三十八歳の庄司は、あまり客あしらいがうまくない。本来は寡黙《かもく》なのだろう。

三十分ほど経つと、客の若い男が出ていった。千鳥足だった。かなり早い時刻から飲んでいたのだろう。

客のグラスを片づけると、庄司が京極の前に立った。黒い蝶《ちょう》ネクタイがほんの少し歪《ゆが》んでいる。京極は笑顔を向けた。

「マスターも飲んでくれよ」

「はい、いただきます」

庄司が自分の水割りを作った。二人はグラスを触れ合わせた。

京極は半分ほど空け、話を切り出した。

「きょうは、マスターに頼みがあって来たんだ」

「なんかおっかないなあ」

「単刀直入に言おう。拳銃を手に入れたいんだ。それから、できれば手榴弾《しゅりゅうだん》も欲しいんだよ」

「お酔いになってるんですね」

「いや、ほとんど素面《しらふ》さ。きみに頼めば、何とかしてもらえると思ったんだ。どんなに高くてもいい。なるべく早く手に入れたいんだがね」

「京極さん、わたしはちっぽけな酒場を細々とやってる男ですよ。そんなわたしに、そのようなご相談は無理ですよ。というよりも、無茶な相談だな」

「きみは、ただの酒場のマスターなんかじゃない。かつては荒っぽい世界に身を置いてたはずだ。違うかね？」

京極はマスターの顔を見据えた。

「そりゃ十代のころは、ちょっとグレてました。だけど、筋者の世界なんか知りませんよ」

「隠すなよ、わたしは知ってるんだ」

「何をです？」

「きみが真夏でも、決して半袖《はんそで》を着ない理由をさ」

「えっ」

「それは、刺青《いれずみ》を硫酸か何かで消した痕《あと》を他人に見られたくないからなんじゃないのかね？　どうだい、図星だろう？」

「………」

「拳銃の出所は誰にも喋りゃしないよ」

「誰か殺《や》るおつもりなんですね？」

庄司が低い声で訊いた。

「ああ。娘の復讐をしたいんだ」

「お嬢さんのことは、新聞や週刊誌で読みました。京極さんのお気持ちはよくわかります。しかし、素人さんがそんなことを考えちゃいけません」

「由美はね、娘はわたしの生き甲斐《がい》だったんだ」

京極は頭髪を搔《か》き毟《むし》った。

「目には目をなんていうのは、真っ当な考えじゃありません。わたしも昔、恩のあるお方を殺《や》ってしまったんです。組同士の抗争に巻き込まれましてね。筋を通したわけですが、あれからずっと重い荷物を背負わされてしまって。辛いもんです」

「そんなことがあったのか」

「できりゃ、てめえで自分の人生にピリオドを打ちたいぐらいですよ。しかし、それじゃあ、卑怯《ひきょう》ってもんです。だから、わたしは地獄みたいな日々の中で、こうして生きてるわけです」

「わたしの場合は、きみとは違う。義理やしがらみで他人を殺すわけじゃないんだ」

「殺しは、どれも同じですよ。後味のいいもんじゃありません」

「わたしは、マスターのような感傷家じゃないんだ。二人の女を手斧でぶっ殺してやったが、ほとんど心の負担はないね」

「目黒の事件は京極さんが⁉」

庄司が目を丸くした。京極は無言でうなずいた。

「死ぬ気なんですね、京極さんは？」

「先のことはわからんよ。いまは娘を嬲《なぶ》り殺しにした犯人たちと、その家族を裁きたい気持ちでいっぱいなんだ」

「そうですか。堅気の人間が捨て身になっちまったんだから、もう止めても無駄だな」

　庄司が凄《すご》みのある声で呟いた。その目には、哀《かな》しみとも憐れみともつかない奇妙な光が交錯していた。京極は確かめた。

「マスター、協力してくれるね？」

「ええ、力になりましょう。昔の舎弟が横須賀でいい顔になってます。そいつに当たってみてあげましょう」

　庄司はカウンターから出ると、店の扉の内錠を掛けた。それから、彼はどこかに電話をした。

　十分近く話し込み、マスターは受話器を置いた。京極はすぐに問いかけた。

「どうだった？」

「組の拳銃《ハジキ》を流すわけにもいかないんで、横須賀の米軍基地の海軍少尉に話を持ってくそうです」

「そうか、ありがとう。その少尉は、軍の物資を横流ししてるんだね？」

「物資の横流しだけじゃなく、軍事航空便を使って密輸もやってるそうです」

「ふうん」

「ですから、アメリカ本国にある武器なら、だいたい手に入るそうです。もちろん、銃も指定できるらしいけど、知人に任せましたよ」

「それで結構だ」

「弾は二箱《ツウパック》頼んでおきました」

「二箱というと、ちょうど百発だな」

「おや、詳しいんですね。京極さん、どっかで実射したことがあるな？」

「うん、ある。家族でハワイに遊びに行ったとき、観光客用の射撃場《シューティングレンジ》で撃ったんだ」

「そうですか」

「面白かったたんで何ゲームもやったら、死んだ女房に『まるで子供みたい』なんて呆れられたよ」

「京極さん、奥さんはいつ亡くなられたんです？」

「昨夜、いや、正確にはきょうの午前一時か二時ごろに死んだと思う。わたしが、娘のそばに行くように言ったんだよ。女房は潔《いさぎよ》く散ってくれた」

「なんてことなんだっ」

庄司が拳《こぶし》でカウンターを叩いた。

「それより、手榴弾のほうはどうなんだね？」

「確約はできないって言ってましたが、何とかなりそうな感じでした」

「そう。それで、いつごろ入手できるんだろう？」

「いま、知人が海軍少尉に連絡をとってるはずです。後で、ここに電話をくれることになってるんです」

「そうか。マスター、礼を言うよ。きみにも当然、それなりの謝礼は払うつもりだ。どのくらい差し上げたらいい？　百万じゃ、不足だろうか？」

「京極さん、わたしはもう足を洗った人間です。そんなもん、鐚《びた》一文だって受け取りませんからね！」

「しかし、それじゃ、こっちの気持ちが済まない」

京極は言った。

「これは、わたしなりの友情なんです。友情に値なんかつけないでもらいたいな」

「わかった。それじゃ、きみの友情に甘えることにしよう」

「そうしてください。それにしても、苛酷《かこく》な世の中になったもんだ。慎《つつ》ましく生きようとしても、どこかで人生設計が狂っちまうんですからね」

庄司がしんみりと言い、カウンターの内側に戻った。

京極は、マスターの水割りにウイスキーを注ぎ足した。グラスの中身は飴色《あめいろ》になった。今度は、庄司が京極の水割りを濃くした。

二人はカウンターを挟んで、黙って飲みつづけた。

店の電話が鳴ったのは、数十分後だった。

庄司が喫いさしの煙草の火を消して、電話機に走り寄った。電話の遣り取りは割に短かった。

「京極さん、話はうまく運びましたよ。明日、どぶ板通りに行ってください」

「どこで待てばいいのかな？」

「どぶ板通りの中ほどに、『メアリー』ってスナックがあります。昔は米兵相手の店だったんですが、いまは日本人向けの店です。そこに、夜の八時までに入っててください」

「海軍少尉自身が来るのかね？」

「いいえ、そうじゃありません。店には、わたしの舎弟だった男が行きます。しかし、そいつは京極さんには話しかけません。婦人帽用の包装箱を店のママに渡して、すぐに店を出ていきます」

「それで？」

「京極さんはさりげない顔でママから箱を受け取り、中身を確認してください。箱の中にはスミス＆ウェッソンM459と百発の九ミリ弾、それから手榴弾が三個入ってるはずです」

「代金の支払い方法は？」

京極は訊いた。

「現金九十万円を店のママに渡してください。お金は日本円で結構です」

「わかった」

「京極さんはパイナップルを扱ったことはないですよね？」

「パイナップル？　ああ、手榴弾のことか」

「ええ、そうです」

　庄司がうなずいた。

「扱ったことなんかないよ。わたしは、戦後の教育を受けた男だぜ」

「そうでしたね。それじゃ、扱い方をお教えしましょう。使い方を誤ると、危険な代《しろ》物《もの》ですんでね」

「よく聞いておこう」

「まず右手で安全レバーごと手榴弾を握りしめ、それから左手で安全ピンを抜きます。ピンを抜いただけでは、まだ信管には点火されません。これは大事なことですから、忘れないでください」

「それから、どうするんだね？」

「手榴弾が手から離れた瞬間に、初めて安全レバーが外れます」

「なるほど」

「そのときに撃鉄が作動して、信管の中の雷管ってやつを叩くんです。そうしたら四、五秒で、手榴弾は炸裂《さくれつ》する仕組みになってます」

「よくわかったよ」

　京極は大きくうなずいた。

「もし助《すけ》っ人《と》が必要になったら、いつでもわたしに声をかけてください。わたしのほうが荒っぽいことには馴《な》れてますんで」

「ありがとう。気持ちだけいただいておくよ。きみは、いい奴なんだな」

「よしてくださいよ、京極さん。そうだ、もう軒灯は消しちゃいましょう」

「えっ、どうして？」

「今夜は商売なんかする気になれません。二人で、とことん飲みましょう」

　庄司が言って、壁に腕を伸ばした。指の先には、軒灯の電源スイッチがあった。スイッチが切られた。

　京極は目頭が熱くなった。

第三章　裁きの儀式

1

いよいよ出棺だった。

京極家の冠木門《かぶきもん》から、柩《ひつぎ》が運び出された。

あたりの空気が張り詰めた。葬儀委員長が頭を垂れる。

須貝雅史は、会葬者の顔を一つずつ眺めていった。

やはり、故人の夫の姿はない。京極和貴とは一面識もなかったが、その顔は脳裏に灼《や》きついている。京極のかつての部下から借り受けたスナップ写真を須貝は何十回も見ていた。

須貝は道の反対側に目をやった。

人垣の背後に、相棒の大岡警部補が立っている。視線が交わった。

須貝は小さく首を振った。大岡がうなずき、すぐに顔を左右に泳がせた。

――喪主になるべき夫がいないなんて、やっぱりおかしい。京極が旅行してるっていな。

話は、でたらめだろう。これで奴が秋野敦の母親と姉を殺《や》ったことは、ほぼ間違いな
須貝は確信を深めた。

京極静江の柩が霊柩車《れいきゅうしゃ》の中に納められた。列席者たちが涙ぐむ。悲鳴のような泣き声を放つ者もいた。故人は生前、多くの人たちに慕われていたらしい。

徳永肇が、霊柩車の助手席に乗り込んだ。

顔色がすぐれない。おそらく徳永先輩は、通夜からほとんど眠っていないのだろう。

故人の縁者たちが散って、大型乗用車やマイクロバスに近づいていく。

沿道の会葬者たちは、一様にうつむいていた。目にハンカチを当てている者も少なくなかった。大岡が大股《おおまた》で歩み寄ってきた。

「平町の事件《ヤマ》は、京極の犯行だな」

立ち止まるなり、同僚刑事が低く言った。

「おれも、そう思ってたとこですよ」

「そうか。ところで、どうする？　一応、火葬場まで行ってみるかい？」

「そうしましょう。ひょっとしたら、京極がそっちに現われるかもしれないからね」

「そうだな。じゃ、おれは車のエンジンをかけとこう」

大岡は、足早に遠ざかっていった。

少し経つと、霊柩車が滑るように走りだした。六、七台の後続車が相次いでスタートする。会葬者たちが一斉に頭を下げた。合掌する者もいた。

須貝は警察車に駆け寄った。

地味な色の国産車だった。助手席に腰を沈めると、大岡がすぐに車を発進させた。

車は、じきにマイクロバスに追いついた。

低速で進む。火葬場は同じ区内にあった。ほどなく着いた。ほんのひとっ走りだった。

大岡が駐車場の隅に警察車を駐《と》めた。須貝は車を降りた。大岡が小声で言った。

「須貝ちゃん、おれは車ん中にいるよ。二人でうろついてると、目立つからな」

「そうだね。それじゃ、ちょっと様子を見てきます」

須貝は、火葬場の白っぽい建物に近づいた。

前庭には、季節の花が咲き乱れていた。樹木も多かった。

少しも、じめついたイメージはない。黒い礼服の群れが目につかなければ、ホテルの庭にいるような錯覚さえ起こしそうだ。

須貝は建物の中に入った。

四基の火葬炉のある所も、清潔な感じだった。三基の炉が使われている。

京極家の柩は、左端の炉の前にあった。台車に載せられている。縁者がそれを取り囲み、僧侶《そうりょ》の読経《どきょう》に耳を傾けていた。

読経はさほど長くなかった。

京極静江の亡骸《なきがら》は炉の中に吸い込まれていった。嗚咽《おえつ》が、あちこちで洩《も》れた。肩越しに発火音が響いた。そのとき、徳永先輩が声をあげた。痛ましい光景だった。

二人の僧侶が、あたふたと車に乗り込んだ。掛け持ちで仕事をしているのだろうか。

縁者たちが炉から離れた。須貝は注意深く目を配ってみた。

しかし、京極の姿は見当たらない。京極家の身内の者たちが、三々五々、二階の休憩室に上がっていく。

――京極は、ここにも来ないつもりなのか。いや、いくら何でも骨ぐらい拾いにくるだろう。もう少し粘ってみよう。

須貝は数分経《た》ってから、階段を昇った。

休憩室は四つあった。一室ごとに仕切られている。だが、廊下側の襖《ふすま》はどこも開け放たれていた。室内は丸見えだった。休憩室の前に広いホールがあった。

その一隅に喫煙所が設けられている。須貝は、そこまで歩いた。ベンチに腰かけ、ハイライトに火を点《つ》ける。須貝は煙草を吹かしながら、休憩室の方を盗み見た。

依然として京極は現われない。時間だけが、いたずらに過ぎていく。

ちょうど三本目の煙草をスタンド型の灰皿に投げ入れたときだった。

休憩室の方から、徳永がつかつかと歩いてきた。険《けわ》しい顔つきだった。

須貝は慌《あわ》てた。しかし、もはや隠れようがない。やむなく須貝は立ち上がって、大学の先輩に会釈した。

「どういうつもりなんだっ」

徳永が先に口を開いた。切り口上だった。

「京極氏にお会いしたかったんですよ。まだご旅行中ですか？」

「そうだ」

「それで、先輩が喪主の代役を務められたんですね？」

「義兄《あに》は何かの事件の参考人なのか？」

「いいえ、通りいっぺんの事情聴取をさせてもらいたいだけです」

須貝は言い繕《つくろ》った。さすがに後ろめたかった。

「それにしちゃ、ずいぶんしつこいな。きみらが椎名君の病室を訪ねたことはわかってるんだ。こそこそ嗅《か》ぎ回られるのは不愉快だね」

「それじゃ、はっきり申し上げましょう。わたしは、京極氏が目黒の母娘惨殺事件に関《かか》わってると睨《にら》んでます。まず、氏には秋野敦の家族を殺す動機がありますす」

「確かに動機はあるが、それだけのことじゃないか」

「いいえ、ほかにも疑える材料があります。お義兄《にい》さんは会社を辞めてますし、犯行に使われたものと同じ手斧《ておの》を都内の金物屋で買ってました」

須貝は言った。

「たったそれだけで、義兄を犯人扱いするのかっ」

「冷静になってくださいよ、先輩！　京極氏は奥さんの葬儀にも顔を出してません。それは、顔を出せない理由《わけ》があるからなんじゃないんですか？　そう考えるのが自然だと思います」

「義兄は旅行中で、姉が死んだことを知らないのさ。ただ、それだけだよ。姉のことは、ごく一部のマスコミが報じただけだからな。知らなくたって、なんの不思議もない」

「その点については譲ってもかまいません。しかし、いくら呑気《のんき》な方でも、旅先からご自宅に電話ぐらいするんじゃないでしょうか。お嬢さんを亡くしてるんですよ。奥さんは心《しん》が不安定だったと思うんです」

「姉は芯の強い女だったんだ。だから、義兄もさほど心配してなかったんだろう」

「仲の良かったご夫婦が、そんなふうになれるもんでしょうかね？」

「須貝君、いいかげんにしてくれ。状況証拠だけで、そこまで疑うのは人権問題だぞ」

「身内を庇《かば》いたい気持ちはわかりますが、もう二人の人間が殺されてるんです。おそらく、これからも何人かの者が命を狙《ねら》われるでしょう」

「帰ってくれ！」

徳永が声を尖《とが》らせた。

「先輩に一つだけご忠告申し上げます。京極氏の容疑の裏付けが取れたら、もう庇ったりしないでください。場合によっては、徳永先輩に手錠《ワッパ》を打たなきゃならなくなりますからね」

「やれるものなら、やってみろ」

「そんなことさせないでくださいよ。警察官だって、人の子なんです。みんなと同じ感情を持ってるんです。失礼します」

須貝は目礼し、階段の降り口に足を向けた。

火葬場の建物を出ると、駐車場の方から大岡刑事が駆けてきた。いつになく緊張した面持《おもも》ちだった。何か予期しないことが起こったらしい。須貝は足を速めた。

向き合うと、大岡が言った。

「いま捜査本部《チョウバ》から無線が入ってな、木島刑事が例の藤倉良治《ふじくら》を別件で逮捕《パク》ったらしいんだよ」

「えっ」

「賭《か》け麻雀《マージャン》か何かで、しょっぴいたらしい」

「木島のばかやろうが！　そんな小細工弄《ろう》するから、警察のイメージが汚れるんだっ」

「須貝ちゃん、とにかく本部に戻ろうや」

大岡が須貝の肩を軽く叩《たた》き、車に駆け戻っていった。

すぐに須貝も車に走り寄った。助手席に坐《すわ》ると、大岡がすぐさま車をスタートさせた。火葬場を出て、山手通りをめざす。

山手通りは渋滞気味だった。須貝は、パワーウインドーを下ろした。車の屋根に磁石式の赤色灯を載《の》せる。サイレンを轟《とどろ》かせながら、捜査本部のある碑文谷署に急いだ。

二十数分で、署に着いた。

須貝は先に車を降り、捜査本部に駆け上がった。直属の上司である石黒管理官の姿はなかった。所轄署の刑事課長が執務中だった。

須貝は、刑事課長の席に歩み寄った。

「おたくの木島君が、藤倉を別件で検挙《アゲ》たらしいですね？」

「ああ、さっき連行してきた。地取り捜査で藤倉の容疑がますます濃くなったんでね。血液型と現場の足跡がぴったり合致したんだ。それに、奴には事件当夜のアリバイがないんだよ」

「課長、これは明らかに勇み足です。すぐに藤倉を釈放《パイ》にしてやってください」

「しかし、いま木島君たちが揺さぶりをかけてるんだ。少し前に取り調べの経過報告があったんだが、もうちょっとで落とせそうだというんだよ」

「課長、本部長の許可は取ったんですか？」

「いや、それは取ってない。本件じゃなく別件で逮捕《パク》っただけだから、わたしの独断で逮捕状を請求したんだ」

「それは、まずいですよ。藤倉はどこにいるんです？」

「第二取調室だ」

「行ってみます」

　須貝は硬い声で言い、部屋を走り出た。

　ドアの前で、女性警察官とぶつかりそうになった。須貝は大声で詫《わ》び、第二取調室に駆け込んだ。

　ノックはしなかった。木島刑事が机を挟んで、痩《や》せこけた若い男と向かい合っていた。藤倉だろう。隅で若い制服警官が供述書を取っている。

「なんですか、だしぬけに入ってきて」

　木島刑事が目を吊《つ》り上げた。

「別件で逮捕《パク》ったんだってな？　その男は何をやったんだ？」

「賭け麻雀とポーカーです」

「あんただって、非番のときは賭け麻雀ぐらいするだろうがっ」

「わたしは賭け事は一切やりません。須貝さん、言葉を慎んでください。われわれは警察官なんですよ」

「刑事だって、聖人君子じゃないんだ。誰だって、ちょっとした触法行為はしてるさ。ゴミみたいな悪さで検挙《アゲ》るなんて、姑息《こそく》すぎるっ」

「課長の許可はとってあります」

「本件の指揮官は石黒管理官だ。藤倉をすぐ釈放してやれ。どうせ最初っから起訴する気なんかないいんだろうからな」

「須貝さん、こいつには事件当夜のアリバイがないんですよ。それにさっき、秋野みずほを殺してやりたいと思ってたとも供述したんです！」

「そんな供述が何になるんだっ」

須貝は喚《わめ》いた。

「………」

「仕事熱心も結構だが、物証もないのに先っ走りするんじゃないっ。あんたみたいなやり方は、いまどき流行《はや》らないんだよ」

「本庁の捜査員だからって、思い上がった言い方するなっ」

木島刑事が憤然と立ち上がった。

「おれは、本当のことを言ったまでだ。いまはな、岡《おか》っ引《び》き根性なんか通用する時代じゃないんだよ」

「あんた、何様のつもりなんだっ。所轄署の刑事を侮辱《ぶじょく》するのか！」

「おれは、あんたのやり方に文句を言っただけだ。妙な劣等感をちらつかせるな。みっともないぜ」

須貝は、いなした。木島刑事が一段と激昂《げっこう》し、顔面を引き攣《つ》らせた。

「お二人ともやめてください」

制服警官がうろたえながら、仲裁に入ってきた。それでも、須貝と木島は罵《のの》り合った。言い争っていると、刑事課長が飛び込んできた。

「木島君、冷静になれ。われわれは功を急ぐ余り、ちょっと出過ぎたことをしたようだ」

「課長！」

「須貝さんの言う通りにしよう」

「こいつを釈放しろとおっしゃるんですか⁉」

「ああ、そうだ」

「くそっ！」

木島が机の脚を蹴《け》りつけた。藤倉がぎくりとした。刑事課長が木島をなだめはじめた。

須貝は黙って廊下に出た。何か厭《いや》な気分だった。

2

「この人物が泊まっていませんか？」

徳永肇は上着の内ポケットから、義兄の顔写真を抓《つま》み出した。

フロントマンが皺《しわ》だらけの写真を覗《のぞ》き込む。神田駅にほど近いホテルだった。

「どうでしょう？」

「お見かけしたことはございませんね」

「そうですか。お忙しいところをどうも！」

徳永は、そそくさと表に出た。

もう夕方だった。朝早くから、都内の主だったホテルを訪ね回ってきた。だが、京極はどこにも泊まっていなかった。姉の告別式があったのは、きのうだ。

都内だけでも夥《おびただ》しい数の宿泊施設がある。それに、義兄がいまも東京にいるとは限らない。こんなことをしてていいのだろうか。

徳永は焦《あせ》りを覚えた。

徒労感も覚えていた。しかし、ほかに術《すべ》がない。義兄の学生時代の親しい友人や知人には、すでに当たっていた。だが、京極の行方は誰も知らなかった。

この裏手に、ビジネスホテルが五、六軒あった。車をこの通りに置いたまま、徒歩で行ってみよう。

徳永は少し進んで、脇道《わきみち》に入った。

何気なく右手前方のビルを見上げると、調査会社の袖《そで》看板が出ていた。徳永は足を止めた。

――ひとりでホテルや旅館を回れる軒数は知れてる。プロの手を借りたほうが早く義兄を捜し出せるかもしれない。

徳永は、そのビルに飛び込んだ。

調査会社の事務所は三階にあった。数人のスタッフが忙しげに働いていた。

徳永は応接室に通された。待つほどもなく、初老の男が現われた。男は所長の名刺を差し出し、穏《おだ》やかに問いかけてきた。

「どのようなご依頼でしょう？」

「義兄を捜してもらいたいんです」

徳永は経緯《いきさつ》を話した。持っていた京極の顔写真も所長に見せた。

ひと通り話が済むと、所長が言った。

「家出娘なんかだと、風俗の店なんかに潜り込むケースが多いんですよ。そうなると、なかなか厄介です。しかし、大人の失踪者《しっそうしゃ》は案外、捜しやすいんです」

「そう言っていただけると、心強いな」

「せいぜい頑張りますよ」

「それで、見込みはどうなんでしょう？」

「十日が勝負ですね。それ以上かかるようですと、ちょっと望みがありません。でも、捜し出す自信はあります」

「頼りにしてます」

「何やら誇大広告を打ったような感じですけど、割に手がかりは早く摑《つか》めるんですよ。人間って、おかしなもので、なかなか過去の生活をすっぱりとは断ちきれないようです」

「そうかもしれませんね」

徳永は相槌《あいづち》を打った。

「心細くなったりすると、ふと家族や友人の声が聴きたくなったりする。そこで、つい電話をしてしまう」

「なんとなくわかるような気がします」

「気心の知れた相手だと、自然と警戒心が緩《ゆる》みます。そんなときに、うっかり現在の暮らしぶりなんかを洩らすんですね。それで、居所がわかるケースが割に多いんですよ」

「なるほど」

「しかし、意志の強い人になると、家族や友人にはまず連絡はとりません。自分自身がある決意をして、身を隠したわけですからね」

「義兄は、もう家に戻る気はないんだと思います」

「そういう方でも、ふと行きつけの飲み屋に姿を見せたりすることがあるんですよ。人間はみな、程度の差こそあれ、誰もが寂しいんじゃないでしょうかね?」

所長の言葉には、妙に説得力があった。

――義兄さんだって、ふと人恋しくなることがあるにちがいない。後で、かつての同僚か部下に会って、馴染《なじ》みの店を教えてもらおう。

徳永は密《ひそ》かに思った。

「明日にでも、改めてうちのスタッフをお宅さまのほうに伺わせます。それまでに、京極さんに関する資料をできるだけ多く集めておいてください」

「わかりました。着手金は、いつお支払いすればいいんです?」

「うちのスタッフがお邪魔したときに二十万円を頂戴《ちょうだい》いたします。資料が揃《そろ》いましたら、ただちに調査に取りかかります。調査費はスタッフひとりに付き、一日二万円プラス経費です。四人ほど調査員を動かすつもりです。そのほか成功報酬として、五十万円ほどかかります」

「支払いのほうはご心配なく」

「この写真、預からせてもらってもいいですね？」

「はい、かまいません。よろしくお願いします。これが、わたしの連絡先です」

徳永は自分の名刺を所長に渡し、応接ソファから立ち上がった。所長に見送られ、事務所を出る。

徳永は表通りに引き返し、路上駐車していたボルボに乗り込んだ。

すぐにイグニッションキーを回す。北青山に向かう。義兄が勤めていたアパレルメーカーの本社ビルに到着したのは、数十分後だった。

徳永は車ごと地下駐車場に潜《もぐ》った。一階の受付に回り、彼は受付嬢に事情を話した。

「あちらで少々お待ちください」

受付嬢がロビーの応接ソファを手で示し、社内電話機に腕を伸ばした。

徳永は近くのソファに腰かけ、セブンスターに火を点けた。ふた口ほど喫《す》ったとき、受付嬢が声をかけてきた。

「お客さま、ただいま企画室の室田《むろた》という者が降りてまいりますので」

「そうですか。どうもお世話さま」

徳永は礼を述べた。

煙草の火を消したとき、エレベーターホールの方から二十八、九歳の男が小走りに走ってきた。徳永は腰を浮かせた。

「室田さんですね。お忙しいところを申し訳ありません」

「いいえ、どうぞおかけください」

室田がにこやかに言って、徳永の前に坐った。徳永は腰をソファに戻し、義兄を捜していることを手短に話した。

「それで、ご用件は？」

「義兄の馴染みの酒場をご存じでしたら、教えていただきたいんです」

「何軒かありますよ。ぼくも、よく飲みに連れてってもらいました。四谷のスタンド割烹《かっぽう》、それから渋谷のスナック、六本木のカウンターバーの三軒には、週に一度は顔を出してたと思います」

「店名なんかを詳しく教えてください」

「はい。スタンド割烹が『浅川』で、場所は四谷三丁目の……」

室田がゆっくり喋《しゃべ》りだした。徳永は、店名と所在地を手帳に書き留《と》めた。

「少しはお役に立てましたか？」

「ええ、とても助かりました」

「京極さんは何か危《ヤバ》いことをしたんでしょうか？　一昨日《おととい》、警視庁の方が二人、会社に来たらしいんですよ。応対したのは、ぼくじゃないんですけどね」

「警察は何か誤解してるんでしょう」

「そうですよね、きっと。京極さんは温厚な人ですもんねえ」

「どうもありがとうございました」

話の腰を折って、徳永は立ち上がった。室田が慌てて腰を上げる。

徳永は地下駐車場に降り、ボルボに乗り込んだ。気持ちが急《せ》いていた。

――どういう順に回るかな。営業時間が最も早そうなのは、スナックだ。よし、まずそこに行ってみよう。

徳永は車を渋谷に向けた。

目的のスナックは、宮益坂から少し奥に入った場所にあった。路上駐車のできる所だった。

店を覗くと、ママらしい三十歳前後の女が所在なさげに細巻き煙草を喫《す》っていた。ヴォーグだった。時刻が早いせいか、客の姿はなかった。

徳永は身分を明かして、京極のことを訊いた。義兄は、もう丸二カ月も立ち寄っていないという話だった。徳永は女の顔から目を離さなかった。嘘《うそ》をついているような様子はうかがえない。

「義兄がふらりとここに現われたら、こっそり連絡してほしいんだ。よろしくね」

徳永は名刺を女に渡し、すぐに店を出た。

ビールぐらい飲むのが礼儀だったかもしれない。しかし、いまは時間が惜しかった。

徳永は車に走り寄った。

すぐに六本木に向かった。『カサブランカ』を探し当てたのは、およそ三十分後だった。

徳永は路上に車を駐め、店の扉を押した。

スウェードの黒いヴェストを着た男が、乾いた布でブランデーグラスを磨いていた。ジャズのスタンダードナンバーがラジオから低く流れている。ここも、客はいなかった。

徳永は男の前まで歩いた。

「何になさいます？」

「飲みに来たんじゃないんです。ちょっと人を捜してましてね」

「人捜し？」

「ええ」

徳永は、自分と京極和貴の関係を語った。

男の表情がかすかに変わった。戸惑ったように映ったのは、気のせいだろうか。

事情を話し終えると、男が伏し目がちに言った。

「京極さんにはずっとご贔屓《ひいき》にしてもらってたんですが、なぜだか二カ月以上もいらっしゃらないんですよ」

「そうですか。ひょっとしたら、こちらにふらりと立ち寄ったんじゃないかと思ったもんだから……」

「そうですか。ご心配ですね」

「ええ」

「京極さんがここに現われたら、足止めしておきましょう」

「そのときは、ぜひ連絡してください」

徳永は、男に名刺を差し出した。

男が受け取り、それをヴェストのポケットに滑り込ませた。徳永は、男の右手の小指が欠けていることに気づいた。男は徳永の視線に気づいたらしく、小指をそっと丸めた。

——この男は最近、義兄さんと会ってるな。

徳永は、そう直感した。

どうやら男は、元やくざ者らしい。義兄はこの男を通じて、何か武器を手に入れたのではないか。あるいは、この男に復讐《ふくしゅう》の手伝いをさせる気になったのかもしれない。

「もしご迷惑でなければ、軽くお飲みになっていきませんか。京極さんには、いろいろお世話になったんですよ。これも何かのご縁でしょうから、お近づきのしるしに……」

「せっかくですが、きょうは先を急ぎますんで、これで失礼します」

徳永は店を出た。

夜風が吹きはじめていた。しかし、それほど寒くはなかった。

四谷のスタンド割烹に行ったら、この店の前で少し張り込んでみよう。運がよければ、義兄に会えるかもしれない。

徳永は車に駆け寄った。

3

電話が鳴った。

コールサインが、やけに大きく聞こえた。室内が静かだったせいだろう。

京極和貴は、ぎくりとした。ちょうど拳銃を握りかけたときだった。

平河町のホテルである。夜だった。

電話機は鳴り熄《や》まない。京極はソファから立ち上がり、ベッドの枕元に走った。電話機はナイトテーブルの上にあった。

受話器を耳に当てると、交換手の声が流れてきた。

「山村さまですね？」

「そうです」

京極は、そういう名で泊まっていた。

「外線電話が入っています」

「相手はどなたです？」

「庄司《しょうじ》さまとおっしゃるお方です」

「繋いでください」

「はい、ただいまお繋ぎします」

交換手の声が遠のいた。

一昨日の晩、京極は『カサブランカ』で酔い潰《つぶ》れてしまった。庄司がここまで送り届けてくれたのである。

「電話なんかして、すみません」

庄司の低い声が響いてきた。

「いや、かまわんさ。何か急用なんだろう？」

「ええ。いまさっき、徳永肇という方が店にやってきました。義弟《おとうと》さんだそうですね？」

「ああ。肇君がそこを嗅ぎ当てたのか」

「義弟さんは、なかなか鼻が利きそうです。あの分だと、わたしの嘘を見抜いた気がします」

「そうかもしれないね」

「多分、徳永さんはわたしをマークするでしょう。ひょっとしたら、もう店の前で張り込んでるんじゃないかな」

「義弟は勘のいい男だから、考えられるね」

「おそらく刑事も、早晩この店を嗅ぎ当てるでしょう。ですから、もうここには来ないほうがいいと思います」

「わかった。近づかないようにしよう」

　京極は言った。

「そうしてください。例の物《ブツ》は予定通りに手に入りましたね？」

「ああ、きのうの夜にね。きみには本当に世話になった。改めて礼を言うよ。マスター、ありがとう」

「水臭いことは言わないって約束だったでしょ？」

「そうだったな。すまん！」

「京極さん、仕事が完璧《かんぺき》に終了することを祈ってます」

「これから、ひと仕事するつもりなんだ」

「そうですか。充分気をつけてください。それじゃ、これで！」

電話が切れた。

――マスターが言うように、追っ手が迫ってくるのは時間の問題だろう。少し急がなければな。

京極は受話器を置き、ソファに戻った。

卓上から自動拳銃《オートマチック》を掴み上げる。スミス&ウェッソンM459だ。前夜、横須賀で手に入れた武器である。

京極はラッチを押して、銃把《グリップ》から分厚いマガジンクリップを引き抜いた。複列式弾倉《ダブル・コラムマガジン》だ。二列に実包を込められる造りになっていた。

京極は弾箱の封を切った。弾倉に九ミリのパラベラム弾を詰めはじめた。新品のせいか、スプリング・コイルがやや固い。

京極は十四発装弾し、弾倉を銃把に戻した。スライドを引いて初弾を薬室《チエンバー》に送り込めば、もう一発弾倉に押し込める。しかし、そこまでする必要はないだろう。

京極は拳銃をベルトの下に差し入れ、使いかけの弾箱を片づけた。

ツイードジャケットのボタンを掛け、コートを羽織る。京極はベッドの下のボストンバッグをさらに奥に押しやった。その中には三発の手榴弾《しゅりゅうだん》、未使用の弾箱、手斧、ナイフ、粘着テープなどが入っている。

――さて、狩りに出かけるか。

京極はドアに向かった。室内灯を消し、そっと廊下に出る。ドアは、カードロック式だった。いちいち部屋の鍵《かぎ》をフロントに預ける必要はなかった。

エレベーターで一階まで降り、足早にホテルを出た。

車寄せには数台のタクシーが停《と》まっていた。客を待っているのだ。

京極はタクシーには乗らなかった。夜風に吹かれながら、自然な足取りで溜池《ためいけ》まで歩いた。そこでタクシーに乗り込み、恵比寿駅の少し手前で降りる。渋谷橋のあたりだった。

京極は数十メートル歩き、別のタクシーを拾った。

乗り込んでから、あたりに視線を走らせる。尾行されている気配はなかった。

「どちらまで？」

「目黒区の平町まで行ってほしいんだ」

「わかりました」

中年の運転手が明るく言って、車を発進させた。タクシーは駒沢通《こまざわどお》りを走り、駒沢陸橋下の交差点を左折した。環七通りを数分走ると、柿《かき》の木坂《きざか》陸橋に差しかかった。

その陸橋を越えて間もなく、京極はタクシーを停めさせた。環七通りの右手が平町で、左手が碑文谷五丁目だ。碑文谷署は、すぐ斜め後ろにある。

タクシーを降りた。京極は少し歩いて、歩道橋を渡った。階段を降りきったとき、腕時計に目をやった。午後九時を十分ほど回っている。

京極は住宅街に足を踏み入れた。

静かだった。人通りは絶えていた。最初の四つ角を右に曲がる。

左側の五軒目の家が秋野家だった。

門の前で京極は足を止めた。門灯が瞬《またた》き、家の中も明るい。京極は、にんまりした。当主の秋野圭一郎がニューヨークから戻っていることは、すでに調査済みだった。

妻と長女の納骨が終わるまで、日本にいることもわかっていた。おそらく秋野は妻や娘が惨殺された自宅で、茫然《ぼうぜん》自失の状態でいるのだろう。

京極はコートのポケットから、革手袋を摑み出した。それを両手に嵌《は》め、スミス&ウェッソンM459を腰から引き抜いた。スライドを引いて、初弾を薬室に送り込む。

京極はコートの下に拳銃を隠し、左手でインターフォンを鳴らした。

ややあって、中年の男の声がスピーカーから流れてきた。

「どちらさまですか？」

「警察の者です。先日の事件のことで、ご報告がありまして」

「わざわざご苦労さまです。どうぞお入りください、まだ門は閉めてませんから」

「それでは、お邪魔します」

京極は前庭に入った。

深呼吸する。逸《はや》る気持ちを鎮《しず》めたのだ。

京極は玄関までゆっくりと歩《ほ》を運んだ。玄関戸を勝手に開け、三和土《たたき》に入る。後ろ手にガラス戸を閉めたとき、奥から灰色のカーディガンを着た男が現われた。

男は五十年配だった。顔がほんのり赤い。酒を飲んでいたらしい。悲しみが深く、飲まずにはいられないのだろう。

「秋野圭一郎さんですね？」

京極は確かめた。

「ええ、そうです」

「おひとりですか？」

「はい」

「不用心ですね。奥さんと娘さんが、あんなことになったのに」

「ついさきほどまで、弟夫婦がいたんです。まだ時刻が早いもんですから、戸締まりのほうはしてなかったんですよ」

秋野が言った。

「そうですか。秋野さん、奥さんとお嬢さんを殺した犯人がわかりましたよ」

「どこの誰だったんです？」

「犯人はわたしだよ」

京極は言うなり、秋野に自動拳銃の銃口を突きつけた。

秋野が跳《と》びすさり、喉《のど》の奥で短く呻《うめ》いた。頬《ほお》の筋肉がひくついている。

「言っておくが、これはモデルガンじゃないぞ」

「あ、あなたは、もしかすると、京極由美さんの……」

「そうだ、父親だよ」

京極は土足で上がり込んだ。

秋野が一歩ずつ後ずさりする。京極は獲物を奥の茶の間に追い込んだ。座卓には、ブランデーのボトルとグラスが置かれている。チーズもあった。

「きょ、京極さん、落ち着いてください」

「わたしは落ち着いてる」

「あなたの怒りもわかるが、わたしだって、妻と娘を殺されたんです。犯人があなたなら、むしろ、わたしのほうが……」

「坐るんだ！」

京極は冷たく言い放った。秋野がうなずいて、腰を落とす。胡坐《あぐら》をかいた。

「正坐しろっ」

京極は怒鳴った。秋野が坐り直して、掠《かす》れた声で訊《き》いた。

「わたしをどうするつもりなんです？」

「裁く！」

「それは、どういう意味なんです？」

「息子があんなふうな人間になったのは、あんたの教育が悪いからだ。その責任は重い。あんたには死んでもらう」

「そんな身勝手な言い分があるか！　それに、わが子でも十七、八歳になったら、もう親の力じゃ抑《おさ》えきれない。親権を超えてしまってるんだ」

「わたしを怒らせたら、それだけあんたは早く死ぬことになる」

「敦があんな人間になったのは、学校教育のせいだ」

「責任逃れはやめろ！」

「もうお互いに過去のことは水に流そうじゃありませんか。ね、京極さん！」

「そうはいくかっ」

京極はコートの内ポケットから、由美の位牌《いはい》を取り出した。それをテレビの上に置く。

「あんた、本気なのか⁉」

秋野の声が裏返った。

「もちろん、本気だよ。あんたがくたばるまで、娘の霊が見てるはずだ」

「なんとか折り合ってもらえないか。欲しいものがあったら、言ってくれ」

「欲しいのはあんたの命だけだ」

京極は冷然と言い放ち、テレビのスイッチを入れた。歌番組がかかっていた。秋野が両手を合わせた。

「やめろ！　わたしを殺さないでくれーっ」

「悪あがきはやめたほうがいい」

「全財産をあんたにくれてやる」

「往生際の悪い男だ」

京極は、テレビの音量を最大にした。

室内にアイドルの歌声が満ちた。ばかでかい音量が耳を聾《ろう》する。秋野が何か哀願しているが、京極の耳には届かない。聞く気もなかった。

秋野が膝立《ひざだ》ちになった。眼球が、いまにも零《こぼ》れ落ちそうだ。顔面蒼白《そうはく》だった。

京極は壁いっぱいまで退《さ》がった。

標的が近すぎると、かえって狙いにくい。返り血を浴びるのも厭だった。

京極は両手保持の構えをとった。秋野の額に狙いを定めて、引き金《トリガー》に指を絡《から》めた。

そのとき、秋野が本能的に立ち上がった。

京極は銃口を上げた。引き金を強く絞った。重い銃声が轟《とどろ》き、伸ばした両腕が跳ね上がった。反動《キック》だ。

銃口炎《マズル・フラッシュ》が瞬《またた》き、硝煙が拡散する。弾き出された空薬莢《からやっきょう》が座卓の上に落ちて、勢いよく撥《は》ねた。

放った弾丸は、獲物の首を貫いていた。秋野が短く叫び、くの字に体を折った。茶簞笥《ちゃだんす》にぶち当たり、横倒しに転がった。首の前と後ろから血が滴《したた》りはじめた。

京極は座卓を回り込んで、秋野のこめかみに二弾目をぶち込んだ。

血と肉が飛び散った。脳漿《のうしょう》も舞った。

秋野は声もあげなかった。粘り気のある血糊《ちのり》が、瞬《また》く間に額と頰を赤く染める。

京極は唇を歪《ゆが》めた。

人間を鳥獣のように屠《ほふ》ることは、思いのほか愉《たの》しい。自分が、この世の征服者になったような心持ちになる。三人の少年も、いまの自分と同じような気持ちで由美をいたぶり殺したのだろうか。

京極はテレビのスイッチを切った。

娘の位牌をコートの内ポケットに戻す。畳に血溜《ちだ》まりができていた。

──すぐに外に飛び出すのは賢明じゃないな。あれだけテレビの音声を高めたんだから、おそらくは隣近所の連中がこの家の方を見てるだろう。

京極は二つの空薬莢を抓《つま》み上げ、秋野のそばに屈《かが》み込んだ。念のために、大きく見開かれた両眼を覗き込む。瞳孔《どうこう》が開いていた。

京極は立ち上がって、口の中で五百まで数えた。それから自動拳銃をベルトの下に戻し、おもむろに茶の間を出た。玄関から、堂々と表に出る。人影はなかった。

最初の四つ角を曲がると、京極は全力疾走した。わざと路地を何度も折れてから、近くの目黒通りに出る。

京極は街灯の下で、自分の衣服を見た。血は一滴も付着していなかった。京極は硝煙と火薬の滓《かす》を浴びた革手袋をコートのポケットに突っ込み、自然な足取りで進んだ。

――二、三度タクシーを乗り換えて、ホテルに戻ろう。次の獲物は、村上茂樹の家族たちだ。

京極は歩きながら、変装用の黒縁眼鏡をかけた。

少し待つと、空車がやってきた。京極は右手を高く掲げ、車道に駆け降りた。

4

「奴は、きっとここに来ますよ」

須貝雅史は、同僚の大岡刑事に言った。

警察車の中だった。車は、『深沢アビタシオン』の前に駐まっていた。夜である。

「京極だって、ばかじゃないだろう。きのうの晩、秋野圭一郎を殺《や》ったばかりなんだ。当然、奴はわれわれの動きを警戒するはずだよ」

「それを承知で、奴はやってくると思いますね。京極は心理的に追いつめられてるんです。今夜にも村上一家を襲うはずです」

「ずいぶん自信たっぷりじゃないか」

大岡が言って、意味もなくフットブレーキを踏みつけた。

「血に飢えた野獣の臭《にお》いが遠くから漂ってくるんですよ」

「おいおい、あんまり文学的な言い回しをしないでくれ。おれには、車内に籠った煙草の臭《にお》いしかしないぜ」

「大岡さん、茶化さないでほしいな。おれは、大真面目《おおまじめ》なんですから」

「悪かった！　須貝ちゃんにつき合って、朝までちゃんと張り込むよ。でもな、おれはこっちよりも、高原家の別荘のほうが気がかりなんだ」

「箱根には碑文谷署の連中を行かせたから、一応、大丈夫でしょう」

「そうかね。それはそうと、京極が拳銃《ドウグ》を持ってたとは驚きだな」

「ええ、おれもちょっと驚きました」

「鑑識の報告によると、凶器はスミス&ウェッソンM459らしいが、どういうルートで入手したんだろう？」

「暴力団関係か、基地関係者から手に入れたんでしょうね。どっちにしても、堅気の京極がそういうルートを持ってたことが意外でしたよ」

「そうだな」

「大岡さん、おれ、村上の部屋に行ってみようと思うんです。ひょっとしたら、京極は裏の塀を乗り越えて、マンションに侵入するかもしれないからね」

「いいよ、行っても。こっちは、おれに任せてくれ」

「それじゃ、よろしく！」

須貝は車を降りた。

道を横切って、『深沢アビタシオン』の玄関に走り入る。高級そうな名がついているが、ごくありふれた賃貸マンションだ。

管理人室はない。玄関ドアも、オートロック・システムではなかった。

須貝はエレベーターで六階まで上がった。

村上茂樹の家族は、六〇五号室で仮住まいをしていた。

部屋の前に来た。インターフォンを鳴らすと、中年女性の声で応答があった。

須貝は低い声で名乗った。昼間、張り込むことを電話で伝えてあった。

ドアが開けられ、茂樹の母親が顔を見せた。征子《ゆきこ》という名だった。

「ご苦労さまです。もう少ししたら、コーヒーでもお持ちしようと思ってたんですよ」

「どうかお気遣いなく。それより、何か変わったことは？」

「別にありません。でも、わたし、いつか襲われそうな気がして、不安で不安でたまらないんです」

「ご迷惑じゃなければ、わたしが部屋の中で警備に当たってもかまいませんが……」

「ぜひ、お願いします。さ、どうぞ」

征子がスリッパラックに腕を伸ばした。

須貝は靴を脱いだ。征子に導かれて、居間に入る。そこには、村上基明《もとあき》がいた。征子の夫だ。村上はソファに坐って、新聞を読んでいた。

「部屋の中で警護させてもらいます」

「それは心強いな。さあ、お坐りください」

「失礼します」

須貝は、村上の真ん前のソファに腰を下ろした。

「京極由美さんの父親は、本当にわれわれを狙ってるんでしょうか？」

「秋野家の三人が殺されたことを考えると、その可能性は否定できません」

「わたしたち一家も、殺されてしまうのか」

「そうはさせません。そのために、警察はこちらと高原さんご一家の身辺警備を強化したわけですから」

「ご迷惑をおかけします」

村上が頭を下げた。禿《は》げ上がった額がてかてかと光っている。

征子が三人分の緑茶を運んできて、夫のかたわらに浅く腰かけた。

「殺風景な部屋でしょ？　とりあえず生活に必要な物だけを、三軒茶屋の家からこっそり持ち出したんです」

「そうですか」

「自分の家に入るのに、何か悪いことをしてるような気分でした。ここにある家具を運び出したのも、真夜中だったんですよ。まるで夜逃げみたいだったわ」

「大変でしたね」

須貝は、それ以上は何も言えなかった。

村上が叱《しか》りつけるような口調で、妻の征子に言った。

「仕方がないじゃないか。茂樹のばかが、とんでもないことをしでかしたんだから」

「それは、そうですけど」

「だいたい、おまえがいけないんだ。おまえが茂樹をずっと甘やかしてきたから、あいつは善悪の区別もつかない人間になってしまったんだっ」

「お父さん、卑怯《ひきょう》だわ。狡《ずる》いですよ。責任を全部わたしに押しつけるなんて、男らしくありません。お父さんこそ商売のことだけで、子供たちのことなんか放ったらかしだったじゃありませんか！」

　征子が夫に喰《く》ってかかった。

「子供たちの躾《しつけ》は、昔っから女の領分だ。母親がしっかりしてれば、こんなことにはならなかったんだっ」

「そんなの、あんまりですよ。茂樹だって、根はそんなに悪い子じゃないわ。友達がいけないのよ。あの子、気の弱いところがあるから」

「何を言ってるんだ、おまえ！　女子大生を監禁したのは、茂樹のマンションなんだぞ。あいつが主犯にちがいない」

「お父さん！　それじゃ、茂樹がかわいそうすぎるわ。あなたは、自分の子供がかわいくないいんですかっ」

「いまの茂樹には、愛情なんか感じないね。あるのは憎しみだけだ。あいつのために、わたしの人生はめちゃくちゃになってしまったんだぞ」

　村上が腹立たしげに言った。

「また、みんなでやり直せばいいじゃないの」

「わたしは、もう若くないんだ。やり直しなんかきくもんかっ」

「……………」

「おまえに、わたしの悔しさがわかるか。わたしんとこは、祖父の代からずっと三軒茶屋に住んできたんだ。商売だって、うまくいってた。それなのに、住み馴《な》れた家を捨てなければならないんだぞ。それだけなら、まだ我慢もできる。その上、われわれは世間の目を気にしながら、罪人のような気持ちで生きなきゃならないんだ。そんな暮らし、耐えられんよ」

「わたしだって、辛《つら》いわ」

「できることなら、茂樹を殺して、一家心中したい気持ちだよ」

「お父さん、自棄《やけ》を起こさないで」

征子が悲痛な声で叫び、顔を伏せた。涙ぐんでいた。

村上は何か言いかけたが、途中で口を噤《つぐ》んだ。

——親が責任のなすり合いをしてるようじゃ、子育てにも問題があったんだろうな。

それはそれとして、犯罪者を出した家庭も苛酷《かこく》だ。家族のみんなが肩身の狭い思いをさせられる。これは家単位でものを考えてきた封建思想の名残なんだろうが、何とかならないもんなのか。

須貝は暗い気分で、茶を啜《すす》った。

数分後、村上が気まずい沈黙を破った。

「どうもお見苦しいところをお見せしてしまって」

「いいえ。お辛さはわかりますよ。ところで、ご次男の宏二《こうじ》君はお出かけですか？」

須貝は話題を変えた。

「はい、あれの姉の家に。長女の淑子《としこ》は結婚して、日吉《ひよし》に住んでるんですよ。宏二は、そのマンションに遊びに行ってるんです」

「そうですか」

「遊びに行ったというより、隠れてると言ったほうが正確かもしれませんね。茂樹たちの事件が発覚してから、宏二はずっと高校に行ってないんですよ」

「高一でしたっけ?」

「ええ、そうです。いったんは学校に行く気になったんですけど、一部の週刊誌が事件のことを実名で報道しましたでしょ?」

「ええ」

「それで、学校のみんなに会いたくないと言いだしたんです。宏二は茂樹と違って、真面目で成績も悪くないんですよ。それだけに不憫《ふびん》に思えましてねえ」

「そうでしょうね。長女の淑子さんのほうは、どうされてます?」

「夫の姓を名乗っていますから、いまのところ、世間から白い目で見られるようなことはないようです。それに亭主がなかなか立派な男で、娘を労《いたわ》ってくれてるらしいんですよ」

「それはよかったですね。そういえば、三軒茶屋のお宅は、もう買い手がついたんですか？」

「いいえ、まだです。しばらくは売れないかもしれません」

村上が力なく呟《つぶや》いた。

須貝はハイライトをくわえた。火を点けたとき、居間の電話機が軽やかな電子音を奏《かな》ではじめた。村上の妻が椅子《いす》から立ち上がって、テレフォンチェアに走り寄った。もう泣いてはいなかった。

征子は受話器を摑み上げ、二言三言喋った。脅迫電話ではなさそうだった。

受話器を耳から離し、征子が送話口を手で塞《ふさ》いだ。

「刑事さんにお電話です」

「そうですか」

須貝は煙草の火を消して、電話台に歩み寄った。

征子から受話器を受け取る。電話をかけてきたのは、石黒管理官だった。携帯電話は傍受されることがある。それを懸念して、わざわざ村上宅の固定電話に連絡してきたのだろう。

「何か動きがあったかね？」

「いや、まだ何もありません」

「そうか。大岡君は外か？」

「ええ、エントランスの前で張り込んでるはずです。箱根のほうはどうなんです？」

「やっぱり、向こうも動きはないらしいよ。今夜は、もう警護を解いてもいいんじゃないだろうか？」

「いや、まだわかりませんよ。十時を回ったばかりですからね。わたしは、朝まで村上さんのお宅にいるつもりです」

「それじゃ、いくら何でも先方さんにご迷惑だろうが」

「かもしれませんが、心配なんですよ」

「京極が現われる気がするのか？」

石黒が訊《き》いた。

「ええ」

「きみの勘は割によく当たるから、引き揚げるチャンスはそっちで適当に判断してくれ」

「わかりました」

須貝は受話器をフックに返し、ふたたびソファに坐った。

村上夫婦は同じ長椅子に腰かけていたが、どこか態度がよそよそしかった。

——朝までここにいるのは、ちょっと気詰まりだな。

須貝は脚を組んだ。

そのとき、玄関のドアが軋《きし》んだ。

「宏二が帰ってきたんだと思います」

征子が玄関ホールに走っていった。居間から玄関までは、それほど離れていない。せいぜい三、四メートルだろう。

「だ、誰なの⁉」

征子が切迫した声をあげ、すぐに悲鳴を放った。

――京極だな。

須貝は反射的に腰を浮かせた。

少し遅れて、村上も立ち上がった。二人は縺《もつ》れるようにして、玄関ホールに走った。

玄関口に、三つの人影があった。前に並んだ男女は、まだ若かった。

その後ろに、長髪の男が立っている。ウェーブのかかったロングヘアは肩まで届いていた。男は濃いサングラスをかけていた。顔はよくわからない。

「宏二、淑子！」

村上が子供たちの名を呼んだ。

怪しい男は宏二の後頭部に自動拳銃を突きつけ、淑子の喉元にナイフを押し当てている。拳銃はスミス&ウェッソンM459だった。

「あんた、京極和貴だなっ」

須貝は前に進み出て、男を睨《にら》みつけた。

「刑事《デカ》か？」

「ああ。警視庁捜査一課の須貝だ」

「拳銃を携行してるはずだ。持ってるのはシグ・ザウエルP230かな。出してもらおう」

「いや、携行していない」

「嘘をつくなよ、須貝さん！　逆らわないほうがいいぞ」

男はナイフを淑子の喉に浅く喰《く》い込ませた。

淑子と征子が同時に声を洩らした。どちらも震え声だった。

「わかった。あんたに従おう。その代わり、人質には何もしないでくれ」

「そんな約束はできない。拳銃からマガジンを抜いて、実包を足許《あしもと》に落とせ」

「わかったよ」

須貝はホルスターからシグ・ザウエルP230を抜き、言われた通りにした。男は村上に五発の実弾を拾わせ、それを自分の革ジャケットのポケットに入れさせた。

――大岡さんは何をしてたんだっ。

須貝は胸の中で、そう叫んだ。

「おい、村上。ドアのシリンダー錠を倒して、チェーンも掛けるんだ。妙な気を起こしたら、あんたの娘と倅《せがれ》はここで死ぬことになるぞ」

「わかりました。命令に従いますよ」

村上がドアをロックし、玄関ホールに戻ってきた。

「みんなで、奥の部屋でパーティーをやろうじゃないか。な、須貝さん！」

「きさま、何を考えてるんだっ」

「あんまり大声を出すと、あんた、若死にすることになるぞ」

「くそったれ」

須貝は歯嚙《はが》みし、怯《おび》えきっている村上夫婦を目で促した。

夫婦が居間に向かった。その後に、須貝もつづいた。彼は隙《すき》を見て、男に組みつくつもりだった。

しかし、そのチャンスがあるかどうかわからない。とりあえず、須貝は歩きつづけた。

5

人質を立ち止まらせた。

居間の中央だった。

京極和貴は窓を見た。カーテンが閉まっていた。ベランダ側のサッシ戸も厚手のドレープ・カーテンで覆われている。外から犯行を見られる心配はなさそうだ。

部屋は十五畳ほどのスペースだった。リビングセットのほかは家具らしい物は見当たらない。

「おい、ソファやコーヒーテーブルを隅っこに寄せろ」

京極は、須貝と名乗った刑事に言った。

「何をする気なんだっ」

「いいから、命令通りに動くんだ。さもないと……」

「わかった」

須貝がリビングセットとコーヒーテーブルを壁際に移した。

アクセントラグが剝《む》き出しになった。白と黒の大胆な柄だった。

「刑事は手錠を持ってるはずだ。あんた、須貝に手錠を掛けろ。後ろ手にな」

京極は、村上基明に命じた。村上が困惑顔で、須貝に眼差《まなざ》しを向けた。すると、須貝が即座に言った。

「村上さん、言われた通りにしてください」

「は、はい」

村上が須貝警部に近づき、腰のあたりを探《さぐ》った。

やはり、須貝は手錠を携帯していた。京極は、にっと笑った。村上が手錠の輪を拡げる。須貝は自分から両手を背の後ろに回した。

「刑事さん、勘弁してください」

村上が詫びて、須貝に手錠を打った。小さな施錠音が響いた。

京極が薄く笑って、須貝に言った。

「あんたは、その場に正坐するんだ」

「おまえは淑子さんのマンションに押し入ったんだな」

「そうじゃない。このマンションの非常階段の陰に潜《ひそ》んでたんだよ。そこへ、この二人が戻ってきたのさ」

「エントランスから堂々と入ったのか⁉」

「ああ、そうだ。覆面パトカーらしいのが一台停まってたが、呼びとめもされなかったよ。こんな恰好《かっこう》だから、まさかわたしだとは思わなかったんだろう」

「京極だな、やっぱり」

「否定はしないよ」

「むさ苦しい鬘《かつら》だな。そんなもの、取ったらどうなんだっ」

「わたしに命令するのはやめろ。早く正坐したほうがいいぞ」

「いま、坐るさ」

須貝がふてぶてしく言い、その場に膝《ひざ》を落とした。

　そのとき、村上征子が震え声で言った。

「京極さん、茂樹はそれなりの裁きを受けるはずです。それなのに、わたしたち家族まで恨むなんて、筋が違うんじゃありませんか？」

「泣き言は聞きたくないな。わたしは三人の犯人とその家族も、この手で裁くことに決めたんだよ」

「そ、そんな！」

「奥さん、下着を脱いでもらおう」

　京極は言った。

「正気なの⁉」

「パンティーを脱いで、そいつを自分の口に突っ込むんだ。あんたの泣き言なんか聞きたくないからな」

「そんなことできませんっ」

　征子が敢然と言い放った。

　京極は銃把の角で、宏二の後頭部を撲《なぐ》りつけた。征子の表情が凍りつく。

　宏二が呻いて、うずくまった。両手で頭を抱えていた。姉の淑子が宏二の名を呼んで、心配そうに弟の顔を覗き込む。

「坊主、立つんだ」

京極は声をかけた。

宏二がのろのろと立ち上がり、姉と並んだ。頭皮が裂け、血が噴いている。

「征子、言われた通りにしなさい」

村上が妻に言った。征子の顔が歪《ゆが》んだ。長女も父親と同じ言葉を口にした。

「奥さん、どうする?」

京極は訊《き》いた。

征子が黙って後ろ向きになった。ガードルやパンティー・ストッキングを脱ぎ、ショーツも腰から引き剝《は》がす。

征子は短くためらってから、小さく丸めたショーツを自分の口の中に詰めた。だが、向き直ろうとはしない。

「こっちを向くんだっ」

京極は声を張った。

征子が弾かれたように体を反転させた。口から白いものが食《は》み出している。

「京極、観念したほうがいい。もうおまえは逃げられやしないんだ」

須貝が正坐したまま、諭《さと》すように言った。

京極は相手にならなかった。村上基明にソックスを脱がせる。片方を須貝の口の中に押し込ませ、もう片方を村上自身の口に詰め込ませた。

「村上夫妻は床に這《は》いつくばって、両手を腰の後ろで組め！」

　京極は命じた。

　村上と征子がアクセントラグの上に這う。そのとき、須貝が立ち上がる気配を見せた。

「動くな。じっと坐ってろ！」

　京極は鋭く言った。須貝が無念そうな顔つきで、浮かせかけた腰を戻した。

「おまえたち二人はここにいろ。一歩でも動いたら、すぐに撃ち殺すぞ」

　京極は淑子と宏二に言い、須貝に近づいた。

　須貝がいったん体を傾け、片膝を立てた。

　京極は深く踏み込んで、須貝の腹を蹴り込んだ。靴の先が埋まった。

　須貝が体を丸めて、肩から前のめりに倒れる。倒れた瞬間、彼は胃の中のものを少し吐いた。

　京極は横に動き、須貝の側頭部を蹴った。

　骨の鳴る音が鈍く響いた。須貝の口から、重いくぐもり声が洩れた。

　村上夫妻が頭をもたげた。京極は夫妻を怒鳴りつけて、淑子と宏二の背後に回り込んだ。

　淑子の肩がぴくりと震えた。弟の宏二は片手で傷口を押さえている。その指は血で赤かった。

「おまえだけ、こっちに向き直れ」

京極はナイフを淑子の白い項《うなじ》に当てた。

淑子が体を竦《すく》ませ、すぐに向き直った。やや面立《おもだ》ちがきついが、美人と言えるだろう。二十四歳だった。

「裸になれ。素っ裸になるんだっ」

「わたし、結婚してるんです。夫がいる身なんですよ。おかしなことは、やめてくださいっ」

「喚《わめ》くな。いやだって言うなら、これだぞ」

京極は、ナイフの切っ先を淑子の胸の隆起に沈めた。

淑子が白目を剝《む》く。京極は目顔で促した。淑子が芥子色《からしいろ》のハーフコートを肩から滑らせ、墨色のセーターを脱いだ。

そのときだった。宏二が前を向いたまま、高い声で制止した。

「姉ちゃん、やめろ！　脱ぐなっ」

「静かにしろ」

京極は言いざま、ふたたび宏二を銃把で打ち据えた。今度は首の後ろだった。宏二が唸《うな》って、膝から崩れる。

「弟に乱暴しないで！」

淑子が叫んだ。

「うるわしい姉弟愛《きょうだい》だな」

「ひどすぎるわ」

「おまえのすぐ下の弟は、わたしの娘にもっとひどいことをしたんだ。それを忘れるなっ」

京極はそう言い、ナイフをスリップの肩紐《かたひも》の下に潜《くぐ》らせた。淑子の目に恐怖の色が走った。

京極は刃を上に向け、肩紐を断《た》ち切った。

淑子が自分の人差し指を噛んだ。歯の根も合わなくなったらしい。全身が小刻みにわななきはじめていた。

京極はナイフを白い胸の谷間に滑り込ませた。ナイフを垂直に引き下ろす。

淑子が小さな声をあげた。ブラジャーが二つに割れた。形のいい乳房が弾みながら、布地から零《こぼ》れ出た。

「まだ裸になる気になれないか？」

「脱ぎます、全部……」

淑子が涙声で言い、剝ぎ取るようにスリップを脱いだ。スカートを足許に落とし、ランジェリーも一切取り除いた。

「いい体してるじゃないか」

京極はからかった。といっても、欲情を覚えたわけではない。単なるからかいだった。淑子が片手で豊かな乳房を覆い、もう一方の手で黒々とした叢《くさむら》を隠す。飾り毛は濃かった。

「坊主、立ち上がれ」

京極は宏二に顔を向けた。宏二が唸りながら、身を起こす。

「おまえも下だけ裸になれ！」

「えっ」

宏二が驚いて、首を捩《ねじ》った。

「チノパンとブリーフを脱ぐんだ。ブリーフじゃなく、トランクスを穿《は》いているのか？」

「ぼくに何をやらせる気なの⁉」

「愉《たの》しいことをさせてやる。早くしないと、また痛い目に遭《あ》うぞ」

京極は言って、宏二の尾骶骨《びていこつ》のあたりを膝頭で蹴った。

宏二が膝を折って、大きくよろけた。だが、チノクロスパンツを脱ごうとしない。

京極が右手を振り上げると、淑子が弟に高く言った。

「宏二、早く脱ぎなさい。脱ぐのよ」

「でも……」

「あんた、死んでもいいの？　恥ずかしがってる場合じゃないでしょ」

「わかったよ。いま、脱ぐ」

宏二が観念した顔で言い、チノクロスパンツとトランクスを脱ぎ捨てた。ただ、赤いラインの入った白いハイソックスは脱がなかった。

京極は、姉と弟を向かい合わせにさせた。

弟の宏二のほうが十数センチは背が高い。姉弟は目を背《そむ》け合っていた。

村上と征子が起き上がりそうになった。

「おまえたちは腹這いになってろ！」

京極は一喝《いっかつ》した。

村上夫妻が顔を見合わせ、腹這いになった。京極は視線をずらした。須貝が鋭い目で睨《にら》みつけてきた。肩が小さく弾んでいる。口の端から、血の糸が垂れていた。

「ここで待ってろ」

京極は淑子と宏二に言い、大股で須貝に歩み寄った。

怒りに満ちた形相《ぎょうそう》で、須貝が何か言った。詰め物で、よく言葉は聴き取れなかった。

「おまえが目障《めざわ》りで仕方がないんだ」

京極は言うなり、須貝の顎《あご》を蹴り上げた。

的《まと》は外さなかった。須貝が後ろに引っくり返った。京極は拳銃をベルトの下に突っ込み、革ジャケットのポケットからガラスの小壜《こびん》を取り出した。

エーテルだ。ハンカチに麻酔液をたっぷり染み込ませ、それを須貝の口許に押し当てる。須貝が全身で暴《あば》れた。

京極は、いったんハンカチを離した。須貝の首や肩を蹴りつけ、改めてエーテルを嗅がせた。少し経つと、須貝は気を失った。

京極は小壜をポケットに戻し、ふたたび右手に拳銃を持った。左手でナイフを握る。すぐに彼は、淑子と宏二のいる場所に戻った。姉弟は依然として目を背け合っていた。加虐的な気分が急激に肥大する。

「おまえ、姉さんの陰毛を刈り取れ！」

京極は宏二に言った。

宏二が言葉にならない声を発した。淑子がぎょっとして、一メートルほど後ずさった。

「動くな！」

京極は、淑子の太腿《ふともも》にナイフの先を浅く突き刺した。

淑子が痛みを訴えた。ナイフの先端に血が付着していた。笑みが零《こぼ》れそうだ。

「もう赦《ゆる》してください。茂樹には償《つぐな》わせますから」

「償いきれるもんじゃないさ」

京極は、淑子のこめかみに銃口を押し当てた。

「もうスライドは引いてある。引き金を絞るだけで、あんたはあの世行きだ」

「撃たないで！」

「だったら、逆らうんじゃないっ」

京極は淑子に言い、宏二をひざまずかせた。

ナイフを差し出したが、宏二は受け取らなかった。両膝を床に落としたまま、うつむいていた。

「早くナイフを取れ」

京極は命令した。

「いやだよ。できないよ、ぼくには」

「おまえの兄貴たちは、わたしの娘の陰毛を剃《そ》ったんだぞ！」

「なんだって、こんなことをするんだよっ」

宏二が泣きながら、ナイフを摑んだ。

京極は幾分、緊張した。宏二がナイフを振り翳《かざ》して挑みかかってくるかもしれない。

そういう思いが、ちらりと脳裏を掠めたからだ。

しかし、宏二は膝立ちの姿勢を崩さなかった。

淑子は瞼《まぶた》を閉じて、ややスタンスを拡げた。覚悟したようだ。

「早くやれ」

京極は急《せ》かした。

宏二は泣きじゃくりながら、左手で姉の飾り毛を抓《つま》んだ。根元あたりにナイフの刃を当て、ゆっくりと引いた。固い音が響いた。

「もうこれでいいんでしょう？」

宏二が顔を上げた。京極は首を振った。

「まだだ。きれいに刈り取るんだ。やらなければ、おまえを最初に殺してやる」

「やるよ。やりゃ、いいんだろっ」

宏二が捨て鉢に言い、刈り取った姉の恥毛をカーペットに投げ捨てた。

それから面皰《にきび》だらけの少年はふたたび淑子の飾り毛を抓《つま》んで、ナイフを滑らせた。

もう迷いは少しも見せなかった。淑子が両手で顔を覆った。

ほとんど同時に、泣き声をあげた。宏二もしゃくり上げながら、ナイフを使った。

何分か過ぎてから、京極はナイフを取り上げた。淑子のはざまは寒々しくなっていた。刈り方は不完全だった。不揃いで、汚らしかった。

京極は宏二を立たせ、淑子に低く言った。

「今度は、おまえがひざまずく番だ」

「えっ⁉」

淑子が顔から手を放した。

京極は拳銃をベルトの下に入れ、ナイフを右手に持ち替えた。

「わたしに何をやれって言うんですっ」

「つべこべ言わずに、ひざまずけ！」

京極は、淑子の頭を強く押さえ込んだ。

淑子が膝を落とした。京極はまたナイフを左手に移し、右手で自動拳銃を引き抜いた。銃口を宏二の脇腹に押し当て、彼は淑子に言った。

「弟のペニスをしゃぶってやれ」

「そ、そんな！」

淑子が言葉を詰まらせた。京極は、淑子の肩にナイフの刃を押しつけた。

「わたしの娘は生きながら、地獄の苦しみを味わわされたんだ。おまえたちにも、地獄を覗かせてやる」

「できません、わたしには」

「すぐにできるようになるさ」

京極は言うなり、ナイフを軽く引いた。

淑子が悲鳴を放った。肩口に赤い線が生まれていた。あふれる鮮血は糸を曳《ひ》きながら、胸許と背中に滑り落ちていった。

「やらなきゃ、おっぱいを削《そ》ぎ取ってやる！」

京極は凄《すご》んだ。

村上夫妻が相前後して身を起こした。村上が口の中のソックスを舌の先で押し出し、湿った声で言った。

「京極さん、それはあんまりだ。人間のやることじゃない」

「きさまの息子どもは由美を嬲《なぶ》り殺しにした上に、死体を切り刻んだんだぞ。きさまに、そんなことを言う資格はないっ」

「しかし……」

「黙れ！　ソックスをくわえて、すぐに這いつくばるんだっ」

「あんたは、まともじゃない。狂ってる」

「そうかもしれない。わたしを狂わせたのは、きさまの息子たちだっ。奴らは、わたしの宝物を虫けらのように殺したんだ」

「そのことは、本当に申し訳ないと思っています」

「何千回、いや何万回謝罪されたって、わたしの気持ちは収《おさ》まらない。由美は、娘は、わたしの生き甲斐《がい》だったんだっ。娘のいない人生なんか虚《むな》しいだけだ」

京極は危《あや》うく涙ぐみそうになった。

「あんたの気持ちもわかるが……」

「村上、きさまは息子を育て損なったんだ。親がいい加減な生き方をしてるから、子供がろくでもない人間になるんだよ」

「あんたはそう言うが、荒れはじめた男の子は狂犬と同じで、とても親の手に負えるもんじゃありませんよ」

「そんなふうに逃げ腰だから、自分の子供になめられるんだっ」

「あんたは女の子しか育てたことがないから、そんなことが言えるんだ。わたしなんか、茂樹の喫煙を咎《とが》めただけで蹴とばされ、骨折したことがある。情けない話だがね」

村上が泣き崩れ、激しく身を揉《も》んだ。

「奥さん、旦那《だんな》の口にソックスを噛ませろ」

京極は鋭く言った。

征子が口をもぐもぐさせながら、何度も土下座した。スカートの前が濡《ぬ》れていた。どうやら尿失禁してしまったらしい。

「早くソックスを突っ込め！」

京極は高く叫んだ。

征子が唾液《だえき》でべとついたソックスを拾い上げ、それで夫の口を封じた。夫婦は並んで腹這いになり、くぐもった泣き声を洩らしはじめた。

「おい、早くやれ！」

京極は、淑子の白い首筋にナイフを寄り添わせた。

淑子が身を強張《こわば》らせた。ひと呼吸の間をおき、彼女は弟の股間に顔を寄せた。

「姉ちゃん、よせよ。やめてくれーっ」

宏二が腰を引いた。

「やらなきゃ、わたしたち、殺されるのよ」

「だけど、姉ちゃん……」

「殺されたら、おしまいだわ」

淑子が譫言《うわごと》のように呟き、弟の細い腰を片腕で抱き寄せた。宏二が奇妙な叫び声を放った。

弟のうなだれた分身に手を添え、淑子は愛撫《あいぶ》を加えはじめた。

うつけた表情だった。宏二が泣きながら、しきりに身を捩《よじ》る。だが、淑子は手を休めなかった。

やがて、彼女は弟の性器を口に含んだ。涙を流しながら、舌と唇を使った。

京極は残忍な気持ちで、姉弟の親たちを眺めた。

村上夫妻は瞼を閉じてはいなかった。焦点の定まらない目で、わが子たちの淫《みだ》らな行為を見つめている。どちらも魂の抜けきった顔だった。

──まだ地獄の入口さ。

京極は唇をたわめた。

数分後、宏二の体に変化が生まれた。

頃合《ころあい》を計って、京極は淑子の顔を引き離した。宏二は不充分ながらも、一応、昂《たか》まっていた。

京極は宏二を仰向けに横たわらせ、淑子に言った。

「弟に跨《また》って、体を繋げ」

「近親相姦《そうかん》なんかできませんっ」

淑子の声に、宏二が起き上がった。京極は片膝をついて、銃口を宏二の胸に当てた。

「おまえはおとなしく寝てろ」

「おしまいだ、もうおしまいだ」

宏二が仰臥《ぎようが》し、呪文《じゆもん》のように呟きはじめた。膨らみかけた欲望は萎《な》えていた。

「もう一度、大きくしてやれ。大きくなったら、すぐ体を繋ぐんだ。繋がらなかったら、おまえの胸を抉《えぐ》ってやる」

京極は淑子に言った。

淑子が虚《うつ》ろな表情で、弟の股間に顔を埋めた。しばらくすると、ふたたび宏二の体が雄々《おお》しく猛《たけ》った。

「いまだ！」

京極は合図を送った。

淑子が意を決した顔つきで、弟の上に跨った。猛《たけ》ったペニスを体内に導き入れると、彼女は腰を動かしはじめた。姉弟は、ともに泣いていた。

「おまえたち、よく見るがいい」

京極は、村上夫婦に声を投げつけた。

夫婦が、ほぼ同時に跳ね起きた。村上が顔を背けた。征子の頬は激しく痙攣《けいれん》していた。

「おまえら、この二人をどう裁く？　こいつらは犬畜生と同じになったんだぞ」

京極が言い終わらないうちに、征子が体を捩《ねじ》ってコーヒーテーブルの上の灰皿を摑《つか》んだ。それは青銅製だった。京極は制止しなかった。

征子が娘と息子に走り寄った。彼女は重い灰皿で、まず淑子の横っ面を撲《なぐ》りつけた。鈍い音がした。骨の潰《つぶ》れた音だった。

淑子が凄《すさ》まじい叫び声をあげ、弟の横に転がり落ちた。

征子は、血塗《まみ》れの灰皿を高く振り上げた。今度は宏二の顔面が砕かれた。

肉と骨が音をたてた。血飛沫《ちしぶき》が舞う。宏二が雄叫《おたけ》びに似た声を放って、のたうち回りはじめた。

「獣《けだもの》！　獣だよ、おまえたちは」

征子は喚《わめ》きながら、長女と次男の頭部や顔を交互に打ち据えつづけた。狂気に取り憑かれた顔だった。

濡れた雑巾《ぞうきん》を叩くような音が何度も響いた。

淑子と宏二は、じきにぐったりとなった。吐く息が細い。

征子は血みどろの灰皿を床に投げ落とし、へなへなと坐り込んだ。顔は返り血で真っ赤だった。突然、放心状態だった村上がキッチンに走った。

「村上、居間に戻れ！」

京極は追った。キッチンに駆け込むと、ちょうど村上が調理台の扉を開けたところだった。目が据《す》わっている。村上は出刃庖丁《でばぼうちょう》を摑み出した。

「わたしを刺す気か？」

京極は言いながら、スミス&ウェッソンM459を腰撓《こしだ》めに構えた。村上が口のソックスを取り、唸るように言った。

「撃つな。そこをどいてくれ。おれには、やらなきゃならないことがあるんだ」

「娘と息子の止どめを刺すつもりだな？」

「そうだ。早く二人を楽にさせてやりたいんだ。頼む、そこをどいてくれ！」

「いいだろう、やらせてやる」

京極は後ろに退《さ》がった。しかし、銃口は下げなかった。

村上が床を蹴った。淑子たち二人に駆け寄り、それぞれの胸に二度ずつ出刃庖丁を突き立てた。

その動きは速かった。少しも無駄がなかった。淑子と宏二は絶命した。

「征子、おまえも死んでくれ」

村上が妻に言った。

征子は夢から醒《さ》めたような顔になり、勢いよく立ち上がった。その瞬間、村上が体ごと妻にぶつかった。征子が悲鳴を発した。二人は重なったまま、すぐに倒れ込んだ。

十数秒後、村上だけが起き上がった。上半身に多量の返り血を浴びていた。征子の左胸には、庖丁が深々と突き刺さっていた。微動だにしない。死んだようだ。

「京極、これで気が済んだかっ」

村上が凄まじい形相《ぎょうそう》で言った。

「いや、まだだ。おれはきさまを嬲《なぶ》り殺してやる」

「なんて奴なんだ。週刊誌の実名報道が、あんたを狂わせてしまったんだな」

「村上、おまえは立派だったよ」

「あんたもわたしも不幸な男だ」

村上が哀しげな薄笑いを浮かべ、妻の胸から出刃庖丁を両手で引き抜いた。そのとき、血が噴水のように迸《ほとばし》った。

村上が庖丁をしっかと握った。

鋭い刃先から、血の雫《しずく》が滴《したた》っている。雨垂れのようだった。

——村上は、わたしと刺し違えるつもりだな。

京極は引き金に指を巻きつけた。

そのときだった。村上が気合を発して、自分の左胸を出刃庖丁で力まかせに突いた。

刃が上だった。村上は野太く唸りながら、朽木《くちき》のようにゆっくりと倒れた。

——しまった！

京極は村上に駆け寄った。

俯《うつぶ》せになった村上は、まだ死んではいなかった。小さく呻いていた。

京極は笑った。靴の先で、村上を仰向けにさせた。

庖丁は心臓をわずかに外れた場所に刺さっていた。埋まっているのは、十数センチだろうか。

「楽にさせてくれないか」

「わたしは、それほどお人好しじゃない」

京極は拳銃をベルトの下に差し入れ、ナイフを右手に持ち替えた。残忍な気分が膨らんでいた。

「な、何をする気なんだ⁉」

「きさまが息絶えるまで、体中の血を抜いてやる！」

京極は村上の太腿や二の腕を刺し、さらに腹にナイフを深く沈めた。

村上は逃げなかった。突くたびに、小さく呻いた。京極は村上の腸《はらわた》を千切るように、幾度もナイフを左右に抉《こじ》った。

両眼をナイフで潰すと、村上は動かなくなった。もう呼吸はしていなかった。

歪んだ快感に包まれた。

京極は血糊と脂でぎとつくナイフを村上の衣服で丹念に拭《ぬぐ》い取ると、革ジャケットの内ポケットから娘の位牌を摑み出した。裁きの儀式は終わりだ。

――由美、見えるかい？

京極は胸の奥で問いかけ、位牌をあちこちに向けた。

居間には、濃い血臭が籠《こも》っていた。あたり一面、血の海だった。

京極は位牌を内ポケットに戻し、須貝に目をやった。

須貝は気を失ったまま、身じろぎひとつしない。京極は須貝に近寄った。ポケットから、須貝の拳銃の実包を摑み出した。

「おい、いいかげんに目を覚ませよ。市民の治安を守るのがあんたの仕事だろうが」

京極は揶揄《やゆ》して、実包を一つずつ須貝の顔面に落とした。

それでも、須貝は意識を取り戻さなかった。

――いい気なものだ。

京極は革手袋を外しながら、玄関に向かった。

6

もどかしかった。

知りたいニュースは、いっこうに報じられない。

徳永肇は、世田谷区用賀にある自宅マンションでテレビを観《み》ていた。パジャマ姿だった。もう正午過ぎだ。

すでに徳永は朝刊に目を通していた。

昨夜、村上茂樹の家族が死んだことは社会面に載っていた。しかし、詳しいことは何も書かれていなかった。いかにも第一報といった感じの短い記事だった。

徳永は、少しでも多くの情報を得たかった。

そのために、朝からずっとテレビの前に坐っていたわけだ。赤坂の事務所には途中で電話をし、出社時間が遅くなることを告げてあった。

義兄が村上一家の隠れ家に押し入ったことは、ほぼ間違いない。それなのに、警察は犯人についてはぼかした発表しかしていない。なぜ、はっきり言及しないのか。

徳永は首を捻《ひね》った。

どのテレビ局も昨夜の事件を競《きそ》い合って報道していたが、その点については揃って曖昧《あいまい》な表現をしている。まだ解剖所見が出ていないのだろうか。

ひょっとしたら、義兄は村上の家族に無理心中を強《し》いただけなのかもしれない。だとすれば、少しは罪が軽くなるだろう。しかし、義兄はもう秋野家の三人を殺害している。逮捕されれば、極刑は免れない。

徳永は絶望的な気分になった。

部屋のインターフォンが鳴った。徳永はソファから立ち上がって、居間の壁に駆け寄った。インターフォンの受話器を取る。

「須貝です。赤坂の事務所に行ったんですが、まだ自宅にいるという話でしたので」

「何か急用かい？」

「ええ、お義兄さんのことでちょっと」

「わかった。いま、行く」

徳永はインターフォンの受話器をフックに戻し、玄関口に走った。

ドアを開けると、須貝だけが立っていた。顎《あご》のあたりが青黒く腫《は》れ上がっている。

「義兄がどうかしたのか？」

「ここじゃ何ですから、中に入れてください」

須貝が玄関に入ってきた。徳永は玄関マットの上に立ち、須貝に問いかけた。

「どうしたんだ、その顔は？」

「昨夜《ゆうべ》、京極氏に村上の部屋で蹴られたんです」

「義兄が押し入ったのか？」

「ええ、そうです。わたしは網を張って、部屋で待ってたんですよ。ところが、京極氏に裏をかかれてしまって……」

須貝が経過を話しはじめた。徳永は聞き終えると、すぐに口を開いた。

「それじゃ、義兄が村上の家族を殺したわけじゃないんだな？」

「ええ、多分。現場の状況からして、村上夫妻が長女と次男を道連れに無理心中を図ったようです」

「そうか」

「しかしですね、京極氏も村上基明の太腿、二の腕、腹部をナイフで刺してます。それから、両眼も潰してます。その刺し傷が致命傷になったのかどうかは、まだわかってません」

「それで、警察は犯人の発表を控えてたわけか」

「そうです」

「新聞やテレビは、きみのことにはまったく触れてないな。なぜなんだ？」

「警察の失点を公《おおやけ》にするわけにはいかないでしょ？」

「なるほど、そういうことか」

「警察は、一種の運命共同体ですからね」

「それで排他的な体質で、秘密主義なんだな。そんな調子だから、内部から腐敗するんだ」

「そういう面があることは否定しません。しかし、身内の不始末を公表したら、警察全体が崩壊することになりますからね。それより、大変なことになったんですよ」

須貝が言った。

「何が起こったんだ？」

「京極氏が代々木の高原建材販売会社の社長室に立て籠《こも》ったんです」

「その会社は、高原泰道の父親が経営してるとこか？」

「そうです。京極氏は高原泰道の母親を楯《たて》にして会社に乗り込み、高原社長夫妻、第一営業部長、社長秘書の四人を社長室に監禁しました」

「義兄は何か要求してるのか？」

徳永は訊いた。

「ええ、娘さんを殺した三少年を社長室まで連れて来いと要求してます」

「そうか。その会社は当然、もう警察に包囲されてるんだろう？」

「ええ。所轄署、本庁捜査一課、特殊急襲部隊《SAT》が出動して、完全に本社ビルを包囲してます。現在、うちの課長と所轄署の幹部たちが社内電話を使って、懸命に京極氏を説得してるところです。しかし、逆効果でした」

「それで、おれに説得を試みてくれと言うわけか」

「そうです。先輩、どうか協力してください。お願いしますよ。この通りです」

　須貝が頭を下げた。

「断る」

「えっ、なぜです？」

「義兄のしてることは、決していいことじゃない。しかし、義兄の気持ちが痛いほどわかるからだよ。おれが同じ立場に追い込まれたら、多分、義兄と同じことをするだろう」

「京極氏はやり過ぎですよ。秋野敦、村上茂樹、高原泰道の三人に手を下すというのならまだしも、彼らの家族まで……」

「それだけ憎しみが強いのさ」

「それじゃ、法はどうなるんです？」

「義兄には、法の裁きなど生温《なまぬる》いと思えたんだろう」

「しかし、私的な仇討《あだう》ちなんて許されることじゃありませんよ」

「許されなくても、義兄はやらざるを得ない気持ちに追い込まれたんだ。おれは、その心情がわかると言ってるんだよっ」

「先輩、なんとか京極氏を説得してくれませんか。氏を説得できそうなのは、あなただけなんです」

「悪いが、帰ってくれ」

「待ってください。京極氏は秋野たち三人を連れて来なければ、四人の人質をひとりずつ殺していくと言ってるんです。高原泰道の両親は別にして、後の二人はなんの関係もない人間なんです。そういう一般市民を犠牲にしてもいいって言うんですか!」

「それは……」

徳永は揺れはじめた。

「京極氏は拳銃やナイフだけじゃなく、手榴弾も持ってるんです。氏が自暴自棄になったら、その二人の人命も奪われることになるでしょう」

「それを防ぐ方法は一つしかないな」

「どんな方法なんです、それは?」

「由美を殺した三少年を義兄に引き渡すんだよ」

「先輩! なんてことを言うんですっ。そんなことをしたら、京極氏は三人を射殺するに決まってます」

「それじゃ、警察は三少年の引き渡しを延ばして、人質救出のチャンスを待つんだな。強行突入か、犯人狙撃《そげき》かはそっちの自由だ」

「徳永さん……」

「義兄の要求を呑《の》んでくれるんなら、説得を試みてもいいよ。もちろん、おれは三少年と一緒に社長室に入る。義兄は多分おれの前では、いきなり彼らを撃つようなことはしないだろう」

「危険な賭《か》けですね。しかし、人質を無事に救い出す途《みち》はそれしかないのかもしれないな。先輩、少し待ってください」

「偉い人に相談してみるつもりなのか？」

「そうです」

須貝が懐から携帯電話を取りだした。

徳永は居間を通り抜け、寝室に入った。ベッドに浅く腰かけて、セブンスターに火を点けた。間取りは１ＬＤＫだった。

煙草を消したとき、須貝が通話を切り上げた。徳永は腰を上げ、居間に急いだ。

「いま、上司の了承を得ました」

須貝が言った。

「そうか」

「ただし、こちらにも一つだけ条件があります」

「どんな条件だ？」

徳永は問いかけた。

「秋野たち三人を見殺しにはできません。だから、彼らに防弾チョッキを着用させたいんです。もちろん、先輩にも念のために防弾チョッキを着用してもらいます」

「例の三少年を義兄の籠城《ろうじょう》先にほんとに呼ぶんだな？」

「ええ。約束は守ります。徳永先輩、ご協力願えますね？」

「いいだろう。しかし、義兄を説得する自信はないぞ」

「あなたなら、説得できますよ。エントランスロビーでお待ちしてます。うちの車で行きましょう」

「わかった。着替えをしたら、すぐ下に降りていく」

「よろしく！」

須貝が部屋から出ていった。

徳永は調査会社に電話をかけた。所長に義兄の居所が判明したことを伝え、調査の打ち切りを申し入れた。

電話を切ると、徳永は手早く身支度をした。いくらも時間はかからなかった。

マンションの表玄関に降りる。

灰色のレガシィが玄関前の路上に駐《と》まっていた。運転席に坐っているのは、大岡刑事だった。須貝は車の外で待っていた。

徳永は須貝とともに、レガシィの後部座席に乗り込んだ。車が走りだした。

少し経《た》ってから、徳永は須貝に話しかけた。

「義兄は、もう拳銃をぶっ放したのか？」

「いいえ、まだ一発も撃ってません。高原夫妻を椅子に縛りつけ、女の社長秘書と営業部長を床に正坐させてます。隣のビルから、社長室を覗いたんですよ」

「そうか」

「いま現在は窓を飾り棚で塞がれてしまったんで、外から部屋の様子はわかりません。社長室の出入口も封じられてます。内側にバリケードを築かれちゃったんです」

「当然、警察は人質救出の作戦を練ってるんだろう？」

「ええ。強行を支持する者は『ＳＡＴ《サット》』の隊員を使って窓とドアから同時に突入することを主張してますが、人質の安全を第一に考えるべきだという声のほうが高いんです」

「で、気長な説得をつづけることになったわけか」

「そうなんです。持久戦になれば、おそらく京極氏も食料などの差し入れを要求してくるでしょうからね」

「いまのところ、差し入れの要求は何もしてないんだな？」

「ええ」

「喰いものを要求されたら、麻酔カプセルでも仕込むつもりなのか？」

「そういうアイディアも出たことは出ました。しかし、採用は見送られました。相手だって、子供じゃありません。自分が食べる前に、必ず人質に毒味をさせるでしょう」

「だろうな」

「それから、空調装置のパイプに、催涙ガスを流し込むことも一応は検討したんですよ。ですが、ガスが行き渡らないうちに気づかれたら、犯人を刺激することになりますからね」

須貝がそこまで言ったとき、ステアリングを操っている大岡がわざとらしい咳《せき》をした。そのとたん、須貝が無口になった。

——部外者に余計なことを喋るなってサインだったんだな。

徳永は少しおかしかった。

数十分後、車は代々木駅の近くの七階建てのビルの前に停《と》まった。タイル張りの洒《しゃ》落《れ》た建物だった。路上には、夥《おびただ》しい数のパトカーや装甲車が並んでいた。救急車も待機している。制服警官の姿がやたらに目立つ。

少し離れた場所には、テレビ局の中継車が連《つら》なっていた。その向こうには、野次馬が群れている。かなりの数だった。

徳永は須貝と一緒に車を降りた。

ビルに駆け込み、エレベーターに乗り込む。

「前線本部は、六階の会議室に設けてあるんです」

「そうか。社長室は何階なんだ？」

「最上の七階です。七階には、ほかに社長秘書室と役員応接室があります。どちらにも、捜査員が潜《もぐ》ってます」

須貝が口を結んだ。

エレベーターが停止し、扉が左右に割れる。

六階だった。二人は降りた。徳永は須貝に案内され、広い会議室に入った。

そこには、十数人の捜査員がいた。数人を除いて、大方は私服だった。室内の空気は張りつめていた。

徳永は警視庁捜査一課の課長、所轄署の幹部などに引き合わされた。型通りに義兄の不始末を詫びたが、男たちの硬い表情は少しも和《やわ》らがなかった。

「早速ですが、京極氏と電話で話してください」

須貝が椅子に腰かけ、クリーム色の社内電話機に腕を伸ばした。徳永は、須貝の隣に腰を下ろした。

　ややあって、電話が繋がった。

「いま、義弟さんに来てもらった。喋りたくない気持ちはわかるよ」

「………」

「おい、切らないでくれ。わかった、一分だけだな？　うん、それでいい」

　須貝が京極に言って、無言で受話器を差し出した。

　徳永はそれを受け取って、耳に当てた。呼びかける前に先方の声が響いてきた。

「肇君か？」

　まさしく義兄だった。

「そうです。義兄さんの気持ちはよくわかります。ぼくだって、かわいい姪《めい》と実の姉をあんな形で喪《うしな》ったわけですから、とても無念ですよ。しかし、義兄さん……」

「こんな形できみに迷惑をかけてしまって、すまないと思ってる。どうか赦《ゆる》してくれ」

「ぼくのことは、どうでもいいんです。それより、もう一度考え直してくれませんか。いまなら、まだ……」

「肇君、わたしは生き延びようとは思ってないんだよ」

「秋野たち三人がこっちに到着したら、ぼくも彼らと一緒に社長室に入ります」

「いや、それは駄目だ。警察の奴らに、三人だけ寄越《よこ》すよう言ってくれ」

「三人を撃つ気なんですね？」

　徳永は確かめた。

「ああ、奴らを殺《や》る！　それが最終目的だったんだ」

「ぼくは三人に付き添いますよ。とにかく会って、話を聞いてください。その後のことは、義兄さんに委《ゆだ》ねます」

「あくまでも、こっちの要求を変えるつもりはない。秋野、村上、高原の三人だけを寄越さなきゃ、人質をひとりずつ射殺していく」

　京極が電話を切ってしまった。

　すぐに須貝が電話をかけ直したが、京極は受話器を取らなかった。徳永は、捜査員たちに義兄との遣り取りを伝えた。

「やっぱり、駄目だったか」

　所轄署の幹部が低く呟き、肩を落とした。ほかの捜査員たちは無言だったが、落胆の色は隠せない。

「おれは三人の少年と一緒に社長室に入るつもりだ」

　徳永は、須貝に言った。

「しかし、やっぱり少し危険じゃないですか？　いまの京極氏は、かなり興奮してるようですからね」

「とにかく、やってみるよ」

徳永は上着のポケットから、煙草とライターを摑み出した。

そのとき、若い捜査員が部屋に駆け込んできた。彼は所轄署の刑事課長に嬉《うれ》しそうに報告した。

「『SAT《サット》』の狙撃班の中に、例の三人と背恰好の似た者がいたんですよ。帽子を深めに被《かぶ》ってれば、おそらく瞬間的には犯人に覚《さと》られないでしょう」

「そうだな。それじゃ、その連中に替え玉になってもらおう」

「はい。すぐに準備に取りかかります」

捜査員が慌《あわ》ただしく部屋から出ていった。

「警察は最初っから、義兄を射殺するつもりだったんですねっ」

徳永は、刑事課長に突っかかった。

「いやあ、それは誤解ですよ」

「誤解？」

「ええ。替え玉を使うのは最悪の場合です。いくら凶悪な犯人でも、初めっから殺すつもりなんかありませんよ。予定通りに、あなたと三人の少年に社長室に入ってもらうつもりです」

「義兄がわたしの入室を拒んだら、狙撃班を替え玉に仕立てるんでしょ？」

「それは、まだ正式に決まったことじゃないんです。作戦の一プランにすぎません」

「替え玉を使うのはやめてください。わたしが粘り強く義兄を説得しつづけます。義兄だって、そう若くはありません。籠城《ろうじょう》時間が長くなれば、疲れてくるはずです」

「もちろん、あなたに説得していただけることがベストですよ。ひとつよろしくお願いします」

「できるだけのことはやってみます」

徳永はセブンスターに火を点けた。胸に、何か禍々《まがまが》しい予感が拡がりはじめた。

7

苛立《いらだ》ちが募《つの》った。

京極和貴は短くなった煙草を絨毯《じゆうたん》の上に落とし、靴の底で火を踏み消した。

四人の人質が顔を強張《こわば》らせた。一様に憔悴《しようすい》の色が濃い。

社長室だ。

京極は応接ソファにどっかりと腰かけていた。野戦服姿だった。上野のミリタリーグッズの店で買い求めた服だ。機能的なデザインで、至って動きやすい。

もう髪は染めていなかった。眼鏡もかけていない。

——警察は、明らかに三人の引き渡しを延ばしてるな。

京極は立ち上がった。

室内が薄暗い。京極は電灯を点けた。

窓の外から、ヘリコプターのローター音が響いてくる。テレビ局か、新聞社のヘリコプターだろう。あるいは、警視庁航空隊の機かもしれない。耳障《みみざわ》りだった。

京極は社長席に歩み寄った。

マホガニーの赤茶の平机の向こうに、高原昌伸《まさのぶ》と妻の佳代《かよ》がいる。高原泰道の両親だ。二人とも椅子に麻縄で縛りつけてあった。泰道はひとりっ子だった。

父母のほかに家族はいない。

「退屈だな。何かゲームでもやろうか?」

京極は、高原社長に言った。

「早くわれわれを解放しないと、きみは撃ち殺されることになるぞ」

「その前に、おまえを殺してやる」

京極はベルトの下から、スミス&ウェッソンM459を引き抜いた。

銃口を高原の眉間《みけん》に押し当てる。高原の顔が醜く引き攣《つ》った。小狡《こずる》そうな目が凍りついた。

「怖いか?」

「ああ、怖いよ。ピストルなんか仕舞《しま》ってくれ」

「そうはいかない」

「ばかなことをして……」

「おまえの倅が最も悪いんだ。ひとりっ子だからって、泰道を甘やかしすぎたようだな」

「ちゃんと育てたつもりだ」

「ふざけるなっ」

京極は銃口を当てたまま、高原の顔を強く押した。高原が後ろにのけ反った。白髪の混じった前髪が躍った。

京極は拳銃を横に薙《な》いだ。

高原の頬の肉がざっくりと裂けた。傷口は、熟れた柘榴《ざくろ》のようだった。

「乱暴はやめてください」

佳代が横で叫んだ。

京極は、佳代の前に移動した。佳代は四十六歳だった。夫より五つ若い。

「奥さん、よくそんなことが言えるな」

京極は銃身で、佳代の顎を掬《すく》い上げた。佳代が目を逸《そ》らす。

「わたしの娘は、あんたの息子たちに手足をバラバラにされたんだよ」

「泰道のことでは、親として責任を感じています」

「それじゃ、責任を取って死んでくれ」

京極は言うなり、佳代の口の中に銃身を捩《ねじ》入《い》れた。

歯が銃身に当たって、小さな音をたてた。京極は、さらに深く突っ込んだ。

銃口が喉の奥にぶち当たった。佳代が喉を軋《きし》ませた。大きな目には涙が盛り上がっている。

「責任も取れやしないのに、しおらしいことを言うんじゃないっ」

京極は怒鳴りつけて、銃身を引き抜いた。

その直後だった。京極の背後で、社長秘書の皆川《みながわ》かおるが細い声で何か訴えた。京極は振り返った。

かおるは、第一営業部長の安部幹生《あべみきお》と床に正坐していた。安部は四十三歳だった。小太りで、頭髪がひどく薄い。

「どうした？　足が痺《しび》れて、坐っていられなくなったのか？」

京極は、二十五歳の社長秘書に声を投げた。

「違うんです。わたし、あのう、もう我慢が利かないんです」

「なんのことだ？」

「お手洗いに行かせてほしいの」

かおるが泣きだしそうな顔で低く言った。

「小のほうか？」

「は、はい」

「なら、この部屋でやれ」

「そ、そんなことできません！　お願いです、トイレに行かせてください。わたし、絶対に逃げたりしません。誓います」

「気の毒だが、この部屋から出すわけにはいかないんだ」

京極は要求を撥《は》ねつけた。すると、安部部長が口を挟んだ。

「若い女性にここで用を足せだなんて、ひどすぎますよっ」

「あんたは黙ってろ」

「しかし……」

「わたしは気が立ってるんだっ」

京極は吼《ほ》え、第一営業部長に近づいた。

安部が身を硬くする。京極は立ち止まるなり、安部の顎を蹴り上げた。ヒットした。

安部が声をあげ、達磨《だるま》のように引っくり返った。

「わたしを怒らせるなよ」

京極は言った。

安部がうなずきながら、上体を起こした。唸りながら、また正坐する。

かおるが切なげな表情で、同じことを訴えた。そのとき、京極は暗い企《たくら》みを思いついた。

「立て！」

「お手洗いに行かせてくれるんですね？」

「いいから、立つんだっ」

「は、はい」

かおるが顔を明るませ、すぐに腰を浮かせた。

だが、彼女はすんなりとは立てなかった。病《や》み上がりの老女のように、のろのろと立ち上がった。長いこと正坐を強いられ、足が痺れてしまったのだろう。

――最近の若者は、満足に正坐もできないのが多いからな。

京極は小さく舌打ちして、社長秘書の腋《わき》の下《した》に腕を差し入れた。

かおるが小声で礼を言った。京極は曖昧に笑った。

しばらく支えてやると、かおるは自分で立てるようになった。

そのとき、京極は一瞬、かおるの下腹を思うさま蹴りつけたい衝動に駆られた。そうすれば、美しい社長秘書は尿を漏《も》らすことになるだろう。しかし、さすがにためらわれた。

――おれは、狂ってしまったのか。

京極は自問した。いつからか、彼は他人を嬲《なぶ》ることに歪んだ勝利感を覚えるようになっていた。とりわけ、取り澄ました人間の自尊心を踏みにじる快感は強烈だった。下剋上《げこくじょう》の歓《よろこ》びに似ていた。

京極は、三人の少年と同じ性癖が自分の内部に宿っていたことに愕然《がくぜん》とした。だが、禁断の快楽に背を向けることはできそうになかった。

京極は、かおるを高原のそばまで引っ張っていった。

社長秘書は怪訝《けげん》そうな顔つきになった。京極は自動拳銃をベルトの下に挟み、両手で椅子ごと高原社長を引き倒した。高原は天井を仰ぐ形になった。

「スカートをたくし上げて、下着類を引きずり下ろせ」

京極は女秘書に言って、その頬にナイフを当てた。

「何をしろとおっしゃるんですか⁉」

「社長の顔の上に跨るんだ」

「えっ」

かおるが横を向いた。

京極は社長秘書の下腹を膝で蹴った。かおるが呻いて、前屈《まえかが》みになった。腿と腿をきつく合わせている。ほんの少し尿が漏《も》れてしまったのかもしれない。

「わたし、そんな恥ずかしいことできません！」

「やるんだっ」

京極は、またもや下腹を蹴った。整った瓜実顔《うりざねがお》が歪んだ。

かおるが叫び声をあげた。

「おい、そんな破廉恥《はれんち》なことはやめろ！」

高原が諌《いさ》めた。

「確かに破廉恥な行為だ。だが、きさまがわたしを非難することはできないっ。高原泰道は由美に小便を飲ませ、一滴でも零《こぼ》すと、素肌に煙草の火を押しつけたんだからな」

「………」

「どうだ、返す言葉がないだろうが！」

京極は鼻先で笑った。

かおるが首を振りながら、その場にしゃがみ込んだ。京極は心を鬼にして、社長秘書を強引に立たせた。ナイフでスカートを引き裂き、パンティーを引きずり下ろす。

かおるが激しく泣きだした。

さすがに京極は良心が疼《うず》いた。だが、高原に屈辱感を与えるには女秘書の協力が必要だった。

京極はためらいを捩伏《ねじふ》せて、皆川かおるの腿の間にナイフを潜《くぐ》らせた。刃が上だった。

「もっと太腿を開くんだ」

「もう赦《ゆる》してください」

「手間をかけさせないでくれ」

京極はナイフを上にあげた。刃が、はざまの肉に喰い込んだ。かおるの腿が緩《ゆる》んだ。

「早く跨れ」

「やっぱり、できませんっ」

「やるんだ！」

京極は、さらにナイフを動かした。

かおるが絶望的な表情になった。泣きじゃくりながら、彼女は両脚を大きく開いた。

「いい娘《こ》だ」

京極は穏やかに言って、社長秘書の股の間からナイフを抜いた。すぐに彼は、ナイフの切っ先をかおるの首筋に貼《は》りつかせた。

「わたし、怖いんです。社長、お赦《ゆる》しください」

女秘書が椅子のアームに両手を掛けて、高原の顔の上に跨った。高原が瞼を閉じ、口を強く引き結んだ。

「おい、口を大きく開けろ！」

京極は大声を放ち、高原の頭を蹴った。骨が硬い音をたてる。

少し待つと、高原の唇が割れた。京極は、高原の両目も開けさせた。

かおるが腰を落とした。張りのあるチーズ色の臀部《でんぶ》が、高原の顔面を隠す。

「ご、ごめんなさい」

女秘書が涙声で小さく詫《わ》びた。次の瞬間、尿が迸《ほとばし》った。

それは高原の顔や首を濡らし、肩口まで汚した。一部は高原の口の中に流れ込んだ。

皆川かおるは泣きながら、堪《こら》えていたものを放ちつづけた。湯気が立ち昇っている。

――きみまで巻き添えにして、すまなかった。運が悪かったと諦《あきら》めてくれ。

京極は胸のうちで、女秘書に謝罪した。

かおるが長い放尿を終え、高原から離れた。彼女は股間を拭わなかった。はざまは濡れたままだった。

高原の顔面は尿に塗れていた。頭髪もびっしょりと濡れている。かおるが詫びながら、ハンカチで高原の顔や首を拭きはじめた。京極は何も言わなかった。

ややあって、高原が秘書に言った。

「皆川さん、わたしを起こしてくれ」

「はい。でも……」

かおるが怯《おび》えた目で、京極を見た。

京極は無言でうなずいた。かおるが唸りながら、高原を椅子ごと抱え起こした。それから彼女はパンティーを穿《は》き、二つに断ち切られたタイトスカートを腰に巻きつけた。女秘書は狂ったサディストだっ」

高原が憎々しげに叫んだ。京極は敢えて否定しなかった。

「そうかもしれない」

「人間の屑《くず》だ！　ソドムと同じように必ず滅びる」

高原が唾《つば》を飛ばした。

それは、京極の右腕に降りかかった。彼のなかで、凶暴な感情が急激に膨れ上がった。

京極は、高原の濡れた右耳を抓《つま》んだ。

ナイフを当て、一気に耳を削《そ》ぎ落とす。高原が動物じみた唸り声を轟かせた。

ほかの人質たちが一斉に顔を上げた。

京極は、高原の傷口を見た。ねっとりとした血糊が大きく盛り上がっていた。じきに、赤い雫《しずく》が滴《したた》りはじめた。高原は声をあげつづけている。

「子供みたいな声を出すな。耳なんかなくなったって、生活に支障はないさ」

京極は毒づいて、社長夫人の前に回り込んだ。佳代が竦《すく》み上がった。

「口を大きく開けろ」

京極は血みどろのナイフを佳代の頰に押しつけた。佳代が口を開ける。京極は、血塗れの耳をほうり込んだ。

佳代が前歯で夫の耳を押さえつけ、ぶるぶると震えだした。口の端から、赤い糸がつーっと垂れた。

「亭主の耳じゃないか。喰ってやれよ」

「ぐえーっ」

佳代が喉を鳴らし、夫の耳を吐き出した。それは彼女の膝の上に転げ落ちた。

京極は、すぐに耳を拾い上げた。ふたたび佳代の口に近づける。

「や、やめてちょうだい！　ほかのことなら、何でもするわ。だから、それだけは堪忍してほしいの」

「何でもするって？」

「え、ええ」

「いまの言葉、忘れるなよ」

京極は耳を投げ捨て、第一営業部長を呼び寄せた。

やってきた安部は、何やら不安そうだった。京極は、安部を社長の机の上に這い上がらせた。

「な、何を考えてるんです？」

「ひざまずいて、社長夫人に黄金の水を飲ませてやれ」

「こ、断る。わたしには、そんなことはできないっ」

「やるんだ！」

京極はナイフを一閃《いっせん》させた。

安部が首の後ろに手を当てた。指の間から、赤いものが噴《ふ》いている。血だった。

「今度は、どてっ腹を抉《えぐ》るぞ」

「どうしてわたしまでいたぶるんだ」

安部が机の上に両膝をつき、渋々、スラックスのファスナーを引き下げた。

そのとき、佳代が両足で床を蹴った。椅子が後方に滑った。

「何でもやると言ったじゃないかっ」

「だけど、おしっこなんて。おしっこを飲むくらいだったら、体を穢《けが》されたほうがましだわ」

「そうか。なら、それでもいい」

京極は言って、佳代の縛《いまし》めをナイフで断ち切った。それから彼は、佳代を全裸にさせた。社長夫人は従順だった。

「佳代、おまえってやつは！」

高原が呻きながら、苦々しげに言葉を吐いた。

「他人《ひと》のおしっこを飲まされるなんて、最大の侮辱だわ」

「だからって、おまえ……」

「わたし、殺されたくないのよ。あなた、赦《ゆる》してちょうだい」

佳代がうなだれた。

京極はナイフで脅し、安部も裸にさせた。それから彼は、素っ裸の佳代を机の上に這い上がらせた。獣のように四つん這いにさせる。佳代は逆らわなかった。彼女のすぐ横には、夫の高原がいる。

「社長夫人を後ろから犯せ！」

京極は、第一営業部長に言った。

安部が、ぎょっとした顔つきになった。みるみる蒼《あお》ざめていく。少し迷ってから、安部は、再び机の上に乗った。分身は萎《しぼ》みきっている。

「安部、よく聞け。家内に妙なことをしたら、おまえは馘首《くび》だぞ」

高原が喚《わめ》いた。安部は苦渋に満ちた表情になった。京極は安部に声を投げた。

「社長なんか無視しろ」

「しかし……」

「強姦《レイプ》しなかったら、あんたに最初に死んでもらうからな！」

京極は安部を威《おど》した。

安部が意味不明な言葉を洩らし、佳代の尻《しり》にのしかかった。すぐに彼は、片手で佳代の秘めやかな部分をまさぐりはじめた。

もう一方の手で、乳房を揉む。佳代は、されるままになっていた。

「殺されちゃ、おしまいだからな」

安部は呟いて、愛撫しつづけた。

十分ほど経過すると、彼の官能が息吹いた。欲望は猛々《たけだけ》しく昂まっていた。佳代のほうも、体の芯《しん》に甘い疼きを覚えはじめたらしい。小さく喘《あえ》ぐようになっていた。

安部が佳代と繋《つな》がった。その瞬間、佳代の口から呻きが零《こぼ》れた。淫《みだ》らな呻きだった。

「もうどうなってもいいや。どうなったって、かまいやしない」

安部が吼《ほ》えるように言い、腰をダイナミックに躍動させはじめた。強く突くたびに、佳代の乳房が跳ねた。

高原は目をつぶっていた。京極はナイフで脅し、高原の瞼を開けさせた。

やがて、安部が果てた。

その直後、佳代が背を反らせた。唇から圧《お》し殺した呻きが洩れた。愉悦《ゆえつ》の声だった。

やがて、安部と佳代が机から降りた。二人は顔を背け合いながら、手早く衣服をまとった。

安部が元の場所に戻っていく。

京極は、ふたたび佳代を椅子に縛りつけた。佳代は、夫の高原と視線を合わせようとしない。高原は撫然《ぶぜん》とした顔で、じっと一点を見据えている。

「高原、女房に裏切られた気分はどうだ?」

京極は問いかけた。

返事はなかった。京極は嘲笑《ちょうしょう》して、応接ソファに足を向けた。

数メートル歩いたとき、社長席の電話機が鳴った。京極は机に引き返し、受話器を持ち上げた。

「約束の時間をだいぶ過ぎてしまったが、たったいま、例の三人が着いたところなんだ」

所轄署の刑事課長の声だった。

「おまえたち、引き延ばし作戦に出たな」

「そういうわけじゃないんだ。事情で三人の到着が遅れたんだよ」

「嘘つけ!」

「本当だよ。いま三人が玄関口の監視カメラの前に立ってるから、モニターで確認してくれないか」

「わかった。電話を切らずに、そのまま待ってろ」

京極は受話器を机上に置き、近くにあるモニターのスイッチを入れた。

待つほどもなく画像が映し出された。

京極は目を凝《こ》らした。秋野敦、村上茂樹、高原泰道の三人が横一列に並んでいる。

――間違いなく奴らだ。

京極は興奮で体が震えた。忘れたくても、忘れられる顔ではなかった。京極は法廷で、三人の少年を直《じか》に見ていた。替え玉を寄越すと思ってたが、警察はついにこっちの要求を呑む気になったらしいな。

京極は社長席に戻り、受話器を摑み上げた。

「確かに奴らだ」

「それじゃ、これから三人を社長室に連れていく。義弟さんにも入ってもらうぞ」

「いや、それは許さん。三人だけだ」

「どうしても駄目かね？」

「駄目だといったら、駄目だっ。高原、村上、秋野の順にひとりずつ入らせろ。一分ずつ間隔を置くんだぞ。いいな！」

「わかった。そちらの要求を全面的に呑もう」

電話が切れた。

京極は受話器を置くと、高原夫妻を椅子ごと出入口の正面に移した。その横に、社長秘書と第一営業部長を立たせた。四人とも、顔から血の気が引いている。

京極は野戦ジャケットの内ポケットから、由美の位牌と遺骨の入ったガラスの小壜を取り出した。それらを社長の机の上に並べた。

――由美、もうじき仇《かたき》を討ってやるからな。

京極は片膝をついて、三つの手榴弾を机の下に置いた。手には自動拳銃を握った。すでにスライドは引いてある。

「京極、これから三人をひとりずつ入れる。ドアの向こうのバリケードを取り除いてくれないか。人《ひと》ひとりが通れるぐらいの隙間をつくってくれればいい」

廊下から、拡声器《ラウドスピーカー》の声が響いてきた。

京極は、安部と皆川かおるを等分に見た。

「あんたたち、ロッカーをずらしてくれ。ほんの少しだぞ」

「は、はい」

安部が短く答え、目で皆川かおるを促す。

二人はすぐにバリケードに足を向けた。掛け声をあげながら、金属製のロッカーを五十センチほど手前に引いた。ロッカーの横のキャビネットも引き寄せた。

京極は、二人を高原夫妻のかたわらに戻らせた。

廊下の動きが慌《あわ》ただしくなった。

走る足音が聞こえた。特殊カッターで、ドアのノブが切断された。京極は、音でわかった。

ドアがかすかに軋んだ。ちょうどそのとき、廊下で誰かが叫んだ。

「義兄さん、これは罠《わな》だ。警察は、三人の少年を社長室に入れる気はないんだよ。伏せて！」

徳永肇の声だった。

京極は反射的に身を伏せた。ロッカーが揺れ、男が飛び込んできた。帽子を被《かぶ》っていた。高原泰道と同じ服装だったが、本人ではなかった。

「みんな、床に伏せるんだ」

男が人質たちに言い、素早く片膝を落とした。両手で黒い拳銃を握りしめていた。

『SAT《サット》』の狙撃班のメンバーにちがいない。

京極は寝撃ちの姿勢で、引き金を絞った。重い銃声がこだまし、男の体が傾いた。どこかに命中したようだ。京極はたてつづけに四、五発ぶっ放した。男が倒れた。首のあたりが赤い。

次の男が、ロッカーの陰から顔を半分ほど覗かせた。

明らかに三十代だ。村上茂樹の替え玉にしては少々、老《ふ》けている。京極は、せせら笑いたい気分だった。しかし、笑うゆとりはなかった。

男の拳銃が火を噴いた。

銃口炎《マズル・フラッシュ》は大きかった。それだけ口径が大きいということだ。リボルバーだった。

放たれた弾丸が、机上のインターコムを砕《くだ》いた。エボナイトの欠片《かけら》が四方に飛び散った。人質たちの悲鳴が重なる。

「くそっ」

京極は撃ち返した。空薬莢が高く舞った。

男が顔を引っ込めた。弾はロッカーの端を撃ち抜いて、壁にめり込んだ。

三番目の男がキャビネットの後ろに走り入り、すぐさま発砲してきた。

衝撃波が頭上を掠《かす》める。

京極は撃ちまくった。

たちまち弾倉《マガジン》が空になった。予備の実包は野戦ジャケットのポケットにたくさん入っている。しかし、弾を込める時間はなかった。

京極は寝そべったまま、手榴弾を掴み上げた。『カサブランカ』のマスターの顔が、頭に浮かんだ。庄司に教わった通りに右手で安全レバーごと握り、左手で安全ピンを抜く。

室内には、硝煙が厚く立ちこめていた。

狙撃班の銃声も熄《や》んでいた。京極はロッカーの下に、手榴弾を転がした。すぐに後退する。

数秒後、橙色《だいだいいろ》の閃光《せんこう》が走った。

社長室全体が揺らぎ、ロッカーやキャビネットが弾け飛んだ。ドアも吹き飛んでいた。捜査員たちが慌《あわ》てて退避する気配が伝わってきた。

京極は無傷だった。

人質たちも怪我《けが》はしていないようだ。炎と煙で、廊下の様子はわからない。

京極は上体を起こした。銃把からマガジンを抜き、実包を詰めはじめた。

ちょうど十発装弾したときだった。

窓ガラスの破れる音がし、バリケードが音をたてて崩れた。

京極は体を捻《ひね》って、窓のあたりに狙いをつけた。弾がなくなるまで、引き金を指で手繰《たぐ》りつづけた。

窓の外で、悲鳴がした。『SAT《サット》』の隊員たちがゴンドラか何かを利用して、七階の窓に迫ったのだろう。

京極は銃把から、またマガジンを引き抜いた。実包を込めかけたとき、窓から催涙弾が次々に撃ち込まれた。目と喉が痛い。

――こうなったら、そろそろ幕を下ろすしかないな。

京極は自動拳銃とマガジンを投げ捨て、手榴弾を摑んだ。

煙幕で、ひどく視界が悪い。

京極は高原夫妻のところまで這い進んだ。夫婦は大声で救《すく》いを求めていた。

二人のすぐそばに、社長秘書と第一営業部長が伏せていた。どちらも体をわななかせている。

「きみらは早く逃げろ。出入口の炎が大きくならないうちに、廊下に走り出るんだ」

京極は手を差し延べ、ひとりずつ引っ張り起こした。

皆川かおると安部が手を取り合って、ドアの方に走っていく。ともに中腰だった。

すぐに二人は廊下に出た。

「わたしたちの麻縄を解いてくれ」

「お願い、命だけは……」

社長夫妻が声を合わせた。

京極は首を振った。

次の瞬間、左肩に灼熱感《しやくねつかん》が走った。後ろから、狙撃手に撃たれたのだ。

──まだ死ねるかっ。ここで死んだら、犬死にだ。

京極は歯を喰いしばって、手榴弾の安全ピンを引き抜いた。

そのとき、右の腿に焼け火箸《ひばし》を押しつけられたような熱さと痛みを覚えた。銃弾が掠《かす》めたにちがいない。生温かい液体が腿を滑っていく。血だった。
もう少し時間をくれ。
京極は手榴弾を足許に落とし、高原夫妻の首を両腕で引き寄せた。
高原と佳代が必死にもがく。京極は腕に力を漲《みなぎ》らせた。両腕が震えだした。
——あの世はあるのかな？　静江や由美に会えるんだろうか。
京極は瞼を閉じた。足許が大きく揺らぎ、瞼の上が赤く光った。
体が宙に浮かんだ。その瞬間、京極は深い闇《やみ》に包まれた。
漆黒の闇だった。何も見えない。物音もしなかった。
死の世界に入ったようだ。

第四章　滅びの弔鐘《ちょうしょう》

1

酒が苦い。

悪酔いしそうな予感がする。

徳永肇は小さな祭壇の前に坐《すわ》り込み、日本酒を飲んでいた。弔《とむら》い酒だった。

京極家の仏間である。

徳永は礼服姿だった。黒いネクタイは緩《ゆる》めてあった。

義兄の告別式が終わったのは、数時間前だった。窓の外には夕闇《ゆうやみ》が漂いはじめている。

寂しい葬儀だった。

弔問客は極端に少なかった。思いなしか、僧侶《そうりょ》たちの読経も短かったようだ。

いくら故人が多くの人間を殺したとはいえ、古い友人たちまで訪れないとは情《じょう》がなさすぎる。

徳永は、白布にくるまれた骨箱を見つめた。胸の奥では、大きな憤《いきどお》りと悲しみが縺《もつ》れ合っていた。

――おれは制止する警官たちを殴り倒してでも、最初に社長室に飛び込むべきだったんだ。そうすれば、義兄《あに》はあんな無残な散り方をしなくても済んだだろう。

自責の念が強まった。

高原夫妻を道連れに手榴弾《しゆりゆうだん》で自害した京極和貴の体は、ミンチ状に千切れ飛んだ。頭皮の一部は社長室の天井にへばりついていた。骨壺《こつつぼ》の中身がすべて義兄の骨かどうかはわからない。それほど遺体の損傷が著《いちじる》しかった。

高原夫妻についても同じことが言える。二人とも顔がなくなり、手足も捥取《もぎと》られていた。

徳永は盃《さかずき》を重ねた。

もう五合は飲んでいる。部屋には彼しかいなかった。

故人の叔母一家は居間にいる。

不意に、胸底から深い悲しみが迫《せ》り上がってきた。徳永は声を殺して泣きはじめた。悲しみもさりながら、自分の無力さに打ちのめされていた。

徳永は涙しながら、なおも飲みつづけた。

酒は一段と苦くなっていた。涙が涸《か》れたころ、来客の気配が伝わってきた。

徳永は立ち上がらなかった。セブンスターに火を点《つ》ける。

煙草《たばこ》を喫《す》い終えたとき、部屋に瀬戸綾子《あやこ》がやってきた。故人の叔母だ。もう喪服姿ではなかった。

「肇さん、警視庁の須貝さんと大岡さんが見えたの」

「いまさら、どんな用があるって言うんですっ」

「ええ、そうね。でも、どうしてもあなたに会いたいとおっしゃるのよ」

「いいでしょう、会うだけは会ってやります」

徳永は腰を上げた。一瞬、よろけた。いくらか酔っているらしい。

玄関に急ぐ。

須貝と大岡が、神妙な顔で三和土《たたき》に立っていた。どちらも地味な色の背広を着ている。

「用件を言ってくれ」

徳永は、須貝に硬い声を投げつけた。

「このたびは、突然のご不幸で……」

「白々しい挨拶《あいさつ》はやめてくれ。警察が義兄を殺したようなもんじゃないかっ」

「弁解になりますが、わたしはあの時点で替え玉の狙撃班《そげきはん》が突入するとはまったく聞かされてなかったんですよ」

「空々しいぞ、須貝！」

徳永は声を荒らげた。すると、大岡が口を挟んだ。

「須貝の話は本当です。われわれは上層部から、京極氏を生け捕りにするという話しか聞かされてなかったんですから」

「…………」

「それだけは、どうか信じてください。上層部があんな強行策を執《と》るとわかってたら、少なくとも、われわれ二人は反対しましたよ」

「反対したところで、上司たちの考えを潰《つぶ》すことなどできなかったはずだ」

「それは、おっしゃる通りかもしれません。警察ってとこは階級社会ですからね。徳永さん、須貝警部の辛《つら》い立場も察してやってもらえませんか」

「大岡さん、おれのことはいいんだよ」

須貝が同僚の言葉を遮《さえぎ》って、一歩前に進み出た。

徳永は、須貝をまっすぐ見据えた。須貝が口を開く。

「わたし個人としては、今度の強行手段には問題があったと思ってます。故人の犯罪は抜きにして、先輩のお義兄さんには済まないことをしたと考えてます」

「だから、何なんだっ」

「できたら、われわれに故人の冥福《めいふく》を祈らせていただきたいんです。線香をあげさせてもらえるだけでいいんです」

「お断りする」

徳永は、きっぱりと言った。

「やはり、無理なお願いでしたか」

「当たり前じゃないかっ」

「それではこれだけお渡しして、われわれは引き揚げます」

須貝がそう言い、手にしていたクラフト封筒を差し出した。

「何なんだ、それは？」

「故人の娘さんの位牌《いはい》と小甓《こびん》に入った遺骨です。この二つは、奇跡的にほとんど傷《いた》んでませんでした。お返しします」

「そうか」

徳永は封筒を受け取った。さほど重くはない。

須貝と大岡が目礼して、玄関から出ていった。徳永は仏間に戻った。

祭壇の前に腰を落とし、クラフト封筒から姪《めい》の位牌と遺骨を摑《つか》み出す。どちらも傷ひとつない。煤《すす》も付着していなかった。

徳永は、由美の位牌を仏壇の中に納めた。ガラスの小甓に入った遺骨の欠片《かけら》は、父親の骨箱の横に並べた。

――義兄のものと一緒に納骨してやろう。

徳永は新しい線香を立てた。改めて合掌し、故人たちの冥福を祈る。

合掌を解いたとき、綾子が部屋に入ってきた。捧《ささ》げ持った盆の上には、数本の徳利が載っていた。

徳永は、位牌と遺骨のことを話した。綾子が耳を傾けながら、座卓に盆を置いた。

「おかまいなく」

「そう言わずに供養だと思って、飲んでくださいな」

「それじゃ、手酌で適当に飲《や》ります。ところで、この家は処分なさるんですか?」

「ううん、他人に売るつもりはないの。ここは、わたしの兄が苦労して、やっと手に入れた家屋敷ですもの」

「それを聞いて、ぼくも安心しました。ここには、どなたがお住みになられるんです?」

「すぐってわけにはいかないけど、いずれ主人とわたしがこの家に移ってこようと思ってるの」

「それはいい考えだ。空き家にしておくと、傷みが早いですからね」

「ええ。そうそう、まだお料理がたくさん残ってるのよ。弔い客が少なかったものね。肇さん、少し食べてくれない?」

「後でいただきます。もう少し、こっちのほうを……」

徳永は盃を抓《つま》み上げた。綾子が笑顔でうなずき、部屋から出ていった。

そのとき、また来訪者があった。

綾子が玄関に走る。徳永は、ふたたび手酌で盃を傾けはじめた。

少しすると、綾子が部屋に駆け戻ってきた。

「『週刊トピックス』の加瀬淳也って方が見えたんだけど、どうしましょう?」

「なんて無神経な奴なんだっ。あの週刊誌が由美の事件を実名で報じたから、こんな悲劇が生まれたのに」

「考えてみれば、そうよね」

「ぼくがそいつを追い返してやります!」

徳永は憤然《ふんぜん》と立ち上がった。足音を荒々しくたてながら、玄関に向かった。

玄関先には、背の高い男が立っていた。まだ若い。二十代の後半だろう。どことなくナイーブな感じだ。

「突然、お邪魔しまして申し訳ありません。帝都出版の加瀬淳也と申します」

男が名刺を差し出した。

徳永は一瞬、名刺を叩《たた》き落としそうになった。しかし、後で何かの役に立つかもしれない。そう思い直して、素直に名刺を受け取る。

「きょうは、わたし個人の気持ちでお詫《わ》びにあがったんです」

「どういうことなんです？　説明してくださいっ」

「はい。京極和貴氏があのような最期《さいご》を遂げられたのは、われわれが追い込んだからだと思います。『週刊トピックス』が由美さんの事件で被害者名を実名報道したから、こうした悲しい事態に陥ったにちがいありません」

「待ってくれよ。きみは、あの週刊誌の編集部員なんだろう？」

徳永には、相手の真意がわからなかった。

「ええ、そうです。しかし、わたし個人は最後まで実名報道や公判の詳報を載せることには反対でした」

「きみが本気でそう考えてるとしたら、ほんの少し救われた気持ちになるよ」

「少年犯罪の実名報道には、いろいろ問題があると考えてます。ですから、わたしは反対したんです。しかし、力及ばずに……」

加瀬はうつむいた。

――この男は多分、編集部では異分子扱いされてるんだろう。しかし、言ってることはまともだ。

徳永は胸底で呟《つぶや》いた。

「京極氏のご冥福を祈らせていただけないでしょうか？」

「ええ、どうぞ」

「失礼ですが、あなたは？」

「徳永肇です。京極和貴の義弟ですよ。姉が京極と結婚したんだ。とにかく、上がってください」

「失礼します」

徳永は案内に立った。仏間に入ると、綾子がいた。徳永は経過をかいつまんで話した。と、故人の叔母は表情を和ませた。

加瀬が義兄の遺影の前に坐った。線香を手向《たむ》け、長々と合掌した。加瀬は、静江と由美の位牌にも手を合わせた。

「ありがとう」

徳永は穏やかに言い、加瀬に座蒲団《ざぶとん》を勧《すす》めた。

すぐに綾子が部屋から出ていった。客をもてなす気になったらしい。

「おたくの高杉勉編集長は、義兄のことをどんなふうに受けとめてるんだろう？」

徳永は問いかけた。

「こんなことは外部の方に申し上げるべきではないんでしょうけど、言ってしまいます。編集長は、いいニュース材料が増えたとドライに考えてます」

「なんて奴なんだ！　それじゃ、ひょっとしたら、実名報道にもっともらしい理屈を言ってるが、そんなものは……」

「ええ、おそらく詭弁《きべん》でしょうね。高杉とは少年犯罪の実名報道を巡って、さんざんやり合ったんです。ぼくの感触では、高杉編集長は少年法の改正を大義名分にしてますけど、実は部数を伸ばすことが真の狙《ねら》いだったんだと思います。もちろん、本人はそのことを強く否定してますがね」

「わたしも高杉編集長のコメントには、何か偽善めいたものをずっと感じてたんだよ。彼の論理には矛盾が多いし、感情論に走り過ぎてもいる」

「その通りですね」

加瀬が同調した。そのとき、綾子が部屋にやってきた。

話が中断した。

綾子がビールと精進料理を座卓に置き、すぐに下がった。徳永は加瀬にビールを注いだ。加瀬が恐縮しながら、コップでビールを受けた。徳永は言った。

「きみは、なかなか骨がありそうだね。正義感が強いのかな」

「そんなんじゃないんです。ぼくは、本当はすごく臆病《おくびょう》な人間なんですよ。だけど、人間として、赦《ゆる》せないことには目をつぶりたくないんです。ただ、それだけです」

加瀬がはにかんで、ビールを半分ほど喉《のど》に流し込んだ。

「編集長には、睨《にら》まれてるんじゃないの？」

「ええ、まあ。ぼくが足並を揃《そろ》えないもんだから、だいぶやりにくそうです」

「きみは、多くのジャーナリストたちが失ったものを護り抜こうとしてるようだね。その精神は尊いんじゃないかな」

「煽《おだ》てないでください。ぼくは、ただ器用に生きたくないだけです。別段、大層な考えを持ってるわけじゃないんです」

「それだけのポリシーを持ってりゃ、立派だよ」

徳永は言って、またビールを注《つ》いだ。加瀬が軽く頭を下げ、真剣な表情で言った。

「ぼくがこんなことを言うのも妙ですが、『週刊トピックス』の実名報道はどう考えても行き過ぎでした。明らかに勇み足ですよ」

「まったく同感だね。もちろん、凶悪な犯罪は赦せない。しかし、実名報道は事件関係者を深く傷つけることになる。慎重さを欠いた実名報道は、即刻やめるべきだよ」

「徳永さんは、うちの雑誌を告発されるおつもりなんですか?」

「場合によっては、告訴も辞さないつもりなんだ。しかし、その前におたくの高杉勉編集長に会いたいと思ってる」

「そうですか。編集長が逃げなければいいんですがね」

加瀬がかすかに表情を翳《かげ》らせ、コップを口に運んだ。

——この男とは、またいつか酒を飲みたいな。

徳永はそう思いながら、盃を空けた。酒はだいぶ温《ぬる》くなっていた。

同じころ、須貝雅史も酒を飲んでいた。

碑文谷署の近くにある居酒屋だった。須貝の横には、同僚の大岡警部補が坐っていた。いつになく酔いが浅い。須貝は、五杯目の焼酎《しょうちゅう》を呷《あお》った。

京極和貴の死によって、さきほど捜査本部は解散された。署内で簡素な打ち上げがあったが、盃を重ねる捜査員はいなかった。

意気が上がらないのは当然だ。明らかに、警察の敗北だった。

須貝は飲み足りなかった。したたかに酔いたい気分だった。こうして彼は、大岡とこの店にやってきたのである。

「ちょっとピッチが速いんじゃねえのか？」

大岡が揚げ出し豆腐を食べながら、小声で言った。すぐ目の前に、五十年配の店主が立っていたからだ。

「大岡さん、おれはいまの仕事がいやになったよ」

「まだ京極のことを気にしてるのか。早く忘れるんだな」

「そう簡単には忘れられないですよ。おれは、上の連中にまんまと嵌《は》められちまったんだ。そのために京極は、あんな形で自死してしまった。徳永さんが怒るのも無理ないですよ」

「そう自分を責めるなって。別に須貝ちゃん自身が、京極や徳永氏を騙《だま》したわけじゃないんだからさ」

「いや、おれが甘かったんです。これまでも替え玉作戦は何度か使ってきたのに」

須貝は、空になったコップを店主に渡した。

「上の連中を庇うわけじゃないが、ああするほか手がなかったんじゃないのかね」

「手はありましたよ。持久戦に持ちこめば、京極を生け捕りにできたはずだ」

「そうかねえ」

「京極をあんなふうに追い込んでしまったのは、警察のミスですよ。おれは京極と徳永先輩に借りをつくっちまったんだ。それも、返すことのできない借りをね」

「警察ってとこは、縦の関係で成り立ってるんだ。自分ひとりを責めたって、仕方ないじゃないか」

「上層部の連中が今回のミスを認めてりゃ、おれも少しは救われます。しかし、どいつも失態なんかなかったような顔をしてやがる」

「本部長や所轄署の幹部たちだって、内心まずい結果になったと思ってるさ」

「さあ、それはどうですかねえ？」

「飲んで、今度の事件《ヤマ》のことは忘れちまうんだな。そうじゃなきゃ、建前主義の組織の中じゃ生きていけねえぞ」

大岡がそう言い、焼酎を飲んだ。

「なんか大岡さんも変わったね。昔の大岡さんなら、そんな言い方はしなかったんじゃないのかな」

「そう言うなよ。人間、身すぎ世すぎってやつがあるじゃねえか。おれだって、内部告発したいことが山ほどあるさ。しかし、それをやっちゃあ、おまんまの喰《く》い上げだ」

「それは、わかってるんだ。だけど、やっぱり何か気持ちがすっきりしないんですよ」

「話の腰を折るわけじゃねえけどさ、おれは徳永氏が何かやらかすような気がしてるんだ。須貝ちゃんはどう思う？」

「何かって？」

「そいつはわからないが、ちょっと何かが臭《にお》ってくるんだ」

「それは考えすぎですよ」

須貝は笑って、六杯目の焼酎に口をつけた。

そのとき、店の引き戸が開けられた。

客は碑文谷署の木島刑事だった。連れはいなかった。

大岡が片手を挙げた。木島が目礼し、歩み寄ってきた。

「須貝さんに、ちょっとお話があるんです」

「まあ、坐れよ」

須貝は隣の円椅子《まるいす》を手で示した。木島が円椅子に腰かける。

「例の別件逮捕の件では、いい勉強になりました」

「どういうことなんだ？」

「きょう、署長に勇み足を窘《たしな》められました」

「そうか」

「ちょっと反省してるとこです。被疑者を早く落とすことばかり考えて、周囲が見えなくなってたんだと思います」

「だろうな。そうした気の緩《ゆる》みが冤罪《えんざい》なんかを生むんだよ」

「そうですね。生意気なことを言って、すみませんでした」

「先輩ぶるわけじゃないが、同じ過ちを繰り返さないことだな。冤罪でマスコミや世間に叩かれるのは警察の恥だからな」

「はい、今後は充分に気をつけます」

「急ぐのか？」

「いいえ、別に」

「だったら、一緒に飲もう」

須貝は木島の肩を叩き、新たに焼酎を注文した。

2

絶叫が耳を撲《う》った。

秋野敦は跳ね起きた。独居房は静まり返っている。あたりに人気《ひとけ》はない。

叫び声を放ったのは自分だった。

――なあんだ、夢だったのか。

敦はジャージの袖口《そでぐち》で額の汗を拭《ぬぐ》った。腋《わき》の下《した》も汗ばんでいた。

怖い夢だった。思い出しても、身の毛がよだつ。

敦は擦《す》れ違いざまに、顔のない男に手斧《ておの》で顔面を割られた。倒れたのは、砂利の上だった。どうやら、そこは砂利置き場らしかった。遠くにダンプカーが数台見えた。

顔は、瞬《またた》く間に血に染まった。

しかし、奇妙なことに、少しも痛みは感じなかった。目にも多量の血糊《ちのり》が流れ込んできたが、視界が曇ることはなかった。

のっぺらぼうな男は屈《かが》み込み、敦の体を電動鋸《チェーンソー》で五つに切り分けた。

だが、敦は死ななかった。意識もはっきりしていた。

敦は濃い血臭にむせ、血だらけの両腕や胴体を眺めることができた。男の荒い息遣《いきづか》いも聞こえた。

味覚もあった。口の中に流れ込んできた血は、仄《ほの》かに甘かった。

いくら時間が過ぎても、痛感はない。ただ、周囲の空気がとてつもなく熱かった。

男はどこからか、野犬を引っ張ってきた。

痩《や》せて、目だけが異様に大きかった。その野犬は、敦の切断された脚を貪《むさぼ》りはじめた。鋭い歯が肉や骨を噛《か》み千切る音が不気味だった。

もう片方の脚には、いつの間にかハイエナが喰《くら》いついていた。そのそばには、禿鷹《はげたか》がいた。

男は電動鋸から鋼色《はがねいろ》の刃を引き抜くと、それを素手で握った。それでも血は一滴も出ない。

敦は性器を根元から切り取られた。やはり、痛みは感じなかった。

血煙が高く舞った。

男は、切り取ったペニスを禿鷹に投げ与えた。すぐに禿鷹がついばみはじめた。それを見届けると、男はポケットからフォークを掴み出した。それで、敦の両眼をせせり出した。それでも敦の視覚は、そのままだった。男の動きが鮮明に見えた。

男はライターの炎で、フォークに刺した眼球を丹念に炙《あぶ》りはじめた。

思わず敦は吐き気を覚えた。

少し経つと、口からぬるりとした塊《かたまり》が零《こぼ》れた。自分の内臓だった。首と胴体は切り離されていた。それにもかかわらず、腸《はらわた》はとめどなく込み上げてきた。

男は敦の両眼を炙《あぶ》り終えると、一つずつ自分の口の中にほうり込んだ。すぐに喰らいはじめた。

敦は、めまいに襲われた。

胸がむかついた。だが、腸はそっくり出尽くしていた。それを野犬とハイエナが奪い合っている。敦は逃げたかった。

すると、なぜだか頭部だけが砂利の上を転がりはじめた。いつの間にか、平坦《へいたん》だった場所が斜面に変わっていた。

男が追いかけてきた。

敦の生首はボールのように弾みながら、落下していった。血の雫《しずく》が飛び散りつづけた。

やがて、ぴたりと静止した。砂利がなだれ落ちてきた。男の脚が見えた。サッカー用のスパイクを履《は》いていた。

スパイクが躍《おど》った。

次の瞬間、敦の生首は宙を泳いでいた。落ちたのは、生コンクリートの池だった。

眼窩《がんか》や鼻の穴が塞《ふさ》がれた。四方から、強烈な圧迫感が加わってきた。敦は声をふり絞った。声を限りに叫びつづけた。その途中で、ふと夢から醒《さ》めたのだった。

――あの目鼻のない男は、京極和貴だったんだろうか。眠ると、またあいつが出てきそうだな。このまま朝まで起きてよう。

敦は薄っぺらな蒲団《ふとん》と毛布を体に掛け、膝《ひざ》を抱え込んだ。

おぞましい夢を見たのは、昼間、ふと事件の初公判のことを思い出したからだろう。第一回公判が東京地裁の刑事二部四二一号法廷で開かれたのは、もう二カ月以上も前だ。公判は、起訴状朗読、被告人の人定質問、被告人の罪状認否、検察官の冒頭陳述と型通りに進んだ。

敦はうんざりした気持ちで、被告人質問に答えた。しかし、自分の犯行は素直に認めた。

ただ殺意があったのかどうか、自分にもよくわからない。

京極由美に欺《あざむ》かれたと知ったときは、確かに烈《はげ》しい憎悪が胸に宿った。全身の血が逆流するのを自覚した。自分の心を踏みにじった由美をとことん嬲《なぶ》ってやりたいと本気で思った。

頭の中には、それだけの想念しかなかった。

その後のことは、おぼろに霞んでいる。殺意があったようにも思えるし、なかったような気もする。無意識にジャンボクッションで由美の顔面を押さえつけていたといったほうが正確だろう。

前回と同じことを喋《しゃべ》って、敦は被告席に戻った。

次は茂樹の番だった。どういうつもりか、彼は警察での供述を全面的に翻《ひるがえ》した。あろうことか、敦だけがクッションで被害者の顔を押さえつけて殺害したと言い出した。

傍聴席がざわめき立った。

最後に質問を受けた泰道も、茂樹とまったく同じことを言った。

敦は、わけがわからなかった。おおかた十九歳の泰道は重い判決が下されることを予想して、茂樹を何らかの方法で言いくるめ、敦ひとりに罪をなすりつける気になったのだろう。

だが、茂樹と泰道は検察官に矛盾を鋭く衝《つ》かれ、ようやく罪状を認めた。

敦は腹立たしかった。

しかし、公判が終わるころには、もうどうでもよくなっていた。日曜大工の店で緊急逮捕されたとき、敦は自分の人生が終わったことを鮮烈に意識した。

それ以来、生きる気力は失《う》せていた。

罪を軽くしたいと思ったこともない。両親は有能な弁護士を雇いたがったが、敦はその申し出を断った。国選弁護人で充分だった。情状酌量を狙うのは何か卑《いや》しい気がした。

といって、敦は罪を深く悔いているわけでもなかった。

由美を強姦《ごうかん》したことで多少の咎《とが》は感じている。しかし、彼女に裏切られたことを考えると、本気で償《つぐな》いたいとも思わない。由美も自分も運が悪かったのだ。そういう思いが濃かった。

ただ、由美の両親には済まないと思う。ひとり娘を亡くした父母の悲しみは深かったにちがいない。しかも、惨《むご》たらしい殺され方をしている。

加害者である自分たちを恨む気持ちはよくわかった。それが肉親の情というものだろう。

由美の父親が自分の父母や姉を殺害したことは、老弁護士から教えられた。

敦は、特に怒りは感じなかった。涙も湧《わ》かなかった。自分と同様に、家族も不運だったと思ったきりだ。

——京極和貴におれを撃たせてやりたかったな。警察の奴ら、余計なことをしやがって。替え玉なんか使わなくてもよかったのに。

敦は膝小僧を抱えながら、心の中で思った。

暗い独居房でぼんやりしていると、次第に厭世的《えんせいてき》な気分が強まってきた。数日後に第二回公判が開かれることになっているが、罪状が消えるわけではない。ただ、煩《わずら》わしいだけだ。

最終的にどんな判決が下るにしても、この先の人生は高が知れている。さほど愉《たの》しいことがあるわけない。

――いっそ死んじゃおう。

敦は、ジャージのパンツを脱いだ。脚の部分を紙縒《こよ》りのように捩《よじ》って、自分の首に巻きつける。少しもためらわなかった。

敦は目をつぶって、両端を強く引っ張った。

息が詰まった。胸苦しい。さらに、敦は両手に力を込めた。

目に涙がにじむ。

むせそうにもなった。だが、それだけだった。意識は遠のかない。呼吸もできる。

――そう簡単に死ねるもんじゃないんだな。

敦は、なんだかばかばかしくなった。

首に巻いた物を剝《は》ぎ取り、手早くジャージのパンツを穿《は》く。うすら寒い。くしゃみが出た。背筋がぞくぞくしてきた。

寝ることにした。

敦は横になって、夜具を引っ被《かぶ》った。

瞼《まぶた》を閉じる。しかし、いっこうに眠くならない。頭の芯《しん》が冴《さ》えきってしまった。

どれほど経《た》ってからか、不意にけたたましい笑い声が響いてきた。

敦は耳をそばだてた。

泰道の声だった。笑い声は断続的に聞こえてきた。泰道は、三つ隔《へだ》てた房にいる。やはり、独居房だ。

茂樹は、廊下の向こう側の独居房に収監されている。

そのあたりから、鈍い音が伝わってきた。

茂樹は体のどこかを何かにぶつけているようだ。壁ではない。金属音だった。

鉄格子は内側にはなかった。便器の排水管に頭を打ち据えているらしい。

廊下が明るんだ。

看守たちの声がした。乱れた足音もする。

敦は蒲団から抜け出した。手探りで歩き、覗き窓に顔を寄せた。だが、何も見えない。

「けっけけ。桜の花びらが蝶《ちょう》に化けやがった。こりゃ、面白《おもしれ》えや」

泰道が大声で喚《わめ》き、高笑いする声が届いた。

看守たちが、代わる代わるに泰道を叱《しか》りつける。だが、泰道のばか笑いは止まらない。

——あいつ、狂ったのかな。

敦は一瞬、そう思った。

しかし、まだわからない。敦は聞き耳を立てた。

「高原、静かにしろ！」

「うるせえ。てめえこそ、静かにしやがれっ」

泰道が看守に悪態をついた。気は確かだ。

向かい側の独居房から、骨と肉を打つ音が流れてくる。茂樹も奇声を発しはじめた。

意味不明の言葉を喚《わめ》き散らしている。看守が制止しても、茂樹は沈黙しない。

——おそらく、あいつらは発狂した振りをしはじめたんだろう。心神喪失《しんしんそうしつ》の場合は罰せられないからな。だけど、精神鑑定にかけられたら、すぐに芝居がバレるはずだ。悪あがきだと思うけどな。

敦は肩を竦めて寝床に戻った。

廊下のざわめきが一段と高くなった。いい退屈しのぎにはなりそうだ。

待ちくたびれてしまった。

もはや限界だ。約束の時刻はとうに過ぎていた。

徳永肇は、短くなったセブンスターの火を乱暴に揉《も》み消した。弾みで、吸殻《すいがら》が卓上に零《こぼ》れ落ちた。帝都出版の斜め前にあるコーヒーショップだった。高杉勉が指定した店である。

——高杉は最初から、おれに会う気なんかなかったのかもしれない。人をばかにするにも程があるっ。会社に乗り込んでやろう。

徳永は煙草とライターを上着の内ポケットに突っ込み、卓上の伝票を抓《つま》み上げた。店を出る。陽《ひ》が大きく傾いていた。五時近かった。

徳永は車道を横切って、帝都出版の表玄関に駆け込んだ。

九階建ての社屋は重厚な造りだった。ロビーも広い。受付には若い女性が三人も坐っていた。

受付を素通りしかけると、受付嬢のひとりに呼びとめられた。

徳永は、『週刊トピックス』の編集長と会う約束があったことを話した。相手がすぐに詫び、編集部が六階にあることを教えてくれた。

徳永はエレベーターで六階に上がった。

目的の編集部は、エレベーターホールの近くにあった。ドアは開放されたままだった。

高杉とは一面識もなかったが、顔は知っている。新聞や雑誌に載った写真を何度も見ていたからだ。

徳永は編集部に入った。

素早く部内を眺め回す。高杉の姿は見当たらない。加瀬もいなかった。数人の部員がいるだけだった。

徳永は、近くの席にいる女性部員に声をかけた。

「お仕事中に申し訳ありません。高杉さんは、どちらにおいででしょう？」

「高杉は十分ほど前に、東日本テレビに向かいましたけど」

「テレビ局にはどういった用件で？」

「少年犯罪報道をテーマにした討論会に出席するらしいんですよ。あのう、お約束だったんでしょうか？」

相手が確かめる口調で訊《き》いた。

「ええ。そこの『エトワール』で四時に会うことになってたんですが、すっぽかされてしまったんです」

「それは申し訳ございません」

「高杉さんのご自宅の住所を教えてもらえませんかね？　夜にでも、そっちに行ってみますんで」

「社外の方には、編集長の自宅はお教えできないんです。そういう決まりになってるもんですから。お名前をおっしゃっていただければ、高杉に伝えますが……」

「出直すことにします」

徳永は会釈して、編集部を出た。忌々《いまいま》しい気分だった。

エレベーターを待っていると、階段の方から人が降りてくる音がした。徳永は何気なく目をやった。降りてきたのは、加瀬淳也だった。

「一昨日《おととい》は、ご馳走さまでした。高杉を訪ねて来られたんですね？」

「約束をすっぽかされてしまったんだ」

徳永は詳しい話をした。

「逃げたんだな、編集長は」

「多分ね」

「徳永さん、少しお時間をいただけませんか。ちょっと話したいことがあるんです」

「そう。ここじゃ何だから、外でお茶でも飲もう」

徳永たちは連れだって、帝都出版を出た。

数分歩いて、小さな喫茶店に入った。隅のテーブルに向かい合い、どちらもホットコーヒーを注文した。コーヒーはすぐに運ばれてきた。

「実はきょうの昼ごろ、役員に呼び出されたんです」

加瀬が沈んだ声で切りだした。

「人事異動の根回しかな？」

「まあ、そんなとこです。辞典編集部に回ってもらえないかって打診されました」

「で、どうしたんだい？」

「もちろん、きっぱりと断りました。急な打診は、高杉編集長が画策したんでしょう」

「おそらく、そうなんだろう」

「次の異動では、ぼくは確実に飛ばされるでしょうね。そうなったら、会社を辞《や》めようと思ってるんです」

「別の出版社に移るつもりなのかな？」

「いいえ、フリーになるつもりです」

「そうか」

徳永はコーヒーをひと口啜《すす》って、受け皿にカップを戻した。

「ぼくは、高杉編集長をペンで告発してやるつもりです。実はですね、同期入社の男がいい情報を摑んでくれたんですよ」

「どんな情報？」

「編集長が馴染《なじ》みのスナックのママに、うっかり本音を洩《も》らしたらしいんです」

「というと、少年法改正キャンペーンは建前で、本当の狙いは部数の拡張だったと？」

「ええ、そうです。編集長は酔った勢いで、つい口を滑らせたようです。同期の男が近くにいたことには気がつかなかったんでしょう」

「だろうね」

「その独白をテープにでも録音してあれば、いますぐにでも編集長を締め上げることができるんですけどねえ」

「証人もいることだし、その気になれば書くことはできるんじゃないのかな？」

「ええ、そうですね」

「それはそうと、今夜、高杉はテレビ討論会に出演するそうじゃないか」

「そうなんです。ぼくは、編集長が討論会で喋《しゃべ》ることをビデオに撮《と》っておくつもりです。今朝《けさ》、家を出る前に録画の予約をしておきました」

「そう。どうせ彼は建前しか喋らないだろうが、それはそれで後で役に立つかもしれない。録画しておくのは、いいことだよ」

「そうですね」

「ところで、高杉の自宅わかるかい?」

「わかりますよ。確か手帳にメモってあるはずです」

加瀬がそう言い、すぐに上着の内ポケットを探った。

「このまま高杉が逃げる気でいるなら、夜か休日にでも自宅に押しかけようと思ってるんだ」

「それは、いい考えですね。ああ、ありました」

「それじゃ、教えてもらおう」

徳永は手帳を取り出し、高杉の自宅の住所と電話番号を書き留《と》めた。

「いまは編集長、二度目の奥さんと二人っきりで暮らしてるはずです」

「最初の奥さんとは離婚したのかな?」

「そうです。子供がひとりいたんですけどね。編集長の女好きは、ほとんど病気みたいなもんです。とにかく見境がないんですよ」

「ふうん」

「ちょっときれいな女性を見ると、すぐに言い寄るんです。編集部に出入りしてる女流写真家やイラストレーター、ライターたちは、たいてい一度や二度は口説かれてるんじゃないのかな」

加瀬が言ってから、急に自分の頭を拳《こぶし》で叩いた。

「どうしたんだい？」

「いくら編集長の生き方が嫌いでも、プライベートなことまで持ち出すのはよくないですね。ちょっぴり反省してます」

「いいさ。世の中、優等生ばかりじゃつまらない。きみのような反逆児、おれは嫌いじゃないよ」

「それにしても、アンフェアでした」

加瀬が煙草をくわえた。メビウスだった。

十数分後、二人は店を出た。加瀬は会社に戻っていった。

徳永は、路上に駐《と》めてあるボルボに乗り込んだ。すぐに赤坂の自分の事務所に向かった。

道路は早くも渋滞気味だった。

事務所に戻るまで、三十分近くかかってしまった。オフィスのドアを開けると、女子事務員が駆け寄ってきた。

「社長、ついさっき、おかしな電話がありました」

「おれに？」

「ええ。社長の名前を呼び捨てにして、すっごく柄が悪い感じだったわ。あの男、こっち関係じゃないのかしら？」

女事務員が言って、自分の頰《ほお》を斜めに撫《な》でた。

「やくざ者に凄《すご》まれるようなことはしてないつもりだがね」

「もしかしたら、社長、とんでもない女性に引っかかったんじゃありません？」

「そんな憶《おぼ》えもないいな、残念ながら」

徳永は自分の机に足を向けた。

椅子に坐った直後、机の上のプッシュフォンが鳴りはじめた。徳永は受話器を取った。

「社長、帰ってきたか？」

男のぞんざいな声が流れてきた。

「わたしが徳永ですが、おたくは？」

「おれかい？　正義の味方よ」

「悪ふざけにつき合ってるほど暇じゃないんだ。名前と用件を言ってくれっ」

「名前は言えねえな。あんた、何を考えてるのか知らねえけど、あんまり帝都出版の周《まわ》りをうろつかねえほうがいいぜ」

「そうか、高杉に頼まれたんだな」

「誰だよ、高杉って？」

「とぼけるなっ」

「とにかく、おかしなことは考えないこったな」

電話が切れた。

高杉の回し者にちがいない。徳永は受話器を置いて、郵便物や書類に目を通しはじめた。

七時になると、社員たちは帰っていった。

徳永はデザインデスクに向かった。描《か》きかけの包装紙のデザイン画を仕上げた。日本茶を飲みながら、ひと息入れる。

夕刊のテレビ欄を見ると、あと数分で少年犯罪の報道のあり方を問うシンポジウム番組がはじまることがわかった。観《み》る気になった。徳永はテレビを点け、長椅子に腰かけた。

少し待つと、テレビ討論会がはじまった。

司会の男性キャスターがパネリストの弁護士、大学教授、新聞記者、著名な社会評論家、週刊誌編集長、市民運動の活動家などを紹介した。『週刊トピックス』の高杉編集長は、キャスターの右隣に坐っていた。知性的な風貌《ふうぼう》で、服装のセンスも悪くない。

司会者に促されて、数々の少年事件を手がけてきたベテラン弁護士が口火を切った。

「最近の少年犯罪報道は明らかに行き過ぎです。一部の週刊誌は被害者や加害者の実名を公表した上に、事件の詳報までセンセーショナルに取り上げていました。マスコミが裁判官のようになってしまっています。これは大きな過《あやま》ちだと思いますね」

「そのあたりについて、高杉さん、いかがでしょう？」

司会者が水を向ける。高杉が重々しくうなずき、口を開いた。

「いま、裁判官という言葉が出ましたけど、法廷での裁きは必ずしも正しいわけじゃありません。現に、たくさんの冤罪が過去に生まれてます。ある権威の発言なり決断なりをいったん疑ってみる必要があるんじゃないでしょうか？」

「ええ、それはそうだと思いますよ。だからといって、一編集長が新たな権威になろうとすることは許されません。未成年犯罪の実名報道は、時代に逆行する行為です。本来なら、犯罪者報道は裁判が終わるまでは控えるべきです」

すかさず弁護士が反論した。

「それは理想論ですよ。マスコミは、どこも速報性を求められてるんです。裁判の結果を待って発表してたら、どこも画一的な報道しかできません。マスコミ各社は熾烈《しれつ》な競争を強《し》いられてるんです。独自取材をして、少しでも多くのニュースを提供したいと考えるのは人情じゃありませんか？」

「高杉さん、待ってください」

著名な女性評論家が割り込んだ。キャスターは彼女の発言を許した。

「マスコミの速報性が大事なのは、よくわかります。それだからといって、少年たちの家庭や学校、それから近所の人たちまで取材するのは行き過ぎですよ。そんなことをしたら、せっかくの少年法が生かされません」

「それじゃ、あなたは警察発表だけに依存してればいいとお考えなんですか？」

「いいえ、そうは言ってません。独自取材は必要でしょう。ですけど、節度や配慮を失ったら、加害者の身内は社会的に葬られることになります。被害者側の家族も、好奇の目に晒《さら》されることになります」

「しかしですね、事件当事者たちの生い立ちや家庭環境、それから地域のことなんかも具体的に書かなければ、事件の背景や本質に迫ることはできません。真実を浮き彫りにするためには、多少の犠牲はやむを得ませんよ」

「多少の犠牲だって⁉　思い上がったことを言うなっ」

　市民運動の活動家が声を震わせた。

　高杉が活動家を睨《ね》めつけ、司会者の顔をうかがった。彼は、キャスターが活動家の勝手な発言を封じてくれることを期待したらしかった。

　だが、司会者は何も言わなかった。

　活動家が息巻きはじめた。

「高杉さん、あんた、京極由美さんの殺害に端を発した一連の悲惨な事件を多少の犠牲と済ます気なのかっ。あんたが実名報道したために、死ななくてもよかった人間が大勢死んでしまったんだぞ」

「亡くなった方々はお気の毒だったと思います。しかし、わたしは少年保護とか匿名報道といった良識には、甚《はなは》だ疑問を持ってるわけです」

「疑問だって？」

「ええ。いまの世の中は民主主義とやらが建前になってるから、市民の中には救いようのない犯罪少年たちの人権を擁護《ようご》する者まで出てきました。しかし、それは間違った甘やかしですよ。かえって彼らをスポイルしてるんです。わたしはキャンペーンで、そのことを訴えたかったわけです」

「はっきり言うが、あんたにそんな真面目《まじめ》な意図《いと》があったとは思えんね。遺体の状況や犯行の詳細まで書きたてるのは、単なるスキャンダリズムにすぎない。あんたは実名公表を売り物にして、自分の週刊誌の売上を伸ばしたかったんじゃないのか！」

「きみ、無礼だぞ。言っていいことと悪いことがある。わたしは一種の正義感から、実名報道に踏み切ったんだ。わたし自身、傷を負いながら、闘ってるんですっ」

「笑わせないでほしいね」

「いいから、黙って聞け！　きみはスキャンダルを悪いことのように言うが、人間は基本的には他人のスキャンダルが好きなんだ。それで読者は、カタルシスを得てるんだよ。そもそも商業雑誌から、スキャンダリズムを排すること自体がナンセンスなんだ。そんなことをしたら、各誌とも廃刊に追い込まれてしまう」

「高杉さん、ついにボロを出したね。あんたは商業主義を押し隠すため、少年法の改正を唱《とな》えて自分を正当化してるだけだ」

「おい、きみ！」

高杉が気色《けしき》ばんだ。相手も負けていなかった。

険悪になった空気を司会のキャスターが巧《たく》みに和《やわ》らげた。彼は、それまで黙っていた大学教授に意見を求めた。

大学教授が穏やかな口調で、私見を述べはじめた。

――高杉は必死に本音を包み隠してるが、ところどころで馬脚を現わした。やっぱり、奴は実名報道を商売にしただけのようだ。そのせいで、姉の一家は滅びてしまった。赦《ゆる》せない！　おれが、この手で奴を裁いてやる。法の制裁なんか、まどろっこしい。

徳永は胸底で吼《ほ》えた。

テレビ討論会は佳境に入っていた。だが、もはや興味はなかった。徳永はソファから立ち上がって、テレビのスイッチを切った。

4

肚《はら》を据えた。

徳永は車を降りた。高杉勉の自宅前だった。

深夜だ。大田区の洗足池《せんぞくいけ》である。閑静な住宅街はひっそりとしていた。

この五日間、徳永はなんとか『週刊トピックス』の編集長を捕まえようと苦労した。勤務先や自宅を張り込んでみたが、ついに高杉は姿を現わさなかった。

徳永はプリウスのドアを閉めた。

レンタカーだった。毎日、車種を変えて借りてきた。いつも同じ車では、不審を招く虞《おそ》れがある。

徳永は高杉邸の門まで歩いた。

洋風の二階家だった。間口が広い。

青いスペイン瓦《がわら》の載《の》った白い塀が巡らされている。家の中は明るかった。高杉の二度目の妻、朋子《ともこ》がいるはずだ。

徳永は左右に目を配った。人影はない。

門柱のインターフォンを押した。ややあって、女の声が流れてきた。

「どちらさまでしょう？」

「帝都出版の者です。高杉さんに頼まれた物を取りにうかがいました」

「ご苦労さまです。どうぞお入りください。まだ門の錠は掛けていませんので」

「それでは、失礼します」

徳永は白い鉄扉《てっぴ》を押した。

庭は割に広かった。アプローチは煉瓦《れんが》敷きだった。ポーチは一段高くなっていた。

玄関先で、改めてインターフォンを鳴らした。

すると、すぐにドアが開いた。
二十七、八歳の女が立っていた。高杉朋子にちがいない。愁《うれ》いを帯びた顔が美しかった。薄手の枯葉色のデザインセーターと黒いタイトスカートを身につけていた。
「高杉さんの奥さんですね？」

「はい、そうです。何をご用意すればよろしいのかしら？」

「騒がないでもらいたい」

徳永は朋子の左手首を摑んで、ナイフの切っ先を胸に突きつけた。

「な、何をなさるんですっ」

「旦那《だんな》はどこにいる？」

「あなたは誰なんです？」

「京極和貴って名前に記憶はあるか？」

「ええ、知ってます」

「おれは、その京極の義弟だよ。あんたの亭主にどうしても会いたいんだ。高杉は、どこに隠れてるんだっ」

「紀尾井町のオオトモホテルに泊まってるはずです。おかしな男に狙われてると言ってたけど、あなたのことだったのね」

朋子が落ち着いた声で言った。戦《おのの》いている様子はない。

「悪いが、あんたに人質になってもらう」

「わたしを人質にして、主人を誘《おび》き出すつもりなんですね。高杉をどうするおつもりなんです？」

「殺しやしない。靴を履《は》け！」

徳永は命じた。朋子が素直にパンプスに形のいい足を入れた。徳永は高杉夫人をナイフで脅しながら、門の外に連れ出した。

「あんた、車の運転はできるか？」

「ええ。でも、運転免許証は家の中にあるんです」

「そんなものは要らない」

徳永は朋子をプリウスの運転席に坐らせ、素早くリアシートに乗り込んだ。朋子の真後ろだった。徳永はナイフの先を朋子の脇腹《わきばら》に突きつけた。

「逃げようなんて考えないほうがいい。おれの言う通りに走ってくれ」

「わかったわ」

朋子がエンジンを始動させた。

ほどなく車が走りだした。滑らかなスタートだった。車の運転歴は長いようだ。

「まず、中原街道に出てくれ。五反田方面に走って、大崎広小路で山手通りに入る。左折だ。わかったな？」

「ええ」

朋子がスピードを上げる。

安定した走りだった。しばらく沈黙がつづいた。目黒通りを過ぎたとき、朋子が低く言った。

「京極さんのご一家は気の毒でしたね」

「あんた、実名報道には反対してたのか？」

「ええ、大反対でした。由美さんの事件が最初に特集記事になったとき、高杉にやめてくれるよう頼んだの。ですけど、まるで聞き入れてくれませんでした」

「そうか」

「わたし、犯人の三少年の家族にも同情しています」

「ふうん。旦那はワンマンタイプらしいな」

「ええ、手に負えない独裁者ね。利己的で、野望家で、うぬぼれ屋で……」

「あんた、高杉と結婚したことを後悔してるようだな？」

　徳永は言った。

　返事はなかった。ルームミラーを見ると、朋子は哀《かな》しげな顔になっていた。徳永は口を閉ざした。

　レンタカーは走りつづけた。

　徳永が車を停めさせたのは、西落合にある京極家の前だった。プリウスをガレージに納めさせた。

「ここはどこなんです？」

　エンジンを切ってから、朋子が問いかけてきた。

「義兄一家が住んでた家だよ。いま現在は誰も住んでないんだ。そのうち、義兄の叔母夫婦が移り住むことになってる」

「この家にわたしを監禁して、高杉を誘《おび》き出すのね？」

「なかなか勘がいいじゃないか。さ、降りるんだ」

　徳永は、ナイフを朋子の白い項《うなじ》に押し当てた。

　二人は、ほぼ同時に車を降りた。ガレージと庭は繋がっている。

徳永は合鍵《あいかぎ》で玄関戸の錠を解き、美しい人質を先に玄関に押し入れた。朋子は拍子抜けするほど従順だった。それでいて、少しも怖がっていない。

――見かけと違って、案外、したたかな女なのかもしれないな。ちょっと用心しよう。

徳永は自分に言い聞かせて、朋子を家の奥に押しやった。

仏間に差しかかると、つと朋子が立ち止まった。

「亡くなった方たちにお線香をあげさせてください」

「そんなことをしても、旦那に対するおれの怒りは変わらないぞ」

「わたし、そんなつもりで言ったんではありません。自分の気持ちで……」

「いいだろう」

徳永は先に仏間に入り、電灯を点けた。

朋子が義兄の骨箱の前に正坐した。徳永はナイフをポケットに仕舞い、朋子の少し後ろに腰を落とした。

朋子が仏壇の位牌に手を合わせた。

徳永はそっと立ち上がり、数本の帯止めを用意した。死んだ姉のものだった。

朋子が合掌を解き、立ち上がった。

「手荒なことをするつもりはないが、一応、手だけ縛らせてもらうぞ」

「ええ、かまわないわ」

朋子はそう言い、両手首を腰の後ろで交差させた。

徳永は帯止めで手早く縛り上げた。それから彼は、朋子を電話台の前まで歩かせた。

「旦那は何号室に泊まってるんだ？」

「一一二〇号室だったと思います」

「これから高杉に電話をする。あんたもここにいてくれ」

徳永は言って、オオトモホテルに電話をした。

電話口に出たのは、女の交換手だった。徳永は部屋番号を告げた。待つほどもなく、電話は客室に繋がった。

「高杉です」

「徳永だよ。なぜ、逃げ回ってるんだっ」

「誤解しないでくれ。このところ忙しくて、家にも帰れない状態なんだ。あんたとの約束をすっぽかして、悪かったと思ってる。近いうちに必ず時間をつくりますよ。それより、なんでわたしがここにいることがわかったんだね？」

「奥さんを預かってる」

「くだらない冗談はやめろっ」

「待ってろ、いま奥さんの声を聴かせてやる」

徳永は言って、受話器を高杉夫人の左耳に押し当てた。

朋子が、夫の呼びかけに短く答えた。徳永はすぐに受話器を自分の耳に当てた。

「どうだ、これでもまだ信じる気になれないか？」

「徳永さん、きみは何を考えてるんだね？」

「あんたが少年法改正のキャンペーンをつづけるのは勝手だが、興味本位の実名報道はすぐにやめるんだっ」

「実名報道をやめるわけにはいかない。それが、わたしの使命だからな」

「奥さんがどうなってもいいのか？」

「それは困る」

「だったら、こっちの要求を呑《の》め。記者会見を開いて、多くの犠牲者に謝罪し、実名報道をやめることを誓うんだ」

「そんなことはできない。わたしは自分の信念に基づいて、実名報道に踏み切ったんだ」

「高杉、きれいごとは通用しないんだ。あんたの本心は見え見えじゃないかっ」

「わたしは真摯《しんし》な気持ちで、問題提起したつもりだ」

「姪の凌辱《りょうじょく》場面やリンチの全容を記事にすることが問題提起だって言うのかっ。ふざけるな！」

「………」

　高杉が沈黙した。

「読者の低俗な覗き見趣味を満足させただけじゃないか。あんたは、読者に媚《こ》びることだけを考えてる三流の編集者だ。志《こころざし》が低すぎる！」

「見解の相違だね。そのことで話し合っても、平行線のままで終わるだけだ」

「要求を呑まなければ、おれはどこまでもあんたを追いつめて、制裁を加えてやる。いや、殺してやる」

　徳永は威《おど》した。むろん、高杉を本気で殺す気などなかった。

「きみ、冷静になってくれ。そんなことをして、いったい何になる？　それじゃ、京極と同じじゃないか」

「おれは本気だぜ。あんたを殺《や》る前に奥さんを……」

「ま、待ってくれ。少し考える時間をくれないか。頭が混乱してて、考えがまとまらないんだ」

「それじゃ、明日の午前十時まで待ってやろう」

「そこは、どこなんだね？　決心がついたら、こっちから連絡する」

「その手には乗らない。警察に踏み込まれたら、あんたを殺《や》れなくなるからな。こちらから連絡する。その部屋にずっといろよ」

徳永は先に電話を切った。

ほとんど同時に、朋子が言った。

「わたしを人質に取っても、あまり高杉にダメージを与えることはできないと思うわ」

「そんなに夫婦仲がよくないのか?」

「わたしは一度だって、高杉に愛情なんか感じたことはないわ。高杉のほうだって、昔はともかく、いまは……」

「惚《ほ》れてもいない男とよく結婚できたな」

「わたしには、ある目的があるんです。だから、憎しみしか感じない高杉にわざと近づいて結婚したの」

「目的って何なんだ?」

「それは……」

朋子は言い澱《よど》んだ。

「言いたくないんだったら、喋らなくてもいい。あんたは、いまも亭主を憎んでるのか?」

「ええ、憎んでるわ」

「とんだ人質を選んじまったな」

徳永は小さく苦笑した。釣られたような感じで朋子が微苦笑する。愁い顔が男心をくすぐった。

「高杉はわたしが殺されたとしても、おそらくあなたの要求は呑まないと思います」

「妙に自信のある言い方だな」

「いま高杉が大切にしているのは、磯田千絵《いそだちえ》って女性だけなの。あなたは、彼女を人質に取ればよかったのよ」

「その女は何者なんだ？」

「高杉の最も新しい愛人よ。元テレビ女優で、とってもセクシーな女性……」

「会ったことあるのか？」

「ええ、彼女のマンションも知ってるわ。高杉は数カ月前から、千絵の部屋に泊まることが多いんです」

「そうか。高杉がこっちの要求を呑まなかったら、その千絵って女を人質に取ることにしよう」

　徳永は朋子の背を軽く押した。

　朋子が歩きだした。徳永は、朋子を奥の洋室に監禁するつもりだった。

5

見通しは悪くない。

マンションのエントランスがよく見える。人の出入りもわかった。

徳永は車の中から、『白金《しろかね》ロイヤルハイツ』の表玄関を注視していた。夜だった。

磯田千絵は七〇五号室に住んでいる。

窓は暗い。千絵は外出しているようだ。さきほど部屋に電話をしてみたのだが、留守録音モードになっていた。

千絵が帰ってくるまで粘ろう。

徳永はセブンスターに火を点けた。

昼間、彼はオオトモホテルに電話をしてみた。だが、すでに高杉は部屋を引き払っていた。逃げたことは明らかだ。

――奴は、自分の女房がどうなってもいいと思ってるんだな。

徳永の脳裏に、高杉朋子の愁い顔が浮かんだ。その朋子は、京極家の一室に監禁したままだった。

――千絵を人質に取ったら、朋子は解放してやってもいいな。

徳永はそう思いながら、短くなった煙草の火を灰皿の中で揉み消した。

そのすぐ後だった。

『白金ロイヤルハイツ』の前にタクシーが停《と》まった。オートドアが開き、二十四、五歳の女が降り立った。スタイルがいい。真紅のスーツで身を包んでいる。髪はセミロングだ。

徳永は目を凝《こ》らした。

女の顔が見えた。顔かたちが朋子から聞いた特徴と似ている。多分、磯田千絵だろう。

——確認しに行こう。

徳永はレンタカーから、そっと降りた。

ちょうどそのとき、タクシーが発進した。女は、マンションの表玄関に向かっている。

徳永は走った。走りながら、女を呼びとめる。

女が振り返って、たたずんだ。徳永は駆け寄り、相手に話しかけた。

「失礼ですが、元テレビ女優の磯田千絵さんですね？」

「あなた、誰なの？」

「フリーの週刊誌記者です」

徳永は言い繕《つくろ》った。

「わたしはもう引退したのよ」

「ええ、わかってます。画面から消えた芸能人たちの現在の生活を特集で伝えようって企画があるんですよ」

「わたし、もうマスコミには出たくないの。そっとしといてくれない？」

「そうはいかないんだよ」

徳永は千絵の片腕をむんずと摑み、両刃のダガーナイフを脇腹に突きつけた。

「誰なのよ、あんた！」

「名乗るほどの者じゃない。おれは、どうしても高杉と会う必要があるんだ。あんたには人質になってもらう」

「放してよ、冗談じゃないわっ」

「騒ぐんじゃない」

徳永は千絵の腕を捩《ねじ》上げた。千絵が痛みを訴え、急におとなしくなった。

「あの車まで歩くんだ」

徳永は路上のレンタカーに視線を向けた。車は黒塗りのクラウンだった。

「わたしをどうする気なの？」

「高杉がおれに会う気になれば、何もしやしない」

「それ、ほんとね？」

「ああ。歩け」

徳永は元テレビ女優の背を押した。

千絵が足を踏みだす。徳永は歩きながら、あたりをうかがった。人影は見当たらない。

徳永は、クラウンの後部座席に千絵を押し込んだ。シートに腹這《はらば》いにさせ、後ろ手に両手を麻縄で縛った。口は粘着テープで封じた。

千絵は、ほとんど抗《あらが》わなかった。

徳永はドアを閉め、運転席に乗り込んだ。だが、エンジンキーが抜かれていた。

――高杉が荒っぽい男たちにおれをマークさせてたのかもしれない。

徳永は、そう思った。

そのとき、すぐ近くで足音がした。運転席側のドアが乱暴に開けられた。二十八、九歳の男が立っていた。男は、掌《てのひら》の上でキーを弾ませている。

「こいつを探してんだろ？」

「なんのつもりなんだっ」

徳永は勢いよく外に出た。

男が数歩退《さ》がった。二人は睨み合った。

「徳永さん、やる気かい？」

「高杉の回し者だなっ」

徳永はダガーナイフをちらつかせた。

だが、男は少しも怯《ひる》まない。薄笑いをにじませている。

徳永の横から、二つの人影が現われた。ともに男だった。

ひとりはスキンヘッドで、もう片方は髪をオールバックに撫でつけている。どちらも三十代の半ばに見えた。堅気ではなさそうだ。

徳永は身構えた。

すると、スキンヘッドの男が懐《ふところ》に右手を潜《もぐ》らせた。徳永は緊張した。拳銃を呑んでいるのか。

男が掴み出したのは、匕首《あいくち》だった。

刃渡りが長い。優に二十五センチはある。徳永は体が竦《すく》んだ。動けなかった。

「刃物《ヤッパ》を捨てな」

オールバックの大柄な男が言った。男は、四十センチほどの金属棒を持っていた。

ナチス棒に似ていなくもない。

——なんとか切り抜けなければ……。

徳永は恐怖心を捩《ねじ》伏《ふ》せた。

大男が金属棒の手許のスイッチを押した。すると、パイプが伸びた。振り出し竿《ざお》と同じ造りになっているらしい。三段式になっていた。

一メートル数十センチになった金属竿が空気を唸《うな》らせた。徳永は右手に激痛と痺《しび》れを覚えた。ダガーナイフが足許に落ちる。

徳永は身を屈めた。

ダガーナイフを拾いかけたとき、金属の竿で頭を撲《なぐ》られた。呻《うめ》き声が出た。片膝をつく。

匕首を持った男が踏み込んできた。

徳永は素早く立ち上がった。白っぽい光がきらめいた。徳永は横に跳《と》んだ。また、男が匕首を泳がせた。

徳永は身を縮めて、足を飛ばした。

蹴《け》りは虚《むな》しく流れた。男が深く踏み込んできて、前蹴りを放った。

徳永は急所を蹴られた。

息が詰まった。体がふらついた。ドアの角に腰を打ちつけた。

うずくまりそうになった。足を踏んばって、辛《かろ》うじて体を支える。

数秒後、また蹴られた。

今度は向こう臑《ずね》だった。目から火花が散った。強烈な痛みだった。

徳永は腰が砕けた。膝から崩れた。

間髪《かんはつ》を容れず、金属竿が振り下ろされた。

風切り音が大きい。徳永は躱《かわ》せなかった。脳天が痺《しび》れ、目が霞んだ。

徳永は頽《くずお》れた。

だが、目はつぶらなかった。前にいる男の踵《かかと》が浮いた。また蹴り込まれたら、堪《たま》らない。

徳永は先に、スキンヘッドの男の右脚にしがみついた。

右の肘《ひじ》で、相手の軸脚《じくあし》を力一杯に弾く。骨が鳴った。

匕首を持った男が呻いて、体をよろめかせた。

徳永は男の両脚を掬《すく》った。男が仰向けに引っくり返った。

反撃できたのは、そこまでだった。

徳永は伸縮自在のパイプで、肩口を強く打たれた。痛みは重かった。骨に響くような痛みだった。

徳永は路上に転がった。

刃物を持った男が敏捷《びんしょう》に起き上がり、無数のキックを浴びせてきた。徳永は両手で頭を庇《かば》い、体を丸めた。

蹴られるたびに、口から呻きが洩れた。背中と脇腹を執拗《しつよう》に狙われた。

プロの手口だ。骨が軋《きし》み、筋肉が捩《よじ》れた。蹴られた内臓が重苦しい。

「千絵さんを出してやれ」

スキンヘッドの男が、大柄な男に声をかけた。

オールバックの大男は金属竿を縮めると、すぐにクラウンの後部ドアを開いた。男は軽々と千絵を抱きかかえ、車の外に出した。千絵の縛《いまし》めを解き、口の粘着テープを剝《は》がす。

「ありがとう。あなたたちは誰なの？」

千絵がオールバックの男に訊《き》いた。

「ま、ガードマンみたいなもんだよ」

「高杉さんに頼まれたんでしょ？」

「そいつはちょっとね」

大男は言葉を濁し、千絵をマンションの方に連れていった。

「徳永さんよ、あんたには電話で忠告したはずだぜ」

スキンヘッドの男が言った。

徳永は、男の顔を見上げた。右の眉《まゆ》が二つに割れている。よく見ると、額から上瞼まで斜めに刃傷の痕《あと》が刻まれていた。

「堅気《ネス》が妙なことは考えねえこったな」

「高杉はどこに隠れてるんだっ」

「まだ懲《こ》りねえのか。ヤキが足りねえらしいな」

男が言って、車のキーを抜いた配下に目顔で合図した。

若い男が足を飛ばしてきた。風が湧く。躱《かわ》せなかった。徳永は脇腹を蹴られた。

二度目は、まともに胃を狙われた。吐き気を覚えた。

徳永は苦い胃液を路面に撒《ま》き散らした。

少し経つと、オールバックの大男が駆け戻ってきた。最も若い男が、レンタカーのキーを路上に投げ落とした。

やがて、三人の暴漢は足早に立ち去った。おそらく、近くに車を駐めてあるのだろう。

——奴らを尾《つ》ければ、高杉の居所がわかるかもしれない。

徳永は痛みを堪《こら》えて、身を起こした。

ダガーナイフとキーを拾い上げ、クラウンの運転席に坐った。エンジンをかけ、ヘッドライトを灯《とも》す。すでに三人組の姿は掻《か》き消えていた。

それでも、徳永は車をスタートさせた。

だが、長くは運転できなかった。アクセルを踏み込むたびに、臑《すね》に鋭い痛みを感じた。

残念だが、追跡は諦《あきら》めよう。

徳永はクラウンを路肩に駐めた。

再度、千絵を拉致《らち》することもちらりと考えた。だが、『白金ロイヤルハイツ』はオートロック式になっていた。勝手に千絵の部屋に近づくことはできない。

痛みが弱まったら、いったん引き揚げるか。徳永はシートを倒し、深く背凭《せもた》れに寄りかかった。

三十分ほどすると、ほんの少し痛みが和《やわ》らいだ。

徳永は車をゆっくりと走らせはじめた。

京極家に舞い戻ったのは、小《こ》一時間後だった。家に入ると、徳永は奥の洋間に直行した。

人質の朋子は椅子に縛りつけてあった。椅子が動いた様子はない。徳永は朋子に近寄り、タオルの猿轡《さるぐつわ》をほどいてやった。

「あっちこっちに血がついてるわ。どうしたの？」

「いったん千絵を押さえたんだが、三人組の男たちに襲われたんだ。結局、千絵には逃げられてしまった」

「その男たちは、きっと田部利光《たべとしみつ》の息のかかった連中だわ」

「田部って、何者なんだ？」

「経営コンサルタントよ。コンサルタントといっても、素顔は悪質な会社整理屋ね。田部は暴力団とも深い繋がりがあるの。高杉はゴルフ場で知り合ったとかで、二、三年前から田部とつき合ってるんです」

「やっぱり、高杉の回し者だったか」

「間違いないと思うわ。徳永さん、ロープをほどいてください。あなたの傷の手当をしないと……」

「人質に介抱してもらうわけにはいかないよ。それに、たいした怪我《けが》じゃない。放っといても、じきに治るさ」

「でも、髪の毛に血がこびりついてるわ」

「心配してくれて、ありがとう」

「いいえ。あら、わたしたちったら」

朋子が、くすっと笑った。

「確かに妙な会話だな。少なくとも、誘拐犯と人質の遣り取りじゃない」

「ええ、そうね」

「あんたは、高杉をよっぽど恨んでるようだな」

「ええ、恨んでるわ。結婚以来、ずっと高杉を殺してやりたいと考えてたんです」

「殺してやりたいとは穏やかじゃないな。何があったんだ？」

「わたしには、五つ違いの姉がいたんです。姉は生まれて間もなく、伯父《おじ》の家に貰われていったの。だから、わたしとは姓が違ってたんです。その姉はイラストレーターで、帝都出版にも出入りしてたんです」

「それで？」

「姉は高杉に言葉巧みにホテルに連れ込まれて、暴力で体を奪われてしまったの。姉には婚約者《フィアンセ》がいたんです。高杉は姉の恥ずかしい写真を撮って、わざわざその婚約者に送りつけたの」

「ひどい話だな」

「姉の婚約者は、とっても神経の細い男性だったんです。それで彼は数日後に、駅のホームから電車に……」

「で、姉さんのほうは？」

「同じ日の深夜、家の近くの歩道橋から飛び降り自殺してしまったんです」

「そうだったのか」

徳永は、何か労《いたわ》りの言葉をかけてやりたかった。しかし、あいにく適当な言葉が思い浮かばない。

「わたしは、高杉に復讐《ふくしゅう》することだけを考えて生きてきたんです。事実、寝入ってる夫をゴルフのアイアンクラブで撲《なぐ》り殺そうとしたこともあるの。でも、だんだん高杉なんか殺す値打ちもない男だと思えるようになったんです」

「それでも別れようとしないのは、なぜなんだ？　高杉に情が移ったわけか」

「ううん、そうじゃないんです。わたしはもうだいぶ前に、離婚届に署名捺印《なついん》を済ませてるの。だけど、高杉のほうが世間体を憚《はばか》って、なかなか別れ話に応じてくれないんですよ」

「そうなのか」

「徳永さん、わたしにお手伝いさせてください。わたしなら、うまく磯田千絵を誘い出せると思うの」

朋子が提案した。

「なぜ、そう思うんだ？」

「千絵は、高杉とわたしが離婚することを願ってるんです。だから、わたしが離婚届を渡してやれば……」

「おれの手伝いをしたら、あんたも犯罪者になっちまうんだぞ。それでもいいのか？」

「ええ、その覚悟はできてるわ。わたし、高杉に何らかの制裁を加えてやりたいの。だから、ぜひ手伝わせてください」

「考えておこう。それより、トイレに行きたいころなんじゃないのか」

徳永は言って、朋子の縛めを解いてやった。

朋子が部屋を出ていった。いつもはトイレまで同行していたが、徳永は客用ベッドの上に身を横たえた。

体を動かすことが大儀だった。

蹴られた箇所が脈打つように疼《うず》いている。熱を帯びているようだ。

――高杉朋子は逃げるだろうか。逃げたら、逃げたでいい。もし彼女が逃げなかったら、手を貸してもらうか。おれひとりじゃ、もう千絵を人質に取ることはむずかしそうだからな。

徳永はぼんやりと考えつづけた。
七、八分経つと、朋子が部屋に戻ってきた。彼女は家庭用の救急箱を手にしていた。
「勝手に救急箱を借りちゃいました。やっぱり、怪我の応急手当てだけでもしといたほうがいいと思うの」

「手当てだなんて、大げさだよ」

徳永は手を振った。

しかし、朋子はまっすぐベッドに歩み寄ってきた。

6

肌の温《ぬく》もりが快い。

徳永は、朋子の髪を五指で梳《す》いていた。豊かな髪は馨《かぐわ》しかった。

二人とも全裸だった。寝起きのベッドの中で、ひっそりと体を重ねた後である。

どちらか一方が仕掛けたわけではなかった。

何かの弾みで、体と体が触れ合った。次の瞬間、二人はごく自然に唇を求め合っていた。言葉はなかった。

朋子の肉体は熟れていた。

みごとな肢体《したい》だった。徳永の愛撫《あいぶ》に、朋子の体は敏感に反応した。

それでいて、朋子は決して慎みを忘れなかった。それが新鮮だった。

朋子は喘《あえ》ぎが高まると、徳永の肩に軽く歯を立てた。

圧《お》し殺された悦《よろこ》びの声は、ひどくなまめかしかった。

徳永は煽《あお》られた。幾度も、その喘ぎ声を聞きたいと思った。徳永は数回、朋子を極みに押し上げた。

朋子は徳永の肩を咬《か》みながら、愉悦の声をあげた。裸身はリズミカルに震えつづけた。余韻の深い交わりだった。

「いま、何時ごろかしら？」

　ふと朋子が言った。

「もう正午近いのかもしれないな。カーテン越しに射《さ》し込んでくる陽射《ひざ》しがだいぶ強くなってるからね」

「怪我のほうはどう？」

「だいぶ楽になったよ」

「よかったわ。化膿《かのう》しないでくれるといいんだけど」

「おれたち、妙なことになっちまったな」

　徳永は低く言った。

「そうね。でも、わたしは後悔なんかしていないわ」

「そうか」

「シャワー使わせてもらっていいかしら？」

「ああ、どうぞ。死んだ姉貴の服でよかったら、適当に着てくれ。箪笥《たんす》の中をよく調べれば、まだ使ってない下着類もあるかもしれないな」

「ありがとう。少しお借りするかもしれないわ」

　朋子がベッドから抜け出て、自分の衣服を胸に抱えた。すぐに彼女は部屋を出ていった。

徳永は腹這いになって、煙草に火を点けた。

寝具の中には、朋子の肌の匂《にお》いがうっすらと籠っていた。

灰皿を引き寄せたとき、体の傷が痛んだ。思わず徳永は顔をしかめた。朋子には強がってみせたが、まだ打撲箇所はかなり痛かった。

十五分ほど経過すると、朋子が戻ってきた。

自分のものではないブラウスを着ていた。セーターとスカートは朋子自身のものだった。

「お姉さんのブラウスをお借りしたわ」

「似合うよ。シャワーを浴びたいな」

「まだ無理なんじゃない？」

「大丈夫さ」

徳永はことさら明るく言って、ベッドを出た。脱ぎ散らかした衣類を拾い集め、浴室に向かう。徳永はざっと髪と体を洗い、髭《ひげ》も剃《そ》った。身も心も引き締まった。

浴室を出ると、徳永は仏間に足を向けた。

そこには、朋子がいた。彼女は線香を手向け、故人たちの位牌に手を合わせていた。

「もうきみは家に帰ったほうがいいな」

徳永は言った。朋子が振り向いて、問いかけてきた。
「わたしがうっとうしくなったんですか？」
「そうじゃない。このままだと、きみを巻き込むことになりそうなんでね」
「わたし、どうしてもあなたのお手伝いをしたいの。これはあなたのためというより
も、わたしのためなんです。わたし、本気で高杉を社会的に葬ってやりたいと思って
るの」
「きみがそこまで言ってくれるんだったら、手を貸してもらおう」
「ええ、喜んで協力します。徳永さん、磯田千絵を人質に取るだけじゃ、ちょっと弱
いんじゃないかしら？　高杉は卑怯《ひきょう》な男だから、いざとなったら、千絵のことなん
か気にかけなくなると思うの」
「それは考えられるな」
徳永は相槌《あいづち》を打った。
「わたしに、いい考えがあるんです」
「どんな？」
「現物を見せられたわけじゃないんだけど、高杉はいやらしいビデオテープを持って
るようなの」
「それ、裏ビデオのことかい？」

「ただの裏ビデオじゃないんです。高杉は、自分と磯田千絵のベッドシーンをビデオに撮ったらしいの。時々、それを眺めながら、千絵を抱いてるとか言ってたわ」

「ふうん」

「それでいつか、わたしにも同じことを求めてきたことがあるの。もちろん、わたしは拒《こば》みました」

朋子がそう言い、少し顔を赤らめた。

「そのビデオテープを手に入れれば、高杉はもう逃げられなくなりそうだな」

「ええ。そのビデオは磯田千絵の部屋にあると思うの。千絵の部屋に入るまでは、わたしがうまくやります」

「悪いが、頼む。どこかで腹ごしらえしたら、さっそく『白金ロイヤルハイツ』に行こう」

徳永は言った。朋子が大きくうなずいた。

それから三十分ほど経ってから、二人は京極家を出た。

徳永は、クラウンを新宿に走らせた。レンタカーの営業所に行き、新たにエルグランドを借りた。

その後、二人はレストランで食事をした。

差し向かいでステーキを食べていると、徳永は優しい情感に包まれた。朋子に強く惹《ひ》かれはじめている自分を意識した。だが、そのことは口にはしなかった。

レストランを出ると、二人はレンタカーに乗り込んだ。

明治通りをたどって、天現寺に出た。交差点を右折したとき、徳永は尾行の車に気づいた。ブルーのアリオンだった。その車は一定の距離を保ちながら、追尾してくる。

徳永は、わざと減速した。

すると、後ろの車もスピードを落とす。逆に加速してみた。やはり、後続車もスピードを上げた。尾行されていることは間違いない。

徳永は五百メートルほど先で、エルグランドを停《と》めた。

「どうしたの？」

朋子が問いかけてきた。

「誰かに尾行されてるんだ。後ろを振り返らないでくれ」

「え、ええ。田部の配下に尾けられてるのかしら？」

「それは、まだわからない。この車で千絵のマンションに乗りつけるのは、ちょっとまずいな。ここから歩いて行こう」

徳永は、助手席の朋子を促した。

朋子が先に外に出た。少し遅れて、徳永も車を降りた。ドアをロックしながら、さりげなく後方に目をやった。

二、三十メートル離れた場所に、アリオンが停止している。
運転席に坐っているのは、須貝警部だった。隣の男は大岡ではない。初めて見る顔だった。二十八、九歳だろうか。

――須貝はおれが赤坂の事務所にも自宅にもいないんで、刑事《デカ》特有の勘を働かせたのかもしれないな。

徳永はレンタカーから離れた。

朋子と肩を並べて、歩道を歩きはじめた。ごく自然な歩度だった。

　少し行くと、左側にイタリアン・レストランがあった。徳永は以前、その店に入ったことがある。店の調理場は、確か裏通りに面していた。

――よし、籠脱《かごぬ》けをやろう。

徳永は歩きながら、朋子に思いついたことを耳打ちした。

二人はイタリアン・レストランに入った。

徳永はウェイターに小遣いを握らせ、低く言った。

「悪い奴らに追っかけられてるんだ。裏通りに逃がしてくれないか」

「わかりました」

ウェイターは困惑顔だったが、裏通りまで導いてくれた。

徳永たちは裏通りを急ぎ足で進み、聖心女子大学の脇を抜けた。『白金ロイヤルハイツ』は、その先にあった。

マンションの前で、徳永は左右に目を走らせた。

須貝の影はなかった。やくざ風の男たちの姿もない。

二人はエントランスに駆け込んだ。

朋子が集合インターフォンの前に立ち、磯田千絵の部屋番号を押した。ややあって、女の声で応答があった。

「どなた？」

「高杉朋子です。主人に離婚届を渡していただきたいの。わたしは、もう署名捺印済みよ」

「奥さん、本当に彼と別れてくれるの？」

「ええ。高杉に直《じか》に渡すのが筋なんだけど、居所がわからないんですよ。それで、あなたから主人に渡していただきたいの」

「いいわ。とりあえず、部屋に来てもらえる？」

「ええ、うかがうわ」

朋子が応じ、振り向いた。徳永はほくそ笑んだ。

二人は透明なドアを潜《くぐ》り、エレベーターに乗り込んだ。

七階で降りた。朋子が部屋のインターフォンを鳴らす。徳永はドアの横の壁にへばりつき、ダガーナイフを手にした。

ドアが開けられた。

徳永は玄関口に躍り込んだ。すぐに朋子が滑り込んできて、素早くドアを閉めた。

レオタード姿の千絵が短い悲鳴を洩らした。

「大声を出すな」

徳永は千絵の片腕を捉《とら》えて、ダガーナイフの切っ先を乳房に突きつけた。

「あっ、あなたは⁉」

「そうだよ、きのうの男さ。どうしても高杉に会いたいんだ。迷惑だろうが、ちょっと上がらせてもらうぞ」

徳永は靴を脱いで、玄関ホールに上がった。朋子もパンプスを脱いだ。

千絵は顔をしかめただけだった。徳永は、千絵をリビングに押し込んだ。

黒い大型テレビは、エアロビクスのビデオテープを流していた。インストラクターは白人女性だった。アメリカ製のビデオらしい。

「カーテンを閉めてくれないか」

徳永は朋子に言った。

朋子が無言でうなずき、ベランダ側と出窓のドレープ・カーテンを閉めた。

室内が仄暗《ほのぐら》くなった。朋子がフロアスタンドに灯《ひ》を入れた。ほどよい明るさだった。

「奥さんもやるじゃないの。ちゃーんと新しい彼氏をつくってんだもんねえ」

千絵が皮肉っぽい笑みを浮かべた。

徳永は、寝かせたダガーナイフで千絵の頰を叩いた。

「余計な口は利くな。彼女も、おれの人質なんだ。ただ、ちょっとおれに協力的なだけさ」

「なあんだ、そうだったの」

「高杉はどこに隠れてるんだ？」

「知らないわ、わたし」

「舌を出せ。舌切り雀《すずめ》じゃないが、ベロをちょん切ってやる」

「いや、やめて！　彼は飯田橋の小さな旅館にいるわ」

千絵は、あっさり高杉の居所を明かした。

「なんて旅館だ？」

「えーと、確か『明水荘』だったわ。わたしの姓を使って泊まってるはずよ」

「いい心がけだ。ついでに、もう一つ喋ってもらおう。高杉ときみの淫らなビデオテープはどこにある？」

「そんな物、どこにもないわ。たとえあっても、他人には観《み》せられるわけないでしょ」

「どこにあるんだっ」

「あれは、もう処分しちゃったわ」

「嘘《うそ》つくなっ。血でボディー・ペインティングしてもらいたいらしいな。ナイフで肌を切り刻《きざ》んで、まず赤い絵の具を用意するか。おい、裸になれ！」

「いやよ、そんなことやめて。言うわよ、あのテープは寝室のビデオデッキの中に入ってるわ」

「いい娘《こ》だ。それじゃ、ベッドルームに行こう」

徳永は千絵を刃物で威嚇《いかく》しながら、隣室に移った。朋子が後からついてくる。

十二畳ほどの寝室だった。ダブルベッドが右側に置かれ、反対側の壁際にドレッサーや洋服箪笥が並んでいる。テレビとビデオデッキは、窓側にあった。

「ビデオの内容を確認してくれないか」

徳永は振り向いて、朋子に声をかけた。

すぐに朋子がテレビに走り寄った。テレビの電源を入れ、デッキの再生スイッチを入れた。すでに2チャンネルになっていた。

待つほどもなく、猥《みだ》りがわしい画像が映し出された。アクロバティックな体位で絡《から》み合っているのは、まさしく高杉と千絵だった。

朋子が停止ボタンを押し込み、デッキからカセットを抜いた。

そのとき、千絵が不安そうな顔で訊いた。

「そのテープ、どうするつもりなの？」

「そいつは高杉の出方次第だな」

　徳永は千絵を居間に連れていき、すぐに高杉に連絡を取らせた。千絵は素直だった。

　電話が高杉に繋がると、徳永は千絵から受話器を奪い取った。

「高杉、おれだ」

「徳永だな。まさか千絵のマンションに⁉」

「そのまさかさ。あんたの愛人も人質に取ったぜ。それから、あんたが裸で千絵と戯《たわむ》れてるビデオテープも手に入れた」

「なんだって⁉」

　高杉が絶句した。

「これで、あんたも手の打ちようがないはずだ。こっちの要求を呑んでもらうぞ」

「徳永さん、なんとか金で折り合ってもらえないだろうか」

「急に、さんづけになったな。断る！　目的は銭金じゃないんだ」

「それはわかってるが……」

「今夜中に記者会見をしろ。場所と時間は、そっちに決めさせてやる」

「徳永さん、待ってくれ。とにかく、どこかで二人きりで会ってもらえないか。頼むよ」

「駄目だ。どうせあんたは田部とかいう奴に泣きついて、荒っぽい男たちを差し向けさせるつもりなんだろうからな」

「なんだって、あんたが田部さんのことを知ってるんだ⁉　そうか、わかったぞ。朋子が喋ったんだな」

「いいことを思い出させてくれた。要求がもう一つある。奥さんときれいに別れてやれ」

「そのことは呑んでもいい。しかし、記者会見で詫びろというのは勘弁してくれないか」

「要求を突っ撥《ば》ねる気なら、例のビデオを大量にダビングすることになるぞ。そうなりゃ、あんたの立場もへったくれもなくなる。それでもいいんだなっ」

「いや、それは困る」

「高杉、いいかげんに肚《はら》を括《くく》れ！」

徳永は声を張った。

「仕方ない、記者会見をセットするよ。会見が済んだら、ビデオテープと千絵はわたしに返してくれるんだろうね？」

「ああ、返してやる。ただし、妙な小細工をしたら、約束は反故《ほご》にするからな」

「わかってる。田部さんの力を借りたりしない。約束するよ」

「約束なんて言葉をあんまり軽々しく使わないほうがいいな。あんたは一度、おれをすっぽかしてるんだ」

「あのときは、済まなかった」

「一時間後に、こっちから連絡する。それまでに記者会見場と時間を決めとけ！」

徳永は言い放ち、先に電話を切った。

「ねえ、彼はどうなっちゃうのよ。最後は、あんたに殺されるわけ？」

千絵が涙混《ま》じりに問いかけてきた。

「高杉のどこがいいんだ？」

「彼のすべてが好きなの」

「いつか奴は、きみも裏切るだろう。高杉って男は、そういう野郎なんだ」

「そんなことといいから、ちゃんとわたしの質問に答えてよ」

「高杉がおれとの約束をきちんと守れば、奴に危害は加えない」

「ほんとにほんとね？」

「ああ。ただ、奴は一度、約束を破ってる。そういうけじめのない男は、おそらく同じことを繰り返すだろうな」

「いやーっ、あの人を殺さないで」

千絵が泣き崩れた。高杉はどうしようもない男だが、この女には優しいようだ。

徳永は電話機から離れ、リビングソファに坐った。

朋子がかたわらに浅く腰かけ、無言で手を重ねてきた。徳永は朋子の手を握り返した。しなやかな白い指は温かかった。

7

息が弾みはじめた。

額に汗がにじんでいる。徳永は腕立て伏せに熱中していた。高杉邸の庭だ。

庭園灯の光で明るい。時刻は午後七時過ぎだった。

高杉勉は記者会見場に自宅を選んだ。徳永は、それを認めた。間もなく、全国紙の記者やテレビ局の記者たちがやってくるだろう。高杉は八時までには現われると電話で約束した。

しかし、徳永は高杉の言葉を全面的に信じたわけではなかった。

罠《わな》の臭《にお》いがしないでもない。場合によっては、荒っぽい男たちと闘わなければならなくなるだろう。徳永はそう考えて、全身の筋肉をほぐしておく気になったのだ。

夜気《やき》は妙に生暖かい。夜半から雨になるのだろうか。

どこかで犬が吼《ほ》えた。声は遠かった。

呼吸が一段と乱れてきた。

少しすると、両腕と両脚の筋肉が小さく震えはじめた。喉の渇《かわ》きも強まった。

徳永は百まで数えて、芝生の上に寝転んだ。

胸苦しかった。心臓が速いビートを刻んでいる。喘ぎも高い。

──すっかり体が鈍《なま》ってしまったな。数年前までは、百回ぐらい何ともなかったのに。

しばらく休んでから、徳永は起き上がった。息遣いは楽になっていた。

徳永は脚の屈伸運動に移った。強張《こわば》っていた太腿《ふともも》の筋肉を充分にほぐしてから、ボクシングのファイティングポーズをとった。

別段、ボクシングの心得があるわけではなかった。それどころか、格闘技とは無縁の暮らしをしてきた。学生時代に硬式テニスをやったことがあるだけだ。それとても、わずか二年間にすぎない。

徳永は、見よう見真似のシャドーボクシングをはじめた。

ジャブを放ち、左右のストレートを繰り出す。十分も経つと、激しく汗が噴き出してきた。

また、ひと息入れる。それから徳永は、蹴りの練習をした。

それも我流だった。片方ずつ十回足を飛ばし、最後は回し蹴りで締め括《くく》った。さすがに息が上がっていた。

徳永は白いガーデンチェアに腰を下ろした。

セブンスターに火を点けたとき、テラスから朋子の声が響いてきた。

「磯田千絵は二階のウォークイン・クローゼットの中に閉じ込めておいたわ」

「そうか。ありがとう」

「庭で何をしてたの？」

「ちょっと体の筋肉をほぐしてたんだ。ひょっとしたら、田部って男の息のかかった連中がやってくるかもしれないからな」

徳永は言って、煙草を喫いつけた。

「それ、考えられるわね。少し用心したほうがいいわ。高杉は現われるかしら？」

「来ることは来るだろう。しかし、すんなり報道関係者の前で謝罪するかどうかは怪しいな」

「高杉が何か悪巧《わるだく》みを抱いてたら、わたし、あいつを撃ち殺してやるわ」

朋子が強い口調で言った。

「撃ち殺すって、この家には拳銃があるのか？」

「拳銃じゃなくて、散弾銃《ショットガン》があるの。ベルギー製の猟銃よ。性能は、とってもいいらしいわ」

「それ、どこにあるんだ？」

「二階よ。高杉の書斎にあるの」

「そこに案内してくれないか」

徳永は煙草の火を消して、椅子から立ち上がった。テラスから応接間に入り、朋子とともに階段を昇った。

書斎に入る。十畳ほどのスペースだった。職業柄か、蔵書は多かった。散弾銃と実包は鍵付きのキャビネットの中にあった。朋子がロックを解き、観音開きの扉を左右に開く。

徳永は水平二連銃を掴み出した。

ずしりと重い。銃身はよく磨き込まれ、黒々と光っている。木製の銃床も艶やかだ。

「きみは、こいつを扱えるのか？」

「使ったことはないけど、装弾の仕方なんかはわかるわ。高杉のハンティングに一、二度、つき合わされたことがあるの」

「それじゃ、弾を込めてくれないか」

「ええ、いいわ」

朋子は散弾銃を受け取ると、すぐさま弾倉に実包を装填《そうてん》した。

「万が一に備えて、こいつを応接間のどこかに隠しておこう」

「そうね」

「重いだろう？　おれが持つよ」

徳永は散弾銃をふたたび手にした。

二人が書斎を出たとき、奥の方から千絵のかすかな呻き声がした。

「猿轡《さるぐつわ》を嚙ませたのか？」

「ええ、スカーフをね。手足も一応、高杉のネクタイで縛っておいたわ」

「それなら、逃げ出せないだろう」

徳永たちは階下に降りた。

すぐに広い応接間に入る。徳永は、散弾銃を大理石のマントルピースの脇に立てかけた。ゴルフバッグで、それを覆い隠す。

「どこからも見えないわ」

朋子が室内を歩き回り、そう言った。

「できれば散弾銃なんか使いたくないんだが……」

「そうね。徳永さん、コーヒーいかが？」

「いただこう」

徳永は言って、深々とした総革張りのソファに腰かけた。朋子がダイニングキッチンの方に歩いていく。

徳永は応接間を眺め回した。

贅沢《ぜいたく》な造りだった。調度品は見るからに値の張りそうな物ばかりで、シャンデリアも豪華だ。高杉は、地方の資産家の次男らしい。おおかた親が、この家屋敷を買ってくれたのだろう。

ぼんやりしていると、朋子がコーヒーを運んできた。

二人は向かい合って、コーヒーを飲みはじめた。朋子は薄化粧をしていた。一段と美しく見える。だが、愁いは少しも薄れていない。

——いつの日か、この女の透明な笑顔を見てみたいな。

徳永は芳ばしいコーヒーを啜りながら、朋子を見つめた。

「どこかに糸屑《いとくず》でもついてるの？」

朋子がはにかんで、肩のあたりを手で払った。徳永は首を振った。

「何もついちゃいないよ。きみの顔を見てたんだ」

「まじまじと見られると、なんだか落ち着かなくなってくるわ」

朋子が長い睫毛《まつげ》を伏せた。

そのとき、玄関のインターフォンが鳴った。

「報道関係者だろう。きみは、どこかに隠れてたほうがいいな」

徳永は小声で言って、立ち上がった。朋子が手早くコーヒーカップを洋盆《トレイ》に載せ、急ぎ足で先に応接間から出ていった。

徳永は玄関に急いだ。ドア越しに彼は問いかけた。

「どなたでしょう？」

「東都日報の者です」

「どうもご苦労さまです」

徳永は用心しながら、ドアを手前に引いた。

三人の男がポーチに立っていた。きのうの暴漢たちではない。二人は背広姿で、もうひとりは黒い綿ブルゾンを着込んでいる。その男はカメラバッグを肩に掛けていた。

「どうぞお入りください。わたしは高杉の部下です」

徳永はそう偽り、男たちを応接間に通した。

それから数分すると、今度は東日本テレビの局員が四人やってきた。四人はそれぞれディレクター、アシスタント・ディレクター、カメラマン、放送記者と名乗った。

徳永は素早くハンディカメラを見た。局名が入っている。四人とも筋者には見えなかった。

次に現われたのは高杉だった。連れはいなかった。

玄関ホールで、高杉が確かめた。

「徳永さんだね？」

「ああ、そうだ。磯田千絵は二階にいるよ」

「朋子は？」

「ダイニングキッチンかどこかにいるはずだ。しかし、奥さんと接触することは許さない」

「例のビデオは持ってきてくれただろうね？」

「ああ、持ってきた。記者会見が終わったら、渡してやる」

徳永は言った。

「いま、渡してくれよ」

「駄目だ。それはそうと、マスコミの連中が少なすぎるな。来てるのは、東都日報と東日本テレビだけだぞ」

「十数社に声をかけたから、追っつけ他社の連中も来るはずだよ。各社が揃ったら、すぐに記者会見をはじめるつもりだ。それでいいね？」

「ああ。くどいようだが、妙な気持ちは起こすなよ。一連の事件の犠牲者に謝罪し、実名報道に問題があったことをはっきりと言うんだ」

「わかってる」

高杉が怒気を含んだ声で答え、応接間に走っていった。

徳永は出入口の所までついていった。たたずんで、それとなく室内の様子をうかがう。

高杉はマントルピースの前のソファに坐った。ほとんど同時に、新聞記者が高杉に話しかけた。

「少年犯罪の実名報道について、何か重大な発言があるとか？　いったい何なんです？　会見がはじまる前に、ちらりと教えてくださいよ」

「フェアにいきましょう、フェアにね」

「例の少年法改正キャンペーンをやめる気になったんですか？　風当たりが強くなってるから、おそらくそれですね？」

今度は放送記者が訊いた。高杉は口を結んだままだった。

「やっぱり、喋ってくれないか」

「各社が揃ったところでコメントしますよ。いまは勘弁してください」

高杉が言った。記者たちは苦笑し、口を噤《つぐ》んだ。

それから間もなく、高杉が大声で言った。

「徳永君、きみも同席してくれないか。そのほうが何かと都合がいいんだ」

「いいえ、わたしは……」

徳永は手を振って、はっきりと固辞した。

すると、高杉が残念そうな顔つきになった。なおも彼は何か言いかけたが、途中で口を閉ざした。

——なぜ高杉は、おれを同席させたがったんだろう？　妙だ。奴は何か企《たくら》んでるな。

応接間にいる連中は、偽のマスコミ人なんだろうか。

徳永は警戒心を抱いた。

そのとき、東日本テレビのカメラマンが高杉に言った。

「すみませんけど、トイレをお借りできますか？」

「どうぞ、どうぞ。廊下に出たら、左側の奥にありますから」

「それじゃ、ちょっとお借りします」

ＴＶカメラマンがソファから立ち上がり、あたふたと応接間の出入口まで走ってきた。

徳永は数歩、後退した。男が目礼して、徳永の横を通り抜けていった。

次の瞬間、徳永は後頭部に重い衝撃を覚えた。腰が砕けた。片膝をつく。すぐそばにＴＶカメラマンが立っていた。

徳永は顔を上げた。

男は、黒革の筒状の物を握っていた。

ブラックジャックだった。おそらく筒の中には、鉛玉と湿った砂が詰められているのだろう。男が右腕を振り上げた。

徳永は、男の鳩尾《みぞおち》に頭突きを喰《くら》わせた。頭が深く埋まった。

ＴＶカメラマンに化けていた男が呻いて、大きくよろけた。徳永は男の足首を摑み、思いきり引いた。

男が廊下に倒れた。床が派手に鳴る。

徳永は男の手から、ブラックジャックを奪い取った。

それで、男の鼻柱を打ち据えた。軟骨の潰れる音がして、男が短く叫んだ。

徳永は起き上がった。

その瞬間、後ろから襟首を摑まれた。

背中に尖《とが》った物を押し当てられた。刃物の切っ先にちがいない。

徳永は背筋が凍った。ゆっくりと深呼吸する。ほんの少し怖さが薄らいだ。

「ブラックジャックを捨てなっ」

背後で、凄みのある声がした。

徳永は首を小さく捩《ねじ》った。東都日報の社会部記者になりすました男だった。男が、にやりとした。

「わかったよ」

徳永はブラックジャックを捨てると見せかけて、前に跳《と》んだ。振り向きざまに、ブラックジャックを横に泳がせる。空気が揺らいだ。

鈍い音がした。

刃物を持った男が首に手をやったまま、横倒れに転がった。

徳永は男のこめかみをブラックジャックで撲りつけた。男が体を海老《えび》のように縮めて、長く唸った。手から匕首が離れる。

徳永は匕首を拾い上げようとした。

そのとき、ＴＶカメラマンを装った男が身を起こしかけた。顔面が赤い。

徳永は右足を飛ばした。

前蹴りはきれいに決まった。

男はくの字になって、後方に吹っ飛んだ。徳永は、目で匕首を探した。新聞記者を騙《かた》った男が、それを拾い上げたところだった。

徳永は走り寄って、男の腰を蹴りつけた。男が廊下に倒れる。

応接間から、五つの人影が次々に走り出てきた。新聞社やテレビ局の人間に化けた男たちだ。

徳永は壁際まで退《さ》がった。

五人の男が扇状に散る。そのうちの三人は、白鞘《しらさや》を懐に呑んでいた。相前後して抜き放った。白いきらめきが不気味だ。

応接間から高杉が現われた。

「こういう筋書きだったんだよ」

「やっぱり、約束を守らなかったな」

「きみも甘い男だね。いかにも暴力団員ふうに見える連中は、だいたいチンピラなんだ。ここにいる七人は、田部経済研究所の若いスタッフさ。みんな、堅気に見えるだろう？　しかし、ある組の幹部たちなんだ」

「それがどうしたっ」

徳永は少し前に出て、すぐ後ろに退がった。

誘いだった。

案の定、横にいる男が匕首を閃《ひらめ》かせた。白っぽい光が揺曳《ようえい》する。徳永は身を沈め、ブラックジャックを振るった。

男が上体を反らせ、巧みに躱《かわ》した。さすがはプロだ。

体勢をたて直したとき、反対側から刃物が襲ってきた。

徳永は前に跳んで、男のひとりにブラックジャックを見舞った。ヒットする。男が眉間《みけん》に手をやって、尻《しり》から落ちた。

迂闊《うかつ》だった。背後に男が回り込んだ。

徳永は取り囲まれる形になった。

「この野郎っ」

後ろの男が喚《わめ》いて、徳永の右脚の膕《ひかがみ》を蹴りつけてきた。膝頭の真裏だ。

バランスが崩れた。すかさず白刃が突き出された。危《あや》うく刺されるところだった。

徳永は、相手の右手首をブラックジャックで力まかせに叩いた。

匕首が垂直に落ち、廊下の床に突き刺さった。男がたじろぎ、後方に退がった。

背後の男が不意に気合を発した。

後ろから背中を貫く気らしい。

徳永は向き直った。だが、一瞬遅かった。

匕首が脇腹を掠めた。服が裂け、肉を浅く切られた。

徳永はブラックジャックを下から掬《すく》い上げた。

相手の顎《あご》に命中した。男が両手を拡《ひろ》げて、大きくのけ反った。徳永は肩で弾《はじ》いた。

男が壁にぶつかり、そのまま頽《くずお》れた。

振り返ったとき、匕首が空気を裂いた。

徳永は反射的に顔を背けた。間に合わなかった。左耳に尖鋭《せんえい》な痛みが走った。血が噴いた。

別の男が体ごとぶつかってきた。

躱《かわ》す余裕はなかった。徳永は右の太腿を刺されていた。激痛を覚えた。痛みを堪《こら》えて、相手の喉をブラックジャックの先端で強く突く。

男が喉を軋ませ、後方に吹っ飛んだ。

匕首が抜けた瞬間、血が迸《ほとばし》った。スラックスが鮮血を吸って、肌にへばりつく。耳も血に塗《まみ》れていた。

徳永は、左手にダガーナイフを握った。男たちが、せせら笑った。

「こうなったら、てめえらと刺し違えてやる！」

徳永は男たちを睨《にら》みつけた。刺された腿の痛みが強まった。

足を引きずりながら、徳永は少しずつ後退した。ふたたび壁を背負った。

ちょうどそのとき、奥から朋子が走ってきた。

男たちの表情に複雑な色が拡がった。誰も朋子には手を出そうとしない。

朋子は男たちを払いのけ、夫の前に立った。

「あなたは徳永さんを殺すつもりなのっ」

「おまえは引っ込んでろ」

「もう徳永さんを赦《ゆる》してあげて。田部さんとこの人たちを帰らせてちょうだい。お願いよ、あなた……」

「黙れ、この裏切り者め！」

高杉が朋子に足払いをかけた。

朋子は呆気《あっけ》なく倒れた。高杉が妻の髪を掴み、引きずり回しはじめた。

「高杉、やめろ！」

徳永は諫《いさ》めた。

「きさま、女房を誑《たら》し込みやがったな」

「奥さんは人質だったんだ。彼女を責めても仕方がないじゃないか。恨みたきゃ、このおれを恨め！」

「うるさいっ。おい、徳永を早いとこ始末してくれ。ぶっ殺してもかまわん」

高杉が男たちをけしかけた。

男たちが殺気立った。刃物を持った男たちが、少しずつ間合いを詰めてくる。

徳永は腰をやや落とした。ブラックジャックとダガーナイフを中段に構えた。

朋子が這って、応接間に入った。高杉は何も言わなかった。

――彼女は散弾銃を使う気だな。朋子の手は汚させたくない。

徳永は、高杉勉を刺す気になった。

しかし、男たちが高杉を庇っている。うっかり近寄ったら、むざむざと刺し殺されるだけだ。徳永は動くに動けなかった。

チャンスを待つしかない。

匕首を握った男たちは、すぐ目の前まで追っていた。しかし、誰も仕掛けてはこない。

――おれが捨て身になったことに気づいたんだろう。だから、こいつらも慎重になってるんだな。

徳永は胸底で呟いた。

ちょうどそのときだった。

突然、重い銃声が轟《とどろ》いた。高杉が左の肩口を押さえて、低く呻いた。散弾が重厚なドアにめり込む音も聞こえた。

男たちが狼狽《ろうばい》した。それでも動く者はいなかった。

朋子が応接間から走り出てきた。

思った通り、猟銃を手にしていた。片方の銃口から、硝煙が淡くたなびいている。

「あんたたち、家から出ていきなさいっ」

朋子が銃口を男たちに向けた。

男たちが顔を見合わせ、ひと塊《かたまり》になった。三人の男は白刃を鞘に納めた。

高杉は壁に凭《もた》れて、顔を歪《ゆが》めている。

肩が真っ赤だった。徳永はブラックジャックをベルトの下に差し込み、ダガーナイフを右手に持ち替えた。

「徳永さん、何をする気なの？」

「きみは男たちを散弾銃で動けないようにしてくれ」

徳永は朋子に言った。

男たちが低く何か言い交わした。徳永は気にかけなかった。そのまま突進し、高杉の体にぶつかった。

手応えがあった。

ダガーナイフは高杉の胸に吸い込まれた。まるでチーズの塊か何かを刺したような感じだった。刃が骨に当たった感触はなかった。

「き、きさま！」

高杉が白目を剝《む》いて、ゆっくりと膝から崩れていく。

徳永はダガーナイフを引き抜いた。柄の縁《ふち》まで赤く染まっている。傷口からポスターカラーのような血糊がどくどくとあふれはじめた。だが、高杉は死ななかった。

徳永は男たちを睨《ね》めつけた。

男たちは何か囁《ささや》き合い、玄関に殺到した。

「徳永さん……」

朋子が掠《かす》れた声で呼びかけてきた。

「その散弾銃をおれに寄越《よこ》すんだ。おれが撃ったことにすればいい」

「あなたこそ、なんで高杉を刺してしまったの？　この男は、わたしが殺すつもりだったのに……」

「もう撃つな。こんな男は殺す値打ちもない」

「いいえ、この男は赦《ゆる》せないわ」

朋子は一瞬、哀しそうな表情を見せた。それから、彼女は夫の顔面に散弾を見舞った。

至近距離だった。鮮やかな色の血がしぶき、小さな肉片が四方に飛び散った。

高杉の顔は蜂《はち》の巣のようになっていた。もう呼吸はしていなかった。

「これでいいんだわ」

朋子が呟くように言って、散弾銃を足許に投げ捨てた。廊下には九粒弾が落ちていた。

「とうとう殺《や》ってしまったな」

「徳永さん、逃げて！」

「いや、おれは逃げない。たとえ相手が卑劣な奴でも、ナイフで刺してしまったんだ。罪は罪だよ」

「あなたともっと早く知り合いたかったわ」

朋子は白い喉に何かを当てた。

鋏《はさみ》だった。

「ばかなことをするなっ」

徳永は手を伸ばした。

だが、間に合わなかった。朋子は鋏を喉に突き立てたまま、前屈《まえかが》みになった。

徳永は朋子を抱きとめた。

手の甲には生温かいものが落ちてきた。血の雫《しずく》だった。

徳永は片手で朋子を支え、素早く鋏を抜き取った。その瞬間、血煙が勢いよく噴《ふ》いた。

「しっかりしろ。いま、救急車を呼んでやる」

「逃げて、徳永さん！　さよ、さよなら……」

朋子が喘ぐように声を絞り出し、がくりと首を垂れた。それきり彼女は動かなくなった。

徳永はすぐに朋子の手首を摑んだ。脈動は伝わってこなかった。

——なんだって、こんなことになっちまったんだ。

徳永は朋子を廊下に横たわらせ、応接間に足を踏み入れた。

電話機はコーヒーテーブルの上にあった。立ったまま、一一〇番する。

「こちら、警察です。何がありました？」

「人を殺しました」

徳永は告げて、受話器を持ち替えた。

右手は血塗れだった。視界の端に、ハンディカメラが映った。テープは入っていないにちがいない。

——幻の記者会見だったたな。

徳永は苦笑した。ひどく虚《むな》しい気分だ。

頭の芯だけが、やけに熱かった。

終章　檻《おり》の中の微笑

外は快晴だった
ちぎれ雲ひとつない。五月上旬のある午後だ。

徳永肇《はじめ》は鉄格子の嵌《は》まった小さな窓から、青く澄みわたった空を見上げていた。

東京拘置所の独居房だ。もう傷口は癒《い》えていた。

すでに徳永は誘拐、監禁、傷害、殺人未遂などの罪で起訴されていた。あと数日経《た》ったら、初公判が開かれるはずだ。

警察の取り調べに対して、徳永は一貫して高杉を射殺したのは自分だと言い張った。

だが、その供述は取り上げてもらえなかった。死んだ朋子《ともこ》の体からしか硝煙反応が出なかったからだ。

――息絶えた高杉勉に二、三発ぶち込んでから、警察に電話すべきだったな。しかし、あのときはそれを考える余裕もなかった。

徳永は窓から離れ、房の中央に戻った。

当然のことながら、未決囚に労役の義務はない。時間の流れがひどくのろく感じられる。何か労働をさせられるほうが、精神的にははるかに楽だろう。早く刑に服したかった。

徳永は意味もなく房内を巡りはじめた。

もう何も考えたくない。ただ無心に食べ、惰眠《だみん》を貪《むさぼ》りたかった。しかし、さまざまな思いが徳永を悩ませつづけた。

高杉をああいう形で葬ってしまったのは不本意だった。できれば、彼に生き恥をかかせてやりたかった。

――義兄《にい》さんや姉貴は、あの世で、きっと舌打ちしてるだろうな。由美だって、多分、同じ気持ちだろう。

徳永は、自分の軽率さを呪《のろ》わずにはいられなかった。

朋子にも何か借りをつくってしまったような気がする。死んでしまった人間には、もはや永久に借りは返せない。そんなふうに考えるたびに、徳永は気が滅入《めい》った。

事務所のスタッフたちのことも気がかりだった。

五人とも、働きやすい職場を得ることができただろうか。

九州にいる年老いた父母のことも頭から離れなかった。おそらく、二人とも郷里で肩身の狭い思いをしているだろう。

――親不孝をしたもんだ。高杉朋子と一緒に死んでしまえばよかったのかもしれない。なぜ、おれは生に執着したんだろうか。

徳永は歩き回っているうちに、次第に自分が厭《いと》わしくなってきた。胸の痞《つかえ》をふっ切るように、彼は歩度を速めた。忙《せわ》しなく房内を歩きつづける。

——これじゃ、檻《おり》の中に放り込まれたばかりの熊みたいだな。

徳永は自嘲《じちょう》した。

数十分が流れたころ、看守の足音が近づいてきた。

徳永は足を止めた。そのすぐ後、初老の看守が房の前で立ち止まった。

「おい、面会人だ」

「警視庁の須貝警部なら、追い返してくれませんか。もう会いたくないんですよ」

徳永は言った。

須貝は事件を扱った所轄署に現われただけではなく、ここにも二度ほどやってきた。

徳永は短く応答しただけで、心情は晒《さら》さなかった。所詮《しょせん》、彼とは立場が異なる。理解し合えるわけがなかった。

「面会人は須貝警部じゃない。加瀬淳也という若い男だよ」

「ああ、彼ですか」

「どうする？　会うのか？」

「はい、会います」

「よし」

看守が独房の鉄錠を外した。

徳永は一礼して、廊下に出た。看守に伴われて面会室に向かう。百メートルほど離れていた。面会室に入ると、半透明の仕切りガラスの向こうに加瀬が坐《すわ》っていた。明るい茶系のスーツを着ている。なかなか似合っていた。

徳永の姿に気づくと、加瀬はすっくと立ち上がった。徳永は小さく笑いかけた。

仕切り板を挟んで、二人は向かい合った。

ちょうど顔の高さに、無数の円《まる》い穴が穿《うが》たれている。面会人の表情ははっきり見えた。お互いの声も通話孔《つうわこう》から洩《も》れる。ことさら声を高める必要はなかった。

「お元気そうで何よりです」

加瀬が先に口を開いた。

「きみも元気そうじゃないか」

「ええ、まあ」

「よく来てくれたな。嬉《うれ》しいよ。ここの暮らしは退屈だからな」

「そうでしょうね。もっと早く来たかったんですが、なんやかんやあったもんですから」

「いいんだよ。来てもらえただけで充分さ」

「ついさっき、地裁が例の三少年に無期懲役の判決を下しましたよ。高原泰道と村上茂樹は第二回公判の少し前から気が触《ふ》れた真似《まね》をしてたんですが、精神鑑定で見破られたんです」

「そういえば、判決はきょうだったんだな」

「ええ。これで結審ということはないでしょうから、最終的には三人とももっと軽い刑になるでしょうね」

「そうなるだろうな。死んだ身内のことを考えると、割り切れない気もするよ。しかし、おれは犯人たちに極刑を与えればいいとは考えてないんだ。やっぱり、彼らに立ち直るチャンスは与えるべきだよ」

徳永は言った。

「基本的には、ぼくも徳永さんと同じ考えです。彼ら三人を重く罰しても、問題の本質を衝《つ》いたことにはなりませんからね」

「その通りだな。彼らのような若者を生んだ現代社会に病巣があるわけだからね」

「ええ。そうそう、ぼくはもう帝都出版の社員じゃないんですよ。いまは、フリーのジャーナリストです。といっても、ほんの駆け出しですけどね」

「やっぱり、会社を辞めちゃったか」

「ええ、異動の辞令が出る前に辞めてやりました。だけど、ぼくは負け犬のままで終わるつもりはありません。近いうちに、少年犯罪の実名報道を問う本を出すことになってるんです」

「長編ノンフィクションってやつだな？」

「ええ、そうです。これがゲラ刷りです」

加瀬がそう言い、ショルダーバッグの中から大きなクラフト封筒を摑《つか》み出した。校正刷りの束はかなり厚かった。

「フリーになって、すぐに本を出してもらえるなんて幸運じゃないか」

「本当にラッキーですよね。小さな出版社ですけど、硬派ノンフィクションものでは定評のある版元なんです」

「それはよかったな」

「はい。見本が刷り上がったら、真っ先にあなたにお届けします。徳永さん、ぼくはあなたのしたことを決して無駄にはしません」

「おれがやったことは間違ってたのかもしれない。しかし、後悔はしてないよ。加瀬君、焦《あせ》らずに問題提起しつづけてくれ。結局は、そういう地道な働きかけが人々の心を動かすんじゃないのかな」

「ぼくもそれを信じて、このテーマを追いつづけるつもりです」

「期待してるよ。頑張れよな」

「ええ。今度来るときには、見本が出来上がってると思います」

「楽しみに待ってるよ。必ず読ませてもらう」

徳永は約束した。

無情にも、面会時間は瞬《またた》く間に流れ去った。加瀬が立ち上がった。徳永も腰を浮かせる。

二人は目でほほえみ合った。

徳永は幾分、気持ちが明るくなっていた。檻の中に戻っても、微笑を浮かべることができそうな気がした。

「徳永さん、体に気をつけてくださいね」

「ありがとう。きみもな」

徳永は、加瀬に背を向けた。

目頭が熱くなりそうな予兆があった。徳永は大股《おおまた》で面会室を出た。

一度も振り返らなかった。

本書は一九九六年六月に徳間書店より刊行された『私刑リンチ』を改題し、大幅に加筆・修正しました。

なお本作品はフィクションであり、実在の個人・団体などとは一切関係がありません。

文芸社文庫

残虐遊戯

二〇一五年六月十五日　初版第一刷発行

著　者　南英男
発行者　瓜谷綱延
発行所　株式会社　文芸社
〒一六〇－〇〇二二
東京都新宿区新宿一－一〇－一
電話　〇三－五三六九－三〇六〇（編集）
〇三－五三六九－二二九九（販売）
印刷所　図書印刷株式会社
装幀者　三村淳

ISBN978-4-286-16618-6